S0-BTS-474

LAS GRACIAS DE DOÑA DIABLA

Juan Dávila Trueba

Número de Control de la Biblioteca del Congreso de EE.UU.		2013919439
ISBN:	Tapa Dura	978-1-4633-6799-2
	Tapa Blanda	978-1-4633-6800-5
	Libro Electrónico	978-1-4633-6831-9

Este libro fue impreso en los Estados Unidos de América.

Fecha de revisión: 28/01/2014

Tercera edición, 2014

juandavila1@comcast.net

Cuadros de portada:
«Zoraida en la cueva de la Caripiedra», óleo sobre tela, 2012 por **Juan Dávila Trueba**.
«Iguana multicolor», oleo sobre tela, 2012 por **Mauri Virtanen**.

Diseño de portada © 2014 artisforgod.deviantart.com
Foto de contraportada: Florencia Luna Dirani
Diagramación: artisforgod.deviantart.com

Para realizar pedidos de este libro, contacte con:
Palibrio LLC
1663 Liberty Drive
Suite 200
Bloomington, IN 47403
Gratis desde los EE.UU. al 877.407.5847
Gratis desde México al 01.800.288.2243
Gratis desde España al 900.866.949
Desde otro país al +1.812.671.9757
Fax: 01.812.355.1576
ventas@palibrio.com
496580

Testimonio de lectores

En conclusión, puedo decir que se trata de una excelente novela, con momentos poéticos y trágicos, como el capítulo ocho que es bellísimo. He seguido la búsqueda de los personajes, sus triunfos y reveses en un ambiente que contiene intriga, un constante sentido del humor y permanece misterioso hasta el final. No la pude dejar de leer. Y ahora va a la lista de lecturas de mi curso de literatura.

Juan Eugenio Mestas, Ph.D. Autor,
profesor de literatura castellana en la Universidad de Michigan.

(...) perfecta simbiosis creadora del artista y el escritor, en esta novela se conjugan acertadamente textura y palabra, imagen y verbo,pincel y pluma para crear —o recrear, lo mismo da— una sorprendente historia de misterio y pasión. Escrita con castizo lenguaje y ricas expresiones de nuestra habla vernácula, esta estupenda novela de Juan Dávila Trueba nos conduce con mano segura por los profundos entresijos del alma de sus inolvidable personajes. He aquí, en suma, un magnífico libro de ficción que no defraudará a sus lectores.

Jaime Marchán, escritor, miembro correspondiente
de la Academia Ecuatoriana de la Lengua.

Una novela contada desde la memoria de su autor en la que tres vidas se entrecruzan. Sus personajes telúricos revelan un universo de voces, aromas, colores y sabores que le dan sentido a su música que viene del viento y de los cerros. Gabriela, Zoraida, fuerzas extrañas, voces femeninas que con su fuerza y su sensualidad seducen al lector intensamente. Leer esta historia es leernos a nosotros mismos, es deambular en las noches de luna llena, es descifrar nuestras raíces y nuestros miedos...

Juana Neira, autora (Mi amiga secreta; La nube) y ganadora de
varios premios literarios, directora de la revista literaria del aire:
Sueños de papel. Quito.

He leído tu fascinante novela. Francamente, debería ser «prohibido» el que alguien se atreva a «desnudarse» públicamente de la manera como lo haces tú a través de tus caracteres. ¡Qué impresión! No me has dado tregua y he pasado sin respiro de lo francamente brutal a lo tierno, de lo vulgar a lo sublime, de lo erótico al amor erótico, de lo cotidiano al arte sorprendente...

Rosa María Sánchez, Ph.D. profesora sicología organizacional en el Instituto Tecnológico de Monterrey.

Entre 1930 y 1963, suceden Las Gracias de Doña Diabla en una pequeña parroquia andina de alma auténtica y de nombre imaginario, Naulacucho de los Arrayanes. A su regreso al pueblo y al río, la Caripiedra agita, con el sollozo alado de su rondador y los velos que la cubren de pies a cabeza, el interior roto del cura descarriado, la paradoja que atormenta al ladrón que no acaba de ser malo, y las vidas de los demás personajes, a pesar de que ella misma, la curandera, con ansiedad busca sanar su propia herida. El trasfondo se teje entre tensas inquietudes y misterios, entre la belleza del erotismo y la comedia que acontecen en la obscuridad de los momentos más perdidos. Es la fuerza de la expresión artística que atraviesa esta obra y se visibiliza en los muros pintados de una cueva, en las cartas nunca escritas por el remitente, en la música quebradiza arrancada a unas copas y finalmente en la sanación de los cortes hirientes de las vidas de los habitantes del pueblo legítimamente imaginado.

Alessandra Dirani, lectora. Quito.

...con alarma descubrí que se terminaba la novela... perdido en su historia, envuelto en las tensiones y peripecias, cuestionándome el sentido de la vida, del amor, lo erótico, la violencia, la belleza y la fealdad... Esta tensión me va a hacer volar en pedazos.

Gonzalo Dávila, columnista del periódico Hoy, filósofo del buen comer. Quito.

*Uno de los personajes que más me impresionó fue el cura Béliz Franco, un sacerdote que vive atormentado porque ha perdido su camino y sospecha que el diablo vive en su cuerpo. Ya no cree en Dios, pero implora: «Dios que no existes, ten piedad de mí». Es fascinante como Dávila va describiendo la tormenta interna de este ser humano; y cómo la Dolores, su joven ama de llaves, sabe exactamente lo que le ocurre. La Dolores pide al sacerdote que la confiese aunque sabe que él y ella están de acuerdo en que no tiene la autoridad moral para hacerlo. Luego de que el cura tropieza y balbucea sus sinsentidos, la joven le replica: «Yo te absuelvo, taita cura, del pecado de no tener la más p*** idea de cómo es esto de la vida». ¡Qué lindo!, ¡qué castizo!, ¡qué bien p*** al cura! Tal vez así reaccione su reverencia.*

Fernando Cruz, Director Creativo, FilmoFilms,
«simplemente un lector a quién le fascinó la diabla y sus diabluras».

Las Gracias de doña Diabla tiene matices hipnótico surrealistas que emergen conforme el autor talla el alma de sus personajes. Por ejemplo, la curandera que sube a los riscos a cantar su soledad con su rondador y el cuerno; la soledad y simultánea audacia del huérfano que escribe a su madre que nunca conoció y que recibe respuestas sin que la madre se acabe de materializar. Aunque hay muchos otros personajes fascinantes, quisiera enfatizar este «intercambio» epistolar de quienes cultivan una comunicación sin tiempo y sin espacio y el dolor interior de la curandera que consuela a todos menos a sí misma. Sorprendentemente, es una obra de acción vertiginosa, intriga, suspenso y humor.

Adriana Vila-Rota, Consultora Desarrollo Humano. Fundadora del CELIM, Centro de liderazgo de las mujeres. México, D.F.

Las Gracias de doña Diabla por su poder hipnótico me ha convertido en una de las protagonistas de la novela. He experimentado de primera mano las emociones de sus personajes que me han envuelto en el torrente de acción, silencio y sorpresas de cada girar de la historia.

Las Gracias de Doña Diabla está escrita con una sutil delicadeza que se expresa en la armonía del entorno y que envuelve al lector en paradojas, desencuentros e historias.

Katia Barrillas, poetiza, autora de Revelaciones de Vida en Poesía.
Directora del Programa Radial Noches Bohemias de Pura Poesía.
San Francisco, California.

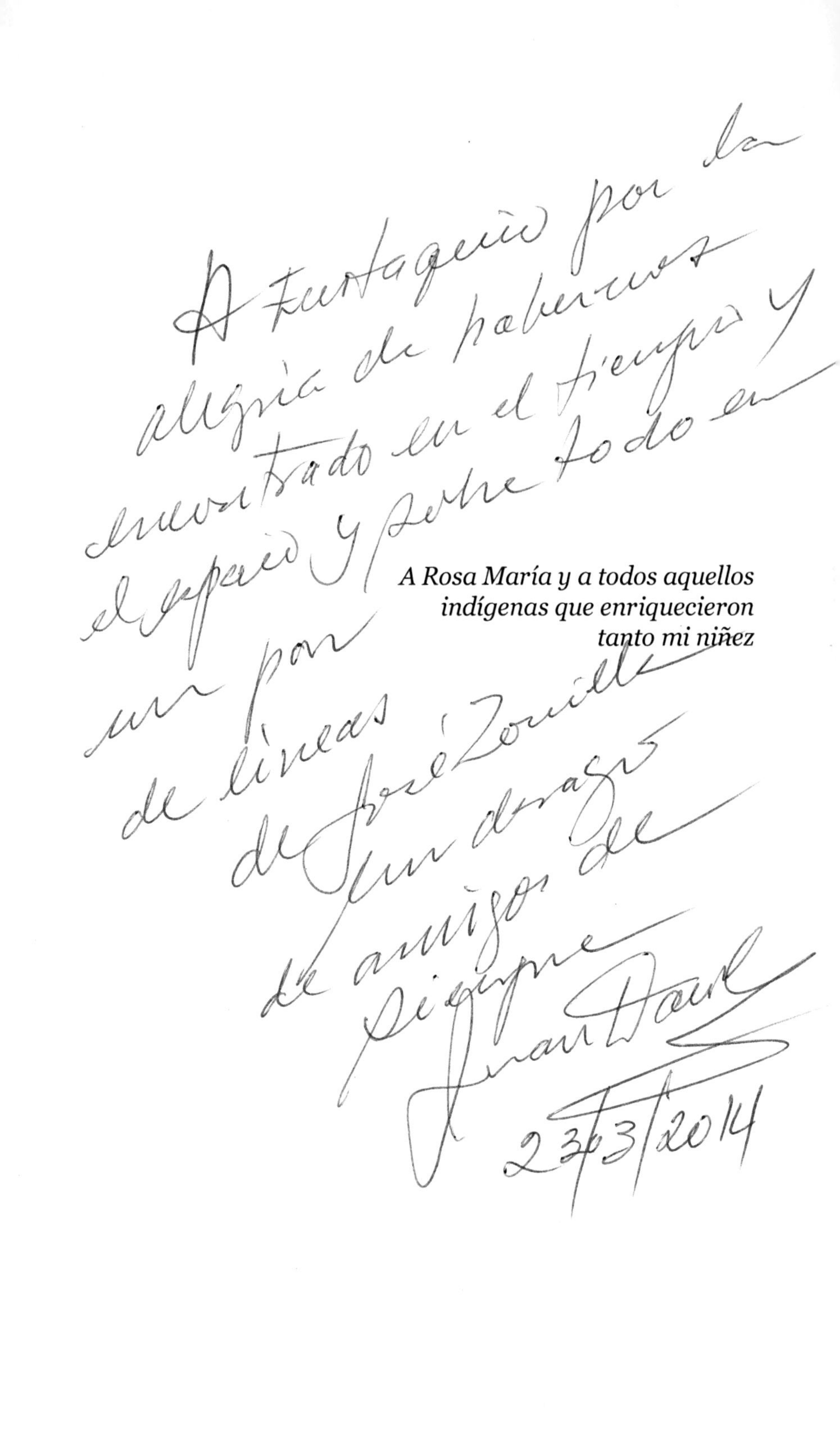

A Rosa María y a todos aquellos
indígenas que enriquecieron
tanto mi niñez

Advertencia sobre el lenguaje

En esta obra el autor ha usado el recurso de intercalar, más o menos al azar, palabras, frases, giros e inclusive pronunciaciones fuera del español normativo con el fin de dar sabor y color a los diálogos de ciertos personajes (supay, carishina, el artículo definido el como parte del nombre con algunos personajes y el ubicuo ca). Este recurso es relevante para todos los personajes, incluido el único extranjero, la madre de Las Siete Espinas, cuyo ligero acento francés es simbolizado por el uso esporádico de la g en lugar de la r, por ejemplo: curandega por curandera. De ninguna manera se ha intentado replicar el lenguaje regional que inspiró el libro.

El complemento directo (lo, la) y el indirecto (le) ha sido utilizado en forma variable de acuerdo a quién es el que habla y su procedencia. Ocasionalmente, el mismo autor ha recurrido al leísmo y loísmo en su narrativa, por considerar su uso más congruente con el sonido y tono de la escena.

Cursivas se han usado, aparte de su uso normal, como código para indicar el pensamiento de los personajes y evitar el decir siempre «pensó». Comillas, aparte de su uso normal, se las ha empleado para indicar diálogos dentro de textos, o monólogos, murmuraciones, etc. que los personajes dicen con el fin de evitar repetir siempre «dice», «murmuró», etc.

ÍNDICE

PRIMERA PARTE:

¡ZORAIDA! ¡ZORAIDA!

Más tarde Zoraida me dijo: «Mis manos son la buena fortuna de estos rotos y desvalidos del corazón. Con ellas los hago enteros, sus penas se disipan y por un momento creen que están vivos y por ello me pagan. Soy curandera aunque, la verdad, no uso solamente mis manos para calmar sus urgencias». Entonces supe que mi atracción por ella eran las ansias de tomarla y beberla como si fuera para mí la fuente original de la vida.

Del diario de Gabriela, curandera de Naulacucho de los Arrayanes.

1

En esa madrugada de lloviznas, Clímaco Ortiz Lejía retornaba a su antiguo orfanato con la misión real de vengarse de sus atormentadoras y de una en particular: la monja de disciplina y su inquietante belleza. El convento de la orden de las Seráficas de San Miguel Arcángel, una enorme estructura colonial, al final de un calleja sin salida y rodeada en tres lados por un barranco profundo, con su reloj amarillento a punto de tocar la una de la madrugada, fue su residencia de niño desamparado.

Del pavimento agarró firmemente un costal que contenía una perra alborotada y, con una agilidad de gato montés, subió por entre el muro y el poste de luz y apareció al tope como un as de naipes contra la luna que se asomaba intermitentemente entre las nubes. El guabo estaba a la mano con sus ramas extendidas hasta el balcón del segundo piso. Un silbido salió del saco. «Si me haces resbalar yo te muerdo a ti, perra infeliz». Avanzó procurando no romper las tejas. El vendedor le había asegurado que era una perra de «amplio espectro; atraerá a cualquier macho». *Tiene que ser así, porque ya no tardan las fieras que guardan este lugar*, pensó enjugándose la frente con la manga. El celador, con su escopeta de chimenea, vendría después de los perros. Lo había visto hacer los perdigones: derretía barras de plomo, de aquellas que salían de los linotipos y luego las pasaba por un criba por donde las gotas de metal caían en una cubeta de agua fría con un seseo turbulento. No obstante, no había la menor evidencia de que hubiera atinado alguna vez a un perro y menos a un ladrón. *Algún día será la primera*, se dijo entre dientes. Parpadeó tratando de aclarar la vista borrosa por las gotas de agua. La perra volvió a lanzar otro silbido. La rama del guabo lo llevaba directamente al balcón. La reja de hierro colado cedería; el eterno problema del país: mantenimiento.

Afinó el oído, no alcanzó a escuchar otro ruido que el crujir de las ramas contra el balcón y su propia respiración: ni celador, ni perros, ni monjas.

La madera del balcón alguna vez habría sido azul añil; añejada por la intemperie y el sol ecuatorial hoy solo tenía un gris que con la llovizna adquiría algunos matices de mercurio. Una lagartija apareció en el marco de la ventana y desapareció enseguida como si fuera un temblor de vida. Colgó costal y perra de una rama vecina y se lanzó al vacío. Alcanzó el balcón y, por entre la reja herrumbrosa, con fuerza pateó el marco de la contraventana. Unas cuantas polillas salieron alarmadas. Apoyado en el pasamano que amenazaba con venirse abajo, volvió a patear y, esta vez, la contraventana cedió y se llevó con ella ventana, vidrios, polillas y polvo. Arrancó la reja de un tirón. Estaba ahora parado en el cuarto bodega que, curiosamente, continuaba vacío desde su época. Las campanadas del reloj habrían ocultado el estruendo. El polvo, el sudor y la noche de lluvia lo habían cubierto de una capa viscosa. Suprimió a medias con su antebrazo un estornudo picante. Se deslizó por el corredor. No robaría por robar. Solo robaría lo que necesitaba para establecer sus credenciales. La superiora sabría que fue él, siempre supo de sus travesuras. ¿Y si esta noche lo estuviera esperando, como se la imaginaba, con un raído camisón de lino? Sería para entonces un espectro de telas amarillentas suspendidas de huesos apuntalados, pelusa por cabello, manos de gorrión y ojos sin pupilas.

Abrió la puerta de la sacristía. El olor a guardado era pungente. Aunque conocía de memoria ese espacio anterior a la capilla sacó su pequeña linterna. A su izquierda, directamente bajo el crucifijo, estaba el arcón que guardaba la custodia, el cáliz y un par de patenas de oro. Esperó que sus ojos se aclararan para continuar. Descartó los candelabros de plata porque eran demasiado grandes y pesados. El haz de luz recorrió el lugar mientras los rostros de santos, con chapas rojas, se asomaban interrogándole; los ignoró para enfocarse en la imagen del Cristo. El ojo de la cerradura estaba cincuenta centímetros más abajo en donde la cruz se enterraba en la calavera. Dio un par de vueltas a su ganzúa y con un ¡clic! abrió el arcón. Aunque sentía su espinazo arqueado como si fuera el de un gato, introdujo la mano y, en lugar de la sensación de metal que esperaba, se encontró con un grueso costal. *No te alarmes ahora, paso a paso sigue tu plan.* «¿Madre, me hablas tú?», murmuró mientras sentía que su ansiedad disminuía. La luz de la linterna le dibujó el fardo con salientes. *O sea que las monjas envuelven sus joyas en cáñamos. Bueno, tal vez, no, no tiene sentido*. Palpó la bolsa. Sí, ahí estaban las puntas de la custodia y el borde claro de un cáliz —probablemente oro y plata—, no tenía tiempo. Agarró la bolsa y comenzó a retirarse cuando percibió «la presencia». Interceptándolo, serena, la superiora lo esperaba con los brazos abiertos, su hábito movido por la brisa que entraba por la puerta abierta de la sacristía.

De la garganta le salió un ruido que se le antojó era de sapo verde. Se incorporó con la bolsa de cáñamo en las manos, sentía la boca salmuera. En su derredor se elevó un olor pungente. Temeroso se palpó el trasero, pero no, no había evidencia. Se restregó los ojos: la cortina de organdí flameaba plácidamente con la brisa. «Mierda, mil veces mierda, controla tu imaginación desbocada». Súbitamente, el ruido del hato de perros que cuidaban el convento, sus gemidos y gruñidos, lo devolvieron al presente. «¡Caballo del diablo!, mi eructo de sapo no fue tan ruidoso, fue el silbido de la perra que los atrajo». Se deslizó sobre los tablones. Oyó voces. Cruzó el cuarto. Llegó al balcón. Si el celador y sus perros llegaran abajo por el patio, estaría perdido: lo atinaría con su escopeta de chimenea, se desplomaría sin vida sobre las piedras decoradas con huesos de perros e inclusive de monjas humildes, y los perros jugarían mientras le arrancaban los brazos y las piernas, dichosos de tener un muñeco con sabor a carne fresca. En la esquina, a cien pasos, apareció el primer perro de nariz puntiaguda, de pelaje corto y reluciente. Husmeaba velozmente buscando rastros entre las piedras, los adoquines y el quicuyo. Levantaba la cabeza. Volvía a husmear. Ahora oteaba. No lo había detectado todavía. El ladrón se subió al árbol leñoso, la rama cedió un poco y la reja cayó en algún seto con un ruido apagado de campana. Bajo la luz de la luna, que insistía en asomarse, el perro dóberman levantó el hocico, desnudó sus colmillos, sacudió la lluvia que lo empapaba e hizo contacto visual con el joven. Casi enseguida, aparecieron otros tres seguidos de dos mastines de caza. Clímaco descolgó el fardo que se abrió al tocar el suelo y la perra salió despavorida. Toda la jauría decidió perseguirla. Entre tanto la llovizna se había convertido en tormenta.

Intentó avanzar por el árbol cuando perdió pie y se quedó colgado de una rama. El sudor y el agua aflojaban su agarre. Optó por dejarse caer. Agazapado, se tocó la rodilla. Sus dedos se empaparon de un líquido viscoso. «Me he herido, mierda». Todavía en la distancia, los ladridos comenzaron a acrecentarse. Tal vez el celador convenció a las fieras de que abandonaran la cacería de la perra y volvieran por el ladrón. A pesar de los espasmos de dolor en la rodilla, alcanzó el otro lado del guabo junto al muro. A pulso volvió a trepar y apareció en el *cumbrero*. Apegó la cara a las tejas y su propio aliento entrecortado le nubló la vista. La pierna le pulsaba con insistencia. Colgado de su cuello el saco con los tesoros le cortaba la garganta. Los gritos del celador agudizaron su instinto de supervivencia.

—¡Le he visto, le he visto! —gritaba el celador—. ¡Ya le tengo en la mira!

El escopetazo produjo un relámpago enorme.

Se detuvo el tiempo.

El joven alcanzó a ver el humo azulado que se perdía en el tejado. *Necesitará un par de minutos para volver a cargar su «obús»,* pensó. Se levantó y se lanzó al vacío, al otro lado del muro, al mismo tiempo que un segundo disparo estallaba en sus tímpanos.

—¡Socorro! —gritó el celador a voz en cuello—. ¡Sí, le di! ¡Le he dado! —se reía con gusto e hizo un ademán de subirse al muro—. Ahora le remato —gritó. Se miró su vientre y decidió salir por el portón principal.

Bajo un arco romano del segundo piso, la anciana superiora Sor María Eugenia de la Cruz, con la piel curtida por el esfuerzo de entender el significado de la vida, escuchó los disparos del celador, miró hacia el patio, se arrimó contra la balaustrada y apretó aún más el pañuelo que mordía entre sus dientes. Meneó la cabeza y se alejó de la ventana.

En un zaguán, a doce cuadras del convento, Clímaco hacía un recuento de su aventura. Cierto que tenía un rasguño en la pierna a causa de los setos y además algún perdigón lo había alcanzado en el hombro. Sí, había perdido sangre. Se encogió de hombros. Acarició la bolsa de cáñamo con las piezas y las apretó contra su pecho. «Madre mía, ¡he cumplido con tu inspiración! ¡Con tu pedido! ¿Qué más quieres que haga?» Dobló la cabeza sobre su tesoro, mientras con la mano izquierda se restañaba la herida. Al alcance de sus dedos estaba un sobre de cuero con las cartas de su madre. Sobre el paquete de cartas, comenzó a escribir febrilmente y con dificultad: «¡Tus palabras, tu sabiduría, madre mía, me han dado el camino!» *La comadreja, el chucuri que tuviste de mascota cuando niño, mírale en los ojos y verás tu propia astucia.*

***

Levantó la vista de las cartas y al ver en la distancia la torre del reloj, se le aclaró el recuerdo de su vida en el orfanato del convento; inmediatamente su boca se llenó de salmuera. Se agachó otra vez sobre sus cuartillas y continuó su escribir febril: «Pero lo que demanda, lo que requiere, lo que exige el desquite es aquel 'gran mal', aquel desprecio profundo que venía de lo más hondo del corazón de la monja catalana reflejado en las aguas aceradas de sus ojos. ¡Qué ojos más bellos! ¿Por qué me miraban así? No tienen perdón».

2

Más de veinticinco años antes en el anejo de Llano Grande, cuando Ortiz de Huigra no nacía aún, Gabriela Farinango, de quince años, ingresó en la penumbra de la choza que compartía con su madre y arrimó su rondador detrás de la puerta. Respingó la nariz al percibir el olor del humo del fogón y de sus comidas, de los cuyes correteando por todos lados y del sudor de tantas generaciones que habían habitado la misma choza. Esta era la escena amada que compartía con su madre. Los rescoldos estaban todavía vivos y su tez de caramelo tomaba ciertos destellos anaranjados. Entornó los ojos que, redondos y grandes, la delataban como una mestiza. El sorprendente relucir de esa negrura junto a la piel trigueña y la densidad sin tregua de pestañas y cejas, causaban inquietud en los mayores, particularmente entre las vecinas que temían tanta *bonitez* y semejantes sesos en una chica. Las comadres susurraban entre ellas: «Ojo de capulí, larva de bruja, la *carishina* sinvergüenza robará sin remedio a los maridos y a las mujeres de los maridos buenos. Es que es hija del viento, sí, insistían, una *huairapamushca*. De no, ¿cómo puede tocar el rondador así? Sí, el *sacharruna* debe ser su padrino». Mientras otras observaban: «*Elé, quis,* hija del viento, *huairapamushca.* Ni de qué viento, ni de qué duende o *sacharruna*, es como la madre, de cepa de patrón. ¿No ve los ojos?»

***

Una noche de agosto, mientras tomaban su tazón de leche con máchica, tan sorpresiva como un asalto en los callejones oscuros de la ciudad, la madre optó por darle una puñalada: «Esta noche, hija, vendrá un señor, un amigo. Espero que sea como un tío. Somos mujeres solas, necesitamos un hombre en esta casa para que nos cuide». Gabriela protestó: «No, no necesitamos a nadie para que nos cuide. Vos me cuidas, yo te cuido, nos cuidamos. No necesitamos a nadie más, no vayas a meter particular entre nosotras». El «tío» Manuel Antonio llegó esa misma noche y Gabriela por primera vez experimentó sobre su piel adolescente la mirada rastreadora. Seis semanas más tarde, se había apagado el sonido del rondador en la choza, y ni madre ni hija compartían ya nada en el español que habían aprendido a imitar trabajando en la casa de la hacienda. La madre perdió su color natural y pareció como si comenzara a agacharse y nuevas arrugas aparecieran en su ceño. El «tío» llegaba los viernes muy de madrugada y su olor distintivo de tierra y sudor se mezclaba con el dulzón del aguardiente de caña. Cuando el «tío» se acostumbró a que le sirvieran la comida sin pedir o que lo bañaran con solo levantar las cejas, comenzó a ordenar a la madre hasta convertirla en un instrumento de su voluntad y su capricho. En las tardes después de la escuela, con la excusa de cuidar a la media docena de ovejas que tenían, Gabriela lograba rehuir al «tío». Sin embargo, en la escuela su maestro notó que la niña estaba más distraída que nunca y, aunque era naturalmente retraída y a veces la encontraba junto al río cercano a la escuela replicando en su rondador la música de los árboles, el agua y los pájaros, comenzó a notar que las tareas escolares, siempre casi perfectas, llegaban inconclusas, mal hechas o simplemente inexistentes. El cura párroco también notó que su «voluntaria» —pues Gabriela siempre se ofrecía para cantar en el coro o acompañar al melodio con su rondador— había dejado de serlo. Al final de las clases de catecismo la niña con frecuencia se miraba las manos como si estuvieran sucias, las contraía, se agachaba y se ponía a llorar sin razón aparente. No sabían que el «tío» había quemado el rondador y el cuy favorito de la niña por considerarlos inútiles, y que también había comenzado a atormentar a la niña como preámbulo para abusar de la madre. A los tres meses del arribo del «tío», Gabriela llegó a su casa y se quedó sin poder entrar en ella. Todo su sistema nervioso estaba alerta y sus piernas se negaban a obedecerla. Su madre, mamita Joaquina como la llamaba, apareció a la entrada de la choza, con un pollo pelado en la mano y le hizo señas que fuera hasta ella. Inclusive a la distancia la niña pudo notar que Joaquina tenía la boca desfigurada por algún golpe brutal. Esa misma noche el «tío» anunció que vendería a Gabriela porque necesitaba dinero para remplazar su yunta. Joaquina encontró el coraje que no tenía para defenderse a sí misma:

—Manuel Antonio, no te vas a atrever; mi hija es mi hija y vos no te acercas a ella.

Joaquina había usado el castellano ordinario y no la versión indígena.

—Aquí me respetas, longa atrevida —contestó el «tío»—. No te vas a hacer la patrona conmigo, longa *huanguda*.

Cuando Joaquina le propinó una bofetada, el «tío» pareció más sorprendido que lastimado. Sonrío con sus dientes de sarro, se quitó el sombrero para descubrir su abundante pelo grasoso, y lanzó a la madre contra la pared. Allí Joaquina se deslizó al suelo y mirando con ojos enormes al agresor pareció perder toda su energía. El «tío» Manuel Antonio se dio la vuelta y todavía sonriendo, avanzó hacia Gabriela, pero la jovencita dio un salto, corrió directamente al fogón, agarró una rama encendida y esperó el ataque. Él la quedó mirando, había perdido su sonrisa y ahora tenía una expresión más de interrogación que de agresión. «Bueno», dijo, «ya regresaré para saldar cuentas». Cuando se quedaron a solas, Gabriela atendió a su madre con emplastos de borraja con la destreza de una enfermera consumada.

Cuando el «tío» arribó a la choza a las dos de la mañana, el ruido de sus pasos amenazaba con reventar los tímpanos de Gabriela. Arrimó la pala de manilla contra la pared, eructó, y fue hacia Joaquina. La jovencita, con la manta roja hasta la nariz, observaba el tránsito del borracho hasta el otro lado de la choza. Vio que encendía la lámpara de kerosín lo cual proyectó la sombra de la madre reclinada sobre la cama y la del hombre levantando el puño. El puño descendió mientras para Gabriela se detenía el tiempo. La joven no podía escuchar, no podía ver, no sentía nada; sin embargo, se percató que la luz de la lámpara se acercaba hacia ella cada vez más brillante. Pero esta vez no pudo reaccionar, sintió que levantaban su frazada, que un torso lampiño caía junto a ella, que el olor pungente del borracho invadía su boca y se deslizaba como una melaza por todo su cuerpo.

En la mitad de la noche un grito cristalino se levantó desde la choza.

En el suelo la madre seguía inconsciente.

La jovencita con los ojos secos salió de la choza y se fue al *poguio* del río y allí, en el ojo de las aguas de deshielo, se cubrió de espuma con las plantas del jabón y se restregó con hojas de menta. Lo hizo sin piedad hasta que toda su piel comenzó a protestar. Entonces, se acostó sobre el agua con su nariz apenas sobre la superficie y se abandonó al líquido que la acariciaba con sus dedos helados. Pocos minutos después su cuerpo entumecido sobre el lecho granuloso de andesita, había comenzado a deslizarse hacia el olvido.

A las cuatro de la mañana Joaquina abrió los ojos. Su instinto de madre la llevó al *poguio*, recogió a su hija desnuda, la cubrió con su chalina y se la llevó a la choza junto al fuego. Allí presionó la garganta de la hija buscando el pulso y acercó la mejilla a la boca buscando el aliento.

Dos días después Gabriela se despertó, evitó a su madre y se fue con las cabras. Pasó entre las rocas, trepando y masticando maíz con tierra. En un rincón apartado, escarbó un agujero y enterró un par de huesitos de su cuy que habían quedado entre las cenizas. Ashcumaní, su perro de *nación* indefinida, se sentó como montando guardia, entornó la cabeza y se puso a esperar a que Gabriela imitara al río en su rondador.

3

Un jueves a las once de la noche, a pesar del crepitar del fogón, llegó a sus oídos el rumor de palabras que, en un primer momento no entendió bien, pero que tuvieron la virtud de despertarla. Los ojos agrandados de Gabriela seguían los chisporroteos del fogón y sus luces inquietas. Trató de cerrarlos con la esperanza de que al hacerlo cerraría también sus oídos.

—Ve, Homero un *güen guambra* es —decía Manuel Antonio—, y aunque se emborracha un poco, en cambio también trabaja duro, ve, duro trabaja. Ofrece *güena* plata, ya ves.

Manuel Antonio se rio con la voz rezumando aguardiente.

—A mi *guagua* no le metas con el asqueroso ese: ¡no ves que se ríe sacando las encías! Y el pelo le crece desde las cejas.

Lo que no hay diferencia entre ese perro y los otros de los callejones y *chaquiñanes*.

—¡Tu hija está en edad de merecer! Punto. El trato está hecho y no hay nada más que hablar.

—Mi hija no es un animal de monte para que el longo ese se le acerque. Dile que se vaya *nomás* con una de tus cabras, aunque ni las cabras le han de aguantar.

En la oscuridad Gabriela creyó ver la cólera derramarse sobre la superficie del cerebro del borracho.

—¡De la vida, chucha madre! Homero le cogerá a tu hija aunque tenga que puyarle el trasero. Ya tengo el cushqui..., cállate ya.

El día siguiente era viernes de cosecha. Los labradores se habían levantado temprano para ir a la era. Manuel Antonio no fue al trabajo sino a la fonda del pueblo para esperar a Homero y completar su plan.

Completaron su trato en la fonda el *Chiquero de Don Cerda*. Homero le escanció un vaso entero de aguardiente para cerrar la feliz ocasión. Dos minutos después, Manuel Antonio comenzó a babear, se levantó apoyado en la mesa y contempló con estupor que todo el cuarto se deformaba como si fuera de chicle. Un gato apareció sobre la mesa, trató de partirlo con el machete, pero la hoja se quedó prendida sobre la madera como un reflejo de muerte.

—Oye, Homero, ¿de dónde viene ese gato? ¿Puedes pararte en ese piso de chicle? Creo que tengo golpe de aire. No veo bien.

Nadie le contestó y en efecto no podía ver mayor cosa porque tenía una visión de túnel dentro de una densa neblina.

—Jodido que me siento. ¿Me brujeaste, Homero? Maricón, ¿me brujeaste?

Homero o *álguienes* le habían echado un maleficio y el pícaro o sus secuaces ni siquiera estaban allí para hacerles *menudo*. Quiso tomar el machete, pero lo tiró al piso cuando el vómito reventó de su boca. Él mismo estaba sorprendido al ver tanta masa vomitiva. Se limpió los labios con la manga ya húmeda. Dándose contra las mesas y golpeando varias sillas gritó al salir a la calle.

«Maldito, Homero, qué *carajus* me echaste en el trago. Me vas a pagar, cojudo». Trató de caminar erecto, pero la cara se le fue contra el lodo. Otra vez se levantó. Apoyado en la tapia más cercana comenzó a caminar, dejando trazos gástricos sobre la berma del camino.

4

Arrimado al marco de la puerta, examinando el umbral, no podía explicarse cómo había llegado a su casa. «¿En qué zanja habré caído? ¿Cómo se pasaron tantas horas?» Al entrar observó la vela que Joaquina tenía junto a la imagen de la Virgen del Cinto. La pala de manilla seguía en el mismo rincón donde siempre la dejaba. Gabriela se apretó contra la pared.

—Joaquina —dijo al principio en voz baja—, Joaquina, este cojudo del Homero me ha puesto mierda en el trago y un gato negro en el camino..., por eso estoy borracho, pero tengo la plata... ¡aquí está el cushqui!

Manuel Antonio se palpó los bolsillos de los pantalones y la camisa.

—Cara de ajos, ¿dónde está el cushqui? Sí, sí me dio la plata.

Se metía las manos por debajo del poncho.

—Qué mariconada... no tengo la plata. Ah... ¡Qué pendejo!, el Homero me hizo el pendejo. Mierda, el ladrón ese quiere... No. Ha de quererse robar a la guambra, caraju.

Se restregó los ojos.

—Este cojudo me ha robado... Y vos, Joaquina, me faltas al respeto. ¿Y ahora qué? ¿No me haces caso? Ahora no me haces caso, ¡al Manuel Antonio se le hace caso, *caraju*!

Una vez más Gabriela vio la sombra del «tío» proyectada en la pared y una vez más vio el puño descender. Pero esta vez, agitada como un látigo Gabriela alcanzó la pala de manilla.

***

La jovencita Gabriela Farinango se alejaba como un cervatillo huyendo del fuego, regresaba a ver con el fin de asegurarse de que ninguna sombra emergiera de la fatídica quebrada. Se detuvo dos veces para escarbar entre las hierbas la tierra granulosa. Con cada mordisco del suelo se le escurría un espanto de los muchos que llevaba en todo su cuerpo. Notó que con los dedos y los nudillos blancos llevaba a rastras el pañolón rojo de su madre. Comenzó a correr, una rama de chilca le rasgó la cara, cayó, dejó la piel de sus rodillas. Resbalando, corriendo, con el centro de bayeta en jirones y la blusa con una mancha enorme que a luz de la luna parecía casi negra, entró al camino real del pueblo donde la recibieron cuarenta o cincuenta casas de media agua, todas con las contraventanas cerradas porque hacía frío. Vio las hileras de ropa colgando como banderines. *¡Apúrate longa, estás en líos. No estás pensando bien. Pon atención!* En el grifo de la primera cuadra se lavó la cara y se sacó el camisón. Enjuagó su ropa notando los guijarros de colores en el suelo. El camisón estaba empapado pero limpio. Como no llevaba prendas íntimas, la blusa de lino mojada se adhería a su piel.

Llegó a la casa de la parroquia. Con sus puños golpeó los tablones de la puerta de eucalipto. Atónita observó una arañita peluda que se metía por una hendija. La puerta pareció ceder bajo sus golpes.

La señora que atendía la parroquia la miraba perpleja a través de sus espejuelos redondos:

—¡Hija!, ¿qué haces aquí a esta hora de la madrugada?

—Es que es mi mamá..., es mi mamá..., ¡es mi mamá!

—No te muevas, hijita.

La señora regresó con el cura vestido con su camisón y su gorra de dormir, de quien sabe qué siglo, sin sotana y la pelambrera por todos lados.

—Es mi mamá..., es mi mamá..., está sobre la estera, está en la choza... ¡Es mi mamá!

El cura y la señora desaparecieron. A los dos minutos el portón lateral de la iglesia se abría. El jeep de la parroquia arrancaba con el cura y dos hombres.

—¡Recoja a la chica, señora Carrasco! —gritó el cura al entrar al camino. Detuvo el carro en la puerta, su ama de llaves miraba de izquierda a derecha. Gabriela había desaparecido.

—¿Y la chica?... ¿No son los Farinango?

—Creo que sí. Vaya, vaya, no me gustó como gritaba la muchacha.

Gabriela corría aferrada al pañolón. El cura párroco se encargaría de su madre. Se prometió volver, pero ahora tenía que perderse.

Corría por la carretera interprovincial.

Se detuvo a esperar al siguiente bus junto a una cruz de piedra fuera de vista de la parroquia. Era el de las seis o de las seis y treinta de la mañana. Cuando llegó se escabulló hasta el asiento de atrás sobre el abultamiento de las ruedas del bus y casi en el acto, con la frente sobre sus rodillas y envuelta en el poncho de su madre, se quedó dormida.

El viaje de ocho kilómetros, con paradas y bajadas de gente sudorosa; empujones abiertos y disimulados; gritos de niños hundiendo sus dientes en naranjas cuyo jugo se mezclaba con sus mocos; placeras y moteras desparramando sus trebejos y legumbres; mujeres empapadas en sus propios zumos, envueltas en paños y ponchos de lana gruesa; gallinas de plumas brillantes, negras y verdosas, que intentaban darle picotazos en la cabeza; hombres con dientes faltantes y sobradas señas de aguardiente; manoseos, eructos; la atmósfera del carromato cada vez más irrespirable, duró una hora y cuarenta y cinco minutos.

Apoyando el mentón sobre sus rodillas, con los ojos cerrados, Gabriela Farinango parecía observar a través de sus párpados el avance de un bichito hacia la punta de su nariz que tenía trazos de sal. Más trazos aparecían sobre su frente y a los lados de su cara.

El *fantasmatoste*, como definía el chofer a su bus, con el guarda-choques tan bajo que parecía husmear las cáscaras de plátanos y los demás desperdicios, arribó bufando a la terminal. Ford, Big Job 600. Allí se dejó caer y esperó a que sus pasajeros se bajaran mientras su radiador reseco pareció expirar. Aquella terminal, la calle adoquinada de la cual era aledaña y la quebrada paralela llena de matorrales, un mercado abierto para todo aquel que creyera que tenía algo vendible, desde legumbres y carnes hasta muebles pasando por elíxires para curar la impotencia, el lumbago, la hidropesía y el mal de ojo, eran el límite sur de la capital.

Gabriela continuaba inmóvil en su asiento estrecho. El chofer, en camiseta, con una barba rala de cuatro días y sudoroso como todos los demás, se acercó a la jovencita:

—Ya niña, bájate, aquí es la estación de la calle de la quebrada de Jericó.

Ella se arqueó como si fuera a vomitar.

—Maldita sea —dijo el hombre—, me vas a botar jodiendo el bus. Ya bájate, que vas a dejar todo hecho una cagada.

Como no obtuvo reacción, insistió:

—¿Estás enferma? ¿Te sientes mal? *Guambra*, ¡bájate ya! ¿O quieres que te baje? —preguntó estúpidamente, torciendo la boca al ver que la niña arrojaba una gran bocanada de un líquido del color del zumo de verbena. En el momento en que la niña levantó el rostro sucio, el hombre descubrió perplejo la belleza de la longuita. La levantó en sus brazos. «Esta jovencita está con fiebre». Solo cuando se apeó del bus percibió el olor penetrante del vómito.

—Mierda, qué asco de *longa* linda.

Dio unos cuantos pasos y la acomodó en el primer zaguán de piedra, contra la puerta labrada y vetusta de una casa de adobe. Se dio la vuelta y oteó el horizonte. Se puso dos dedos en la boca y lanzó un silbido agudo. Un grupo de muchachas en la distancia regresó a ver. Una de ellas, delgada, de pelo amarillo rojizo, tez de aceituna y cintura prodigiosamente angosta, se dio la vuelta y se dirigió hacia él. La siguió con la vista hasta que llegó a dos pasos precedida por un intenso olor a perfume casero. Con los ojos clavados sobre los labios carnosos de la joven le dijo:

—Zoraida, mi doña Avispa, te encargo a mi sobrina. Ya vuelvo, ¿ah?, en un momento —le apretó unos billetes en la mano y antes de que la llamada Zoraida pudiera decir algo, el chofer saltó a su autobús y arrancó.

—¡Espere! ¡Espere! —gritó la joven aspirando las eses a la manera de los costeños.

Demasiado tarde, el *fantasmatoste* se alejó humeando por la calle adoquinada. La joven se dio la vuelta, miró a la longuita dormida, hizo un remilgo. «Este maldito me clavó la sobrina... Y, ¿qué será?... ¿Botadita?». Le puso la mano en la frente: «Ay, chiquilla, pero si ardes».

Miró en todas direcciones. Sus presuntas amigas habían desaparecido. Se sentó junto a la chica con dificultad por la falda de dril tan cortita. Se quedó con la mano en el mentón. Al cabo de un rato Gabriela abrió los ojos.

—Eres una niña muy linda, ¿cuántos años tienes? —dijo Zoraida volviendo a mirar a la distancia con ansiedad.

—Catorce o quince, tal vez dieciséis, su *mercé*. Mi mamá se olvidó de bautizarme.

—No me trates de su *mercé*, porque no soy patrona ni tuya ni de nadie.

—Sí, patrona.

«Esta longa es hija de algún hacendado... Mierda, ¿por qué demonios tengo yo que cuidarla? Ando ocupadísima. Esta es una interferencia, mucho ruido. El chofer es buen cliente, delicado y todo, aunque suda mucho. ¡Esto no!, esto es mucha tremolina, mucho avispero. Es un auténtico epifenómeno».

Repitió «epifenómeno» varias veces, como si fuera un encantamiento, como un abracadabra cuyo significado no sabía, pero que al usarlo ponía nombre a situaciones que parecían absurdas o insolubles.

—¿Para qué venías a la ciudad?

La niña se agitó.

—Puedes contarme a mí, piensa que soy como tu hermana mayor. *Carajo, párale Zoraida, te estás enganchando. ¡Huye! Te digo que es un epifenómeno.*

Ante la observación, la jovencita tornó la cabeza como si fuera un pájaro atrapado en las manos de la costeña. Las mejillas tenían un tono rojo oscuro y las pupilas estaban dilatadas.

—Ya chiquita —le dijo, alisándole el cabello renegrido—, no tengas miedo.

«¿Qué estoy diciendo? ¿Cuidarla? ¿Cómo? ¡Qué ojos tiene! ¡Qué linda niña!».

—Yo te protejo contra lo que sea. Bueno, al menos por un tiempo. No tengas miedo. Me contarás lo que te pasa cuando quieras. Ya no te hago más preguntas.

Por unos momentos Zoraida escuchó borbotones de palabras inconexas.

«¡Está delirando!».

—Bueno chica, algo te entiendo. ¿Libraste a tu mamá del que la pegaba, dices? Pues igual, acá yo lo mataba también.

Gabriela se remeció.

—Nena, ¿qué te pasa? —dijo Zoraida en tono un tanto alto—. A ver niña, huéleme que traigo el olor de madriguera de lobas. Eso me dicen los jóvenes más ansiosos —se rio—. Mira mi pelo, es de la salvia.

Zoraida se enredaba el cabello en los dedos mientras hablaba cada vez más cerca de la niña. Gabriela parpadeó.

—Nena, soy Zoraida Zavala. ¿Cómo te llamas tú?

—Mi nombre es Gabriela.

—¿Gabriela? ¿Gabriela qué, nena?

—Farinango, niña, *ca*.

Ante lo de «niña, *ca*», la Zavala se rió a carcajadas, descubriendo una dentadura de dientes menudos muy blancos.

—Ya te dije, nena, yo no soy ni tu niña ni tu patrona.

A manera de respuesta, Gabriela vomitó la hiel que le quedaba.

«Mierda, qué hago con esta porquería en mis manos. De las tremolinas y los avisperos. Esto realmente es un epifenómeno».

No le quedaba más remedio. Se la llevó esa misma tarde a su habitación, la depositó en el suelo. Le quitó toda la ropa mugrienta y puso la tetera a hervir. La limpió toda, la fregó con alcohol alcanforado y la envolvió en una frazada de lana de vicuña, un regalo extravagante de uno de sus clientes ricos y caballerosos a quién conocía solamente como don Liborio. Le dio un vaso de agua de cedrón mezclado con un poco de leche caliente de cabra. La jovencita se durmió instantáneamente.

En la madrugada del día siguiente, en su pequeña buhardilla al filo de una calle adoquinada de diez varas de ancho, Zoraida tocó el hombro de Gabriela. Abrió los ojos, miró en todas direcciones. La buhardilla era un cuarto empapelado con un material de peluche rojo salpicado de estrellitas doradas y plateadas. La cama de hierro pintada con purpurina tenía unas bolas de porcelana decorada con motivos gitanos, una más grande que la otra. Había tres capas de alfombras todas llenas de flores e intrincados motivos persas, aunque con la lana demasiado rala como para ser auténticas. Tres mesas de tocador y una mesa redonda en el centro, una peinadora con un espejo con unas pocas lagunas por donde se veía la pared, toda clase de figurines, incluyendo un buda sonriente, uno feroz y otro con una expresión de nirvana y un armario grande con una cresta tallada. En un rincón, estaba una tina de madera a la usanza antigua. En la pared, sobre el cabezal, colgaba un crucifijo enredado con un rosario de mullos de concha. También el intenso olor a incienso, hierbas y aromas de monte, le recordaron las madrigueras de los conejos. El conjunto era un cuadro de algarabía que hizo sonreír a Gabriela.

Al parecer no había ventanas.

—Esto es como los adentros de un ataúd de patrón —dijo la niña todavía envuelta en su frazada.

—Nena, esta sí tiene ventana, solo que está detrás del armario. Es que algunos vecinos me tiraron piedras. ¿Ves? Pero sí, tiene un poco de ataúd pero es acogedora, porque aquí sí que se mueve el esqueleto —dijo la costeña guiñando el ojo.

5

—Nena —dijo Zoraida a Gabriela— acá ya llevas para tres días, apenas comes unas galletas y casi no conversas ni haces nada. Todo el día te la pasas dormida. Me preocupa, me preocupa. Es que algo grande te ha pasado —se miró las manos— ya sé, te voy a dar un baño que te quitará la ojeriza, como ¡pum, pan, pin!

—Voy donde la vecina. No te vayas —le guiñó el ojo.

Salió de la habitación pero regresó en pocos minutos con dos cuencos, uno con alcohol alcanforado y el otro con hielo y un reverbero. Abrió varios botes de su colección y extrajo algo de su contenido. Incluyó borraja en hoja y jaboncillo e inició una cocción en una ollita sobre el reverbero.

—Bueno, bueno. Quítate la ropa. A ver, yo te ayudo. *Esta niña sigue ardiendo.* No te canse'. Siéntate. Nena, está' eléctrica. Te voy a descargar y tú te relaja', ¿eh? Vente a la cama. Tírate sobre las cobijas, así como si no tuvieras huesos.

Se acercó a la cama y examinó la desnudez morena de la niña. Con una mano la comenzó a frotar delicadamente en círculos con el emplasto que preparó y con la otra mano, seguía los círculos de espuma con el alcohol alcanforado.

—Hoy es la fiesta de la Virgen de Montserrat y ella sí me hace caso. Te voy a quitar todos los sustos esta noche. No, no te alarmes nena, te voy a rebajar el mal de ojo. Aunque para quitarte del todo el cuco tendrás que ver al Víctor. ¿Sí sabes quién es el Víctor? Todo el mundo conoce al Víctor. Bueno, yo lo conozco.

Gabriela miraba el tumbado como si los desdibujados de goteras le hubieran prometido laberintos para que se perdiera en ellos. El silencio de la noche se apoderó de la humilde buhardilla mientras afuera comenzaba a llover y alguna techumbre de latón corrugado tamborileaba en la distancia.

—En este momento vas a sentir como si mis manos fueran cuchillos. En otros, como que te corto. Vas a sentir que te amaso como si fueras de pan. Hazte pan.

Creyó notar una sonrisa.

El masaje de cuerpo entero subió por las pantorrillas hasta los muslos. Los dedos hendían la piel de caramelo. Gabriela lanzaba pequeños gritos ahogados.

—Te siento arriba, en las nubes, *ñañita.*

—Al sur veo mi pueblo... hay trigales que nunca se hacen pan. Moliendo el maíz con la piedra, con las manos se puede hacer pan.

—¿De qué hablas amiga, amiguita loquita? —Zoraida se detuvo esperando.

—¡Mamá! ¿De dónde viene la oscuridad? ¿Qué busca la alimaña mugrosa? Entre las piedras del ojo de agua, entre la maleza que bordea el *poguio* voy a esconder mi rondador. ¡Mamá, mamá! ¡Se ha metido el *supay*!

—Esta delira, ¿de qué habla? Tiene las palabras y el acento de longuita. Creo que sabe tocar música. Y ¿por qué tanto miedo del diablo, del supay?

—Mamá Zoraida, soplá duro para que se salga el olor a podrido del *particular* muerto. Que la pala de manilla abrió la nuca como tomate maduro, cayó al suelo, tiré el tomate al río.

«La pala de manilla», repetía la jovencita en un delirio completo. Un grito ventral emergió de la garganta de Gabriela. «Al bulto le tiré al río, le tiré a la quebrada, le tiré al río... se abrió como un tomate podrido y chorreó su jugo, y yo le tiré al río». Zoraida se arrojó sobre ella y el peso de su cuerpo calmó los temblores de la chica. Se apretó contra ella un poco más y acarició el pelo abundante de Gabriela. Pocos minutos más tarde las dos estaban dormidas.

6

Gabriela, agarrada al brazo de su providencial amiga, quien caminaba como si fuera un ser del bosque, siempre en guardia, siempre alerta, se dejaba guiar entre covachas y almacenes. «No hay como fiarse, no hay como fiarse». A ratos sentía la sinuosidad de los músculos bien templados de su amiga debajo de la ropa delgadita de algodón.

El centro histórico contenía veinte y más iglesias en un kilómetro cuadrado. *¡Cuánto afán y oficio de mis ancestros! Veintitrés iglesias en un kilómetro cuadrado.* Se acordó del libro del señor Murgüeitio, *Primicias y datos de la Colonia.* Los mismos detalles en la fachada de piedra, uvas y haces de trigo en los brazos de santos con facciones tan detalladas como si fueran de mármol, hicieron que Gabriela comenzara a tocarlo todo para sentir si la piedra estaba viva o si el artista ignoto de la Colonia dejó su pulso en su obra. En una covacha Gabriela divisó un rondador con unos lazos rosados con bordes azul real. Se metió en la estrecha tiendita absorta en el instrumento. La tendera le preguntó: ¿Qué quieres *longa*? ¿Quieres llevarte o comprar el rondador? La chica no respondió. Intrigada por el extraño poder que aquel instrumentos de tubos de caña ejercía sobre su amiga, Zoraida la sacó de la tienda.

En una de sus salidas, en la plaza de piedra frente al pretil del convento de San Francisco con sus escalones circulares moldeados por el paso de los pies descalzos de los devotos de Jesús del Gran Poder, Zoraida la atrapó por la cintura y le dijo que quería aprisionar su alma. Un fotógrafo con cámara de fuelle apareció en el acto. Los rizos de la costeña cayeron sobre sus ojos, eso le hizo cosquillas, las dos rieron. «Ahí, así, no se muevan», dijo el fotógrafo. Descubrió el lente, esperó unos segundos y lo volvió a cubrir. «Vamos a ver si no se movieron», dijo.

Se fueron por su lado favorito de la ciudad antigua. Llegaron junto al muro del gran convento y orfanato de San Miguel Arcángel que con su torre vigilante, más alta que las de todos los otros templos y conventos, dominaba el perfil arquitectónico. Aquel muro tenía cinco pórticos enmarcados en piedra que enigmáticamente estaban condenados a cal y canto. Quince o dieciséis años después, Ortiz de Huigra huiría del orfanato y aún varios años más tarde retornaría a escalar esos muros en busca de los tesoros exiguos del convento.

Esos pórticos tan adornados y sin paso dejaban a Gabriela llena de historias no contadas e interrogantes sin respuestas. Pero poco a poco, del brazo de su amiga, encontraría algunas y se le revelaría eventualmente el poder de descubrirlo todo al encontrar otra vez su música.

Cuando retornaron al refugio de Zoraida, esta le dijo:

—Mira, ñaña, te tengo una sorpresa —se agachó y levantó una bolsa de papel de empaque—. ¡Mira! —sostenía el rondador que Gabriela había admirado tanto.

—¿Te compraste un rondador? Este es el que estaba en la covacha... a ver, ¡tócalo!

—¿Yo? No, bobita. Es para ti. En tus sueños hablaste de tu música y cómo la extraías de tu rondador.

Gabriela casi se atora con un pedazo de humita.

—Yo no puedo tocar eso.

—Cómo que no... Haz la prueba, Gabi, ¿sí?

Como Gabriela se puso muy pálida, Zoraida no insistió. Gabriela recogió sus manos contra su pecho. Zoraida aceptó su reacción y le acarició el pelo.

Pusieron el rondador en un rincón del cuarto y no se habló más del tema. «Las cosas en orden», decía la joven costeña, «lo primero es lo primero, la familia es lo primero y la suerte nos seguirá», insistía sin quitar la imagen de la Virgen de Montserrat, mientras insertaba encima el retrato que se tomaron en el pretil del convento. En blanco y sepia, apenas borrosas, las dos jóvenes aparecían en claroscuro en el mediodía de los Andes.

—*Ñaña*, aquí en esta foto te tengo atrapada. Aquí está tu alma en mis manos.

—No le creo, *ca*, señorita Zoraida.

—Trátame de tú, como te trato yo. No me digas señorita, no me digas «*ca*». Bueno, si quiere' dime «*ca*», pero no lo otro. ¿Entiende'?

—Sí, *ca*. Quiere que le hable como que yo *tan fuera* patrona. Es que la niña se parece más a la gente del patrón que a mi gente.

—Como sea. Mírate, no se te ve muy espantada, de hecho se te ve risueña.

—Sí sé lo que quiere decir risueña.

Zoraida sonrió.

—Aquí, calladito, dime: ¿te parece que soy guapa? ¿Te gusto, peladita?

—*Ña, ca,* linda es —la miró en el escote— y las tiene menuditas pero redonditas, *ca,* linda *ña* es. *Ña* es patrona, *ca,* una *longa, longa nomás, ca.*

—¡Yo soy como tú! ¿De qué hablas? Soy una mezcolanza. Te voy a mirar a los ojos y luego en la foto para ver si todavía me tienes allí.

Gabriela asintió.

Las lágrimas se acumularon en los párpados de la «peladita». Gabriela saltó a la cama, puso las manos entre las piernas y se abandonó a su congoja.

¡La cagué! Esta nena necesita más ayuda que la que yo le puedo dar con mis aguas y mis masajes. Por otro lado, me urge reiniciar mi trabajo. Ya la lista de los «esperones» está larguísima, a pesar de que he rechazado a cien. Creo que he entrado en un epifenómeno. Adoro a la nena, ¡pero es que no la puedo cuidar! ¿Y el negocio? ¿Y todo?, pensó Zoraida y una vez más estuvo con la niña abrazándola toda la noche. La veló hasta las cinco cuando agotada se rindió al sueño.

Gabriela la acompañaba al mercado y poco a poco Zoraida le explicó en qué consistía su negocio. Que no se alarmara, que era como una medicina para remendar corazones o quitar las reumas. Asimismo, poco a poco, se fue dando cuenta de dónde venía Gabriela, de cuál hacienda. Se hizo el cuadro de la madre solitaria y de alguien dañino invadiendo la intimidad del hogar.

Historia antigua, pensó la joven prostituta alisándose los rizos de agua oxigenada. Los recuerdos de su propia experiencia en casas extrañas, con parientes extraños, con primos que decían quererla, pero que habían invadido su intimidad mientras se reían entre ellos, la identificaban con Gabriela. «Me asaltaron mordiéndome por dentro. ¡Somos la misma cosa, nena! De tumbo en tumbo, nena, hacemos la vida. Trataré de ayudarte a parar tus tumbos».

Tras varios días de paz de hogar, fue Zoraida la que regresó agitada, al amanecer, y durmió muy mal durante todo el día. A las cinco de la tarde, toda ella *descachalandrada*, llamó a su amiga.

—Gabriela, esta noche quiero que duermas encima del armario.

—¿Dónde?

—Mira *nomás*, no dijiste «*ca*».

—¿No dije «*ca*»?

—No. A ver, ensayemos. Encarámate encima del armario.

Zoraida, por supuesto, no sabía que muchos de los fragmentos expresivos de los indígenas en realidad eran de origen castellano. Los conquistadores hablaban así, los indígenas adoptaron tales expresiones y las retuvieron como propias.

—Yo te ayudo. Súbete pisando aquí, en mi mano y sobre el espaldar de esta silla, que yo te empujo.

Gabriela terminó encima del armario, en un espacio lo suficientemente amplio para recibirla si ella se acurrucaba un poco, guarecida por las altas talladuras del mueble.

—¡Qué bien! No te puedo ver. Ahora si quieres quedarte conmigo vas a tener que subirte de vez en cuando encima del armario y no chistar. Es una orden. No importa lo que pase aquí abajo, en el cuarto o en la cama. ¿Entendido, nena?

—Sí, Zoraida —se animó a decir Gabriela.

Con una cobija gruesa se acurrucó en la atalaya. Aunque incómoda no se despertó hasta las diez y más de la noche. Zoraida dormía con su cabellera desparramada sobre la almohada.

A las doce, cuando los campanarios de la ciudad daban las horas, golpearon la puerta:

—Zoraida, gatita, ya llegó tu humilde ratoncito —dijo una voz impregnada de aguardiente.

La voz del hombre cerró una jaula de hielo sobre el cuerpo de la niña encaramada. Los ojos se negaban a parpadear. Con un esfuerzo supremo logró cerrarlos. Oía hablar. Sonaron las *tazas de china* al chocar mientras hacían el té. Se adormiló contra su voluntad. Abrió los ojos un par de horas más tarde. La cama crujía: una vez..., dos..., tres... Esa noche contó diez crujidos. A las cinco de la madrugada le pareció que Zoraida despachaba al visitante. Pasó el tiempo y cuando había perdido la cuenta de su propia respiración escuchó la voz de su protectora:

—Nena, nena, Gabi. Ya puedes asomarte. Te portaste muy bien. Estoy muy contenta contigo.

—Zoraida, ¿pero qué hiciste, *ca*? —dijo desde el armario.

—Vaya con el bendito «*ca*».

Gabriela la siguió mirando.

—Mira, nena. Lo que oí'te o vi'te ayer, no tiene nada de especial. Así tranquilizo a lo' pobre' hombre' solitario'. Le curo la soleda'. ¿Sabe'?, aquí la cosa e' terapia muy avanza'a, como si fuera mujer doctora de la medicina, por e'o viene gente muy escogida.

—También sé lo que es una terapia.

—Ya, ya pelada, lo sabes todo, la nena lo sabe todo, vaya peladita, vaya. Te perdono que sepas tanto porque eres una preciosida'.

Todas las mañanas atendía a Gabriela quien cada día parecía menos angustiada. Luego de una noche de ruidos Gabriela le contó que se había dormido después de contar más de treinta crujidos de la cama.

Una tarde Zoraida le dijo, restando importancia a sus palabras:

—Esta noche viene don Fermín. Es un señor *de* buena gente. Muy simpático y deja para todo el mes.

En otra ocasión, le dijo:

—Nena, esta noche viene el señor Patricio. A este le quito la pena de haberse casado por obligación. Luego vendrá don Pedro, al que enseño cómo ser más feliz con su esposa. Los sábados, solo los sábados, viene un señor cura muy importante que, sin decir nada a nadie, cambió de religión a los sesenta años. Ahora soy su diosa pues tengo mi práctica profesional ¿entiendes?, mi práctica profesional. Todo es muy profesional.

Gabriela encontró su rutina en las revistas, en salir a la calle y sobre todo en aprender al menos parte de las artes de su amiga. Le fascinaban las hierbas que usaba, los insumos que preparaba. Todos, de acuerdo con Zoraida, cortesía de su mamá que había sido curandera en el litoral y de un señor, un misterioso don Víctor, quien le había explicado los detalles más profundos de cómo unir el cuerpo y el alma.

—Esa es mi ventaja —decía orgullosa—. Yo no solamente doy alivios. No señorita, curo males, verdadero' males. No siempre le' curo el mal, pero muchas vece' salen en paz inclusive con el mal. No te he dicho de otra persona también muy importante, te la presentaré pronto. Esa sí que es una maravilla, no es un *epifenómeno*..., y te va a encantar. ¿Sabe'? ¡Encantar! Porque ella sí es un dije de dulzura' y me salvó totalmente de mis *epifenómeno'*.

—¿Qué es epi... qué? No sé lo que quiere decir epi...

—Um, la verdá', nena, la verdá', no sé lo que quiera decir. Lo oí en algún lado. Me calma los nervios. ¿No cree' que es una palabra poderosa? —se rió viendo el estupor en los ojos de su Gabi.

—La niña, *ca*, se inventó la palabra.

—No me llames niña, ¿eh? No soy ni una niña ni tu patrona.

La risa hizo cimbrear a la costeña como una de las palmeras a las que de niña se había subido para cosechar cocos.

Gabriela bajó la cabeza. No podía saber que el día que realmente «sintiera» el sabor, si no el significado, de la extraña palabreja, tal vez estaría más cerca que nunca de volver a encontrarla y al filo mismo de su propia muerte.

Dos semanas después, Zoraida anunció:

—Esta noche vendrá don González Arizondo. Es un gran señor. No te preocupes, todo saldrá bien. No hay de qué preocuparse ni en lo más mínimo. Tranquilízate y súbete al armario.

Gabriela se la quedó mirando con la cabeza entornada.

—¡Ah!, quiero que te tomes este zumo que te he preparado, porque el señor hace mucho ruido. No, no quiero que me discutas.

Gabriela se bebió el jugo.

Don González Arizondo llegó al cuarto. Era un señor de treinta y pico de años, con labios finos, bigotito de pincel, camisa almidonada con cuello *fin de siècle,* zapatos de charol, leontina para remate, con el aire y el rictus de desdén del que ha hecho de la insolencia una virtud.

Desde su escondite la niña inspeccionó al cliente y sus ojos se abrieron cuando el señor se quitó la ropa del torso para descubrir una musculatura formidable. De acuerdo al convenio establecido se acurrucó bien y se dispuso a observar furtivamente en la pared el reflejo de los eventos. Una modorra insuperable la invadió. Se abría los párpados con los dedos. Se tumbó hacia atrás tratando de no hacer ruido. Levantó la cabeza en un último esfuerzo por espiar. Zoraida había puesto a calentar una tetera y actuaba de una manera extrañamente sumisa. Como si estuviera delante de su señor y dueño. Sirvió té, que el hombre arrojó por el piso, con taza y plato, reclamando que ella no sabía prepararlo. Ella no dijo nada, sino que repitió el procedimiento y le sirvió otra taza. Él volvió a arrojar todo por el piso, una y otra vez. Gabriela ya no pudo ver nada ni oír al señor, porque el sueño la venció.

Zoraida se tranquilizó al darse cuenta de que la niña dormía. Su rostro se relajó a pesar del grito del cliente:

—¡Cocínate tú misma y ya verás que me tomo todo el té y todo lo que de ti fluya!

Hubo ruido de trastos, de agua regada por el piso y un pequeño grito ahogado. Desde su atalaya la jovencita había visto proyectadas en el techo las sombras de la pareja con la figura del enorme cliente por encima de la de su amiga quien delgada, con dedos finos, se alzaba suplicante. La sombra gigante levantó en vilo a Zoraida pero se detuvo, miró hacia el armario por uno segundos y depositó a la joven prostituta sobre la cama. Extrajo un cigarrillo y con él en la boca inició un extraño diálogo con algún ser que solamente él podía distinguir. Al cabo de unos pocos minutos de feroz argumentar se vistió con furia, recogió sus zapatos y en calcetines salió dando un portazo. A las cinco, Gabriela abrió los ojos y bajó del armario. Zoraida tenía un moretón en la frente pero aunque aturdida no parecía muy lastimada. ¡Estás viva, Zoraida! Zoraida parpadeó tratando de enfocar su mirada y contener su respiración agitada. Al cabo de varios intentos comenzó a respirar mejor y, como antes lo había hecho con ella, Gabriela continuó atendiéndola, limpiándole cuidadosamente la nariz, los ojos y el resto del rostro. La colocó en una tinaja de aguas calientes y sales que acabaron por revivirla del todo.

—Es mi maltrato anual... esto es lo que me cuesta tener aquello... —con el dedo apuntaba a la frazada de vicuña—. Y aquello... y lo de más allá. Todo. Anda, agarra el rondador, tócame algo, hazme dormir.

—Yo ni sé música, pero te puedo tocar con mis manos... —dijo Gabriela, todavía inquieta, meneando la cabeza.

Zoraida no respondió, hizo un gesto indicando cansancio y suavemente se hundió en la almohada.

Se repuso en unos días, retomó su oficio y pareció olvidar el incidente. Sin embargo, Gabriela creía que su amiga estaba un poco menos alegre, a ratos algo inquieta, a ratos distraída. Por ello se paraba delante de la puerta cuando Zoraida se atrasaba tratando de adivinar si los pasos que escuchaba eran los de su amiga. Ella misma, por su parte, muchas noches estaba cierta de que debajo de la cama, como un lobo enloquecido, el espectro del «tío» muerto estaba acechando. Sentía menos miedo encima del armario. Así, desde su escondite, escuchando los ecos del comercio del amor, observando las figuras proyectadas en la pared con tonalidades rojizas por la lámpara del velador, Gabriela aprendió por observación el arte de los cuerpos y las almas.

Tres semanas después de su llegada, Zoraida pareció más misteriosa que de costumbre y le dijo: «Tú tienes alas grandes, Gabriela, tú me has contado tu vida en tus sueños. ¿Sabes que hablas cuando duermes? Cantas con todos los pájaros, hasta creo que hablas a los perros y, ¿no te he visto hablando a las salamandras en las piedras del río?

—Yo quiero ser como tú, curandera de cuerpos y almas.

—Está bien, pero te digo que tienes alas más grandes. Ves este librito: *Memorias de una cortesana que fue dama y señora.*

—Yo sí sé lo que quiere decir «cortesana».

Zoraida todavía examinaba la cubierta del librito y sin levantar los ojos le dijo:

—¿Sí? ¿Qué quiere decir? Yo nunca lo he leído, me lo dio una amiga extranjera en un convento.

—Se trata de una dama que como tú cura a las gentes que son importantes.

Zoraida levantó la cabeza.

—¿Cierto? ¿Yo soy una?

—Sí, tú curas a las gentes importantes. Tú tienes un corazón grandote, un *shungo deveritas*, donde entran todas las penas de todos los hombres... y hasta de las mujeres.

—¿Mujeres?

—Si es que se atrevieran a visitarte. Yo si me atrevo —dijo la jovencita con su sonrisa de morocho.

—A ver, anda léelo, te va a enseñar cómo tener muchas cosas, cómo comprar estas ropas —le mostraba la falda.

—¡No! No necesito nada, comprar nada. Tú eres *cuiquita*, yo no tengo esa cinturita.

A las seis de la tarde salieron por las calles desérticas. Caminaban como si las gotas de lluvia no las pudieran tocar. Llegaron al convento de San Miguel Arcángel y allí las dos se pararon frente al portón colonial.

—¿A dónde me traes?

—Calma, nena, lo he arreglado todo. Esta mujer me quería y me sigue queriendo, pero yo no tenía ni tengo la música en el cuerpo como tú la tienes, ni te puedo enseñar todo lo que... —se detuvo pensativa—. Tú sí. Esta mujer es como tú. Ya verás.

Con la noche avecinándose Zoraida se alejó del portón principal y con Gabriela detrás dio la vuelta siguiendo el muro del convento. En la siguiente esquina curvaron a la izquierda donde la calle comenzaba a descender hacia la quebrada. Se acabó la calzada. Entraron por entre unas *chilcas* al filo mismo de la quebrada, caminaron un trecho oyendo el ruido sordo del río y, escondidas de toda mirada impertinente, allí, casi a flor del suelo, dieron con un mechinal con siete barras.

—Métete —ordenó Zoraida.

—¿Cómo que métete?

Zoraida no contestó, jaló de las barras retirando el marco y dejó despejado el camino a la cripta.

—Adelante —ordenó.

Gabriela desapareció en la oscuridad. Zoraida volvió a colocar la reja y la siguió.

—Pero, ¿dónde estamos?

—En la cripta del convento, Gabriela..., calla, que ya viene.

—¿Viene quién?

—La madre de Las Siete Espinas.

—¿De las qué? ¿De qué la conoces?

—Te entenderás con ella. Tú también hablas dos lenguas. Yo diría hasta tres.

—¿Por qué dice la niña, *ca*, que *longa* habla dos lenguas? ¿Y hasta tres?

—Ya regresaste a lo tuyo —sonrió Zoraida—. Porque hablas a ratos como en tu tierra, aunque también hablas como yo. No te quites ese hablar, es muy bello, muy dulce. Y ¿sabes qué?, hablas música también.

Bajó la voz:

—Espera, que acá viene la que era mi maestra de música en este mismísimo convento, arriba en la sección de niñas del orfanato, hasta que me escapé. Bueno, eso es una manera de hablar, nena. La monja me ayudó, ya te lo dije: yo no tenía la música en el cuerpo. Tú sí. Yo tengo otro arte en mis manos y este arte no lo enseña la monja.

—Pero ¿vos eras monja?

—No monja, huérfana, boba. ¡Calla!

—¿No me *dijistes* que tu madre te enseñaba las hierbas?

—Esta monja, bueno..., es complicado, era como una madre. También tuve otro maestro, no sé, entre esta monja y el Víctor ajustaban una madre. Crecí en la Costa, dando tumbos de casa en casa, sin conocer a padre ni a madre, hasta que me atrapó el Patronato Nacional del Niño y por allí rodé... bueno, la historia es larga, terminé en este orfanato. No me haga' má' pregunta. ¡Ah!, sí, es francesa. Digo, la monja. ¡Calla! Ya viene.

La luz titilante de un cirio apareció en la distancia fúnebre. Fue avanzando hasta que se podía escuchar la respiración sibilante de una anciana. La madre de Las Siete Espinas, con los ojos encapuchados, se materializó.

En el silencio la respiración de las tres se había acompasado.

—Madrecita... aquí la tiene —se atrevió a hablar Zoraida.

—Me pasó el recado el celador.

—Curo al celador de sus dolencias desde hace años...

—Ya veo —dijo la alta y delgadísima anciana—, *cugandega*, claro.

—¡No me dejes aquí con la bruja! —gritó Gabriela, al tiempo que daba un paso hacia atrás.

–No seas boba, Gabrielita.

—Es el «tío» muerto disfrazado de monja, me viene a hacer *chichirimico* —y se cubría por debajo de la cintura. Con un salto felino Zoraida la atrapó y la tumbó en el suelo. La jovencita temblaba y Zoraida apenas si la podía controlar, por lo que le abrió los brazos en cruz y la clavó contra el polvo.

—Gabrielita, oye te quiero, niña, *ñañita, ñaña* —y la besaba toda.

Poco a poco, la jovencita se calmó.

—Te amo, niña hermosa —y la besó en la frente, en la nariz y en la boca.

—Hijita —murmuró la monja. Se acercó y le alisó el cabello—. Nena morena, me dice Zoraida que en tus sueños cantas y se diría que estás en el campo lleno de flores, pájaros, abejas... ¿Me puedes dejar oír lo que tú oyes? Yo quiero que tú me guíes también.

Gabriela comenzó a hablar agitadamente:

—¡Vámonos de aquí! Yo no sé música. Además, mi rondador está quemándose en el fogón de mi choza.

Regresaron tres días después. Gabriela, mucho más serena, se pudo quedar en la oscuridad en compañía de Zoraida. Repitieron las visitas hasta que la madre pudo tomarla de la mano y llevarla con ella. Zoraida se retiró.

La monja guió a Gabriela hasta llegar a una puerta de arco. Abrió la hoja de madera y la luz del sol iluminó la cripta deslumbrándolas. Cubriéndose los ojos entraron a un espacio lleno de plantas. Era el tercer patio del lado del claustro, el más retirado, con la fuente central y las plantas ornamentales organizadas por la madre de Las Siete Espinas como una jungla mínima.

—Creo que aquí encontrarás a muchos de tus amigos y, tal vez, me cuentes de tu música. ¿Cómo la escuchas? ¿Dónde la encuentras?

—Yo debajo de los matorrales, *ca*, me metí con mi Ashcumaní. Ambos nos quedamos quietos y a menos de dos palmos estaba un gorrión cantando. Cantó, cantó y cantó. Creo que al pajarito le gustó su propio canto porque lo repitió. Y yo quería que siguiera cantando porque su música comenzó a salir de mi rondador. Cuando se calló el rondador, allí, frente a mí, estaba un animal como una lagartija grande de colores dorados y azul tornasol.

La monja sonrió.

—Qué hermosa historia. El lagartijo aquel de tantos colores en la mitología de mi país era como un dragón que tenía poderes especiales, los ojos de topacio y la capacidad de dar vida o muerte a los demás... lo llamaban basilisco.

—Yo sí sé lo que es mitología.

—No lo dudo y es muy lindo lo que dices.

—El rondador en mis manos se toca solo. Mi amiga Zoraida toca con atención a sus clientes y salen caminando sin dolores.

—Hija, Zoraida toca a su manera, tú les tocarás con tu música.

—Yo no sé curar gente, yo solo curo perros lastimados, pájaros con almas rotas.

La monja extrajo de las profundidades de su hábito una flauta de plata y comenzó a tocar un adagio compuesto por ella misma.

—Esta tonada me inspiró el volcán que tiene una laguna solitaria. Camino del sur. La laguna se llama Rumi... algo. Me quedé una tarde, sola, junto a un árbol que debió haber sido muy bello y del cual apenas quedaba su esqueleto blanqueando. Pegué el oído a la madera reseca y alcancé a escuchar su ritmo lento.

—Yo aclaro mis orejas para que escuchen al trigal.

La monja asintió un par de veces e hizo rodar su flauta entre los dedos. Al fin levantó la cara.

—¿Sí sabes que el basilisco eres tú, reside en ti, te acompaña? Tu iguana de colores, tu lagartijo también es como un dragón capaz de echar fuego. Y el amor es fuego, paz, delicia y vértigo. Ese fuego se remonta milenios hasta las cavernas y tú lo llevas por dentro.

Se interrumpió al notar que la chica no la miraba. Parecía estar inmersa en el estudio de las piedras sillares al ser salpicadas por la fuente. «Mi lagartija música no sabe, solo encuentra la música, la mete al rondador y yo sostengo el rondador entre mis labios. Y allí cantan la lechuza en el atardecer y el *huiracchuro* en la madrugada, los sapos cuando llueve y los grillos cuando están de fiesta», murmuró.

Gabriela se calló. La monja retomó su tema musical. Una melodía que mezclaba la nostalgia andina con momentos de luz brillante, como cuando se salía de la cripta para entrar al jardín. La niña se arrimó a la fuente y mientras le salpicaba el agua comenzó a cabecear. Diez minutos más tarde se levantó y se acurrucó en la falda de la monja.

—Dame el contenido de tus sueños, niña —le dijo la monja al oído.

Mucho más tarde, guiada por la monja que ahora le parecía todavía espectral pero muy bella, Gabriela salió una vez más por el mechinal. Encontró a Zoraida esperándola, sentada al filo de la quebrada, con los brazos cruzados sobre las piernas.

7

Zoraida Zavala acababa de acicalarse para salir a curar a algún cliente adinerado. Apretó los labios para igualar el color. Se miró en el espejo y, con una sonrisa de ojos casi cerrados, examinó el reflejo de Gabriela.

—Bueno, ¿te gusto? ¿Soy guapa o qué?

Gabriela contempló a su amiga y sintió un jaloncito en el pecho. Se acercó y la abrazó por la espalda. Zoraida la regresó a ver con los ojos más grandes que de ordinario.

—Peladita, ven acá.

La apretó contra sí.

La jovencita aspiró la mixtura de canela con pétalos de rosa silvestre y alguna otra hierba. Zoraida preparaba sus propios perfumes.

—Como el almizcle en los perfumes atrae a las personas, así mis perfumes caseros enloquecen a todas estas sabandijas que tengo que atender, pero también a los menos sabandijas y todavía más a los señorones.

Tomó a Gabriela por el mentón.

—*Ñañis,* siento que tu cuerpo está cambiando.

Gabriela entornó el rostro y abrió los ojos.

—Nena, cuéntame qué sientes aquí, allá y por acá. Cuéntame que sientes en tus pies y en tus manos.

—Me duele un poco aquí —se tocó los pezones— están como un poquito hinchados.

—¿Sí sabes lo que te está pasando, nena?

Tuvo que acercarse para escuchar lo que decía Gabriela.

—Sí, el duende ha hecho nido en mí y saldrá como un bulto, un huevo negro, reventando entre piernas, *ca*, como gallina ponedora, y yo me convertiré en un cascarón vaciado por dentro.

—¡Qué tonterías dices, nena! Vas a tener un bebé y ningún bebé es hijo de ningún duende.

Gabriela se inclinó sobre su hombro con los ojos abiertos y secos.

—Zoraida, ya se me acabaron las lágrimas.

—Nena, no estás sola. Primero estoy yo, luego la maestra de música; ella te preparará para que vayas donde el Víctor.

Gabriela se entregó a esos brazos protectores. Estuvieron así hasta que Zoraida con cuidado la separó de sí. Notó que Gabriela no tenía temblores aunque su mirada aparecía ligeramente extraviada.

—Ey, nena, estoy aquí. Mírame. Ya. Te voy a dar mi té *cúralo-todo*.

Zoraida preparó té de borraja con esencia de valeriana. Tomaron la infusión mientras hablaban de la maestra de música, del basilisco, de si Gabriela quería seguir yendo o no al convento.

—Al principio pensé que no. Sin embargo, inclusive en los nichos escucho algo..., algo que me atrae... —se quedó pensativa antes de continuar, interrumpiendo sus pensamientos—, anda, que llegarás tarde.

Zoraida Zavala partió a las ocho de la noche. Tras de ella Gabrielita se tocó la boca y le lanzó un beso. Zoraida se detuvo y le gritó: ¡Te quiero toda! Cerró la puerta. Gabriela se arrojó en la cama. Recorrió el tumbado con su mirada y divisó una araña.

—Amiga araña, tienes que irte a vivir a otra parte, porque lo que es aquí no hay ni moscas ni pulgas que puedas cazar.

Al decir esto en alta voz creyó que la pared del lado del río se alejaba y abría como un inmenso horizonte de montañas y recuerdos de su tierra. En su cuerpo sintió el aroma de Zoraida. *¡Ah!, por eso no tengo miedo*.

La araña amiga seguía dando vueltas sin aparentar ningún rumbo en particular. Gabriela comenzó a soñar que se hacía araña: le daban ganas de comenzar una tela. Parpadeó. La ausencia de ruido la había despabilado. Se bajó de la cama y, como había visto tantas veces hacer a Zoraida, se quitó el camisón, se sentó ante el tocador y dejó que su cabellera larga, renegrida y espesa cayera sobre sus hombros. Tenía un lunar chiquito en el cuello debajo de la oreja. Una mancha minúscula sobre el esternón. La piel trigueña, indígena, los ojos grandes, oscuros, mestizos. Los labios suculentos. *Yo sí sé lo que es suculento,* se dijo. Una tenue sonrisa de satisfacción apareció en su rostro. *Los dientes, ah, los dientes, los limpio por fuera y entre ellos con las fibras de la cabuya, como me enseñó mi mamita.* Usando el cepillo de su amiga se alisó el pelo echando la cabeza hacia atrás para poder ver la cascada, no del todo lacia, rebotando sobre sus hombros. Cuando se miró el torso, la palabra «suculentos» se quedó suspendida. Bajó los ojos. Volvió a sentir la inquietud que la acosaba desde que se acabaron «las visitas del mes». Creyó oír un ruido en el techo que la arrancó de sus reflexiones. *A dónde se fue la noche*, se preguntó. *El sol ya está alto y la araña se ha escondido.* Zoraida no había regresado. Se volvió a ver en el espejo. Se mordió el labio inferior.

En las mañanas tenía leves náuseas que desaparecían conforme avanzaba el día. Había decidido usar anaco en lugar de falda. Aseguraba el anaco con dos pequeñas agujetas de madera donde había previamente marcado; pero esa mañana, a pesar de que metió la barriga, tuvo que mover la marca un par de dedos.

Quería y no quería ir a su clase de música. La idea de ser observada por la monja de Las Siete Espinas la llenaba de sentimientos encontrados. La simple presencia física de aquella extranjera: el rostro enjuto con sombras y aristas definidas, alguna vez fue bello y ahora aparecía al mismo tiempo vagamente espectral; los ojos apartados y grandes, ligeramente bizcos, sugerían una gran dulzura; y, aquellos labios que hablaban con un acento extranjero pero acogedor que la seducía, confundía a la jovencita, quien no sabía si estaba en peligro de ser atacada por algún monstruo escondido entre las tumbas o si la gran presencia era un portal para la vida. Así, las visitas al convento comenzaban con su leve ansiedad pero terminaban en el acercamiento de esas dos almas al crear delicados entrelaces entre sus melodías.

Gabriela descubrió tantos detalles y matices en ese rostro ajado que, al final, se constituyó en una referencia para, en su trajinar, entender mejor la complejidad de la vida y su simpleza: el amanecer y el atardecer de una existencia vivida siguiendo el pulso de la música.

8

La maestra de música le explicó que a través de la gama de colores y texturas musicales descubrirían la clave de cómo disolver en armonías los chirridos más horrendos de los duendes.

—La música tiene *cologues*, vaya, *cologatuga* —comenzó la monja mientras se acomodaba el hábito.

La niña tocó los dobleces de aquel sayo grueso.

—Así son las lomas de mi tierra.

—¿De qué tierra, hijita?

—De la tierra donde conocí a mi lagartijo: el basilisco.

—En tu tierra ¿hay algún pueblo? ¿Cómo se llama?

—Mi pueblo es la población de las garzas que se fueron.

—¿Por qué lo llamas así?

—Cerca de mi choza había una hondonada. Sabía que había sido una laguna porque en los atardeceres de lluvia, entre las gotas de agua, todavía podía oír las alas de las garzas.

La monja contuvo su aliento y le acarició el pelo varias veces.

—Quiero contarte un secreto, un secreto que solamente se descubre cuando una ya es vieja y todavía queda el deseo de convertirlo todo en *agmonías*.

Los ojos expectantes de Gabriela hicieron sonreír a la anciana que todavía conservaba sus dientes.

—Te diré que esto es lo más importante que tienes que aprender de estas lecciones: que no es posible *entendeg* la música sin *entendeg* el silencio. Al ver las garzas perderse en el horizonte y con ello no *alcanzag* a oír su aleteo, tú habías arribado a la orilla misma del silencio, a la vertiente original de la música.

—Lo que ni le entiendo.

—Te toco en la muñeca, niña, ¿qué sientes aquí?

—Sí, pum, pum, pum...

—Para *escuchaglo*, para *sentiglo* del todo, tienes que hacer silencio. Nota los descansos de tu corazón: así, con el pulso y los descansos se hace la música.

—Yo le puse atención al perro...

—¿Sí me comprendes?

—Sí, el *shungo* que palpita, y además, hasta él descansa, hasta él hace silencios. En cierta ocasión en mi pueblo se cayó un perro al río y se quebró las patas; estaba en un sitio casi inaccesible y no podía consolarlo. Aulló toda la noche. De pronto se calló y fue entonces que pude escuchar todo lo que decía.

—Qué precoz eres, niña.

Gabriela parecía no escuchar y continuó mecánicamente.

—Sí sé lo que quiere decir «precoz».

La maestra sonrió.

—Me descolgué por la peña hasta llegar al río. Escuchaba que muy por lo bajo seguía gimiendo. Tomé el rondador, le apliqué a su hocico y dejé que su música callada saliera por allí. Dormida sobre su cuello, casi helada, me encontraron al día siguiente.

—¿Y el perro?

—Tal cual, como si estuviera dormido, mi mamá me ayudó. Lo llevamos al páramo, hicimos una pira y todavía tengo sus cenizas en una vasija en la choza de mi mamita.

Otra vez la niña miró en la distancia desconectándose del momento.

—¿En qué piensas, niña misteriosa?

—Madrecita —dijo la niña mientras se abrazaba las rodillas—, madrecita —repitió y se apretó aún más mirando de reojo a la monja—, Zoraida no ha llegado.

—¿Recuerdas lo que dijimos sobre las garzas cruzando el valle? Tu música igual, usa el cuerno que te daré, toca el rondador: cruzará los valles y *alcanzagá* a Zoraida.

Salieron al jardín. Se sentaron junto a la fuente de agua. Las chicharras hacían su música y un par de sapos compartían sus cuitas.

—Sí, Zoraida estuvo interna aquí en el orfanato. ¡Era una flor de colores demasiado vivos! No había como tenerla en invernadero.

—¿Y no podía escaparse de aquí, salir como salgo yo?

—Viéndola morir de hastío, sin que nadie lo supiera, excepto el celador, la saqué de aquí por el mismo mechinal por el que tú y Zoraida entran. La dejé a cargo de un doctor, curandero y gran hombre, don Víctor.

—¿Nadie buscó a la Zoraidita?

—El celador es un magnífico embustero cuando se trata de cubrir actos que así violen todas las reglas de disciplina del convento. Me salvó a mí y salvó a Zoraida.

La monja se encogió de hombros con una sonrisa que descubrió varios dientes alargados.

—¿Huyó del Víctor también?

—No lo sé. El celador me contó de un rumor de amores, de locura por un joven de la gran ciudad, de abandono, *abogto* mal hecho y esterilidad. Lo que *no* quiero enterarme es de cómo el celador sabe todas estas cosas. Supongo que por la misma Zoraida. Fue ella quien posiblemente la curó de sus reumas.

Cerca de la media noche el frío de la capital las rodeó enteramente.

Retornaron a la cripta por las gradas hasta el arco donde estaba grabado: MORTUI VIVIS PRAECIPANT. La madre de Las Siete Espinas estiró su enorme índice: «que los vivos aprendan de los muertos». Gabriela intuyó que la monja se refería al silencio interior esencial para poder escuchar su propia música.

—O sea que estos huesos enterrados ¡hacen música todo el tiempo! ¿En eso consiste el cielo? —preguntó.

—Mira acá, como ellos vamos a hacer música con estas dos copas con agua. Esta es un *la* —le dijo sonriendo y repicó la copa suavemente— y esta otra, en la que he puesto un poquito más de agua —la tocó con la baqueta— es un medio tono más bajo.

Gabriela repitió delicadamente la nota como lo había hecho la maestra.

—Escucha —dijo la monja, al mismo tiempo que retiraba un mantel de filigrana y encajes, de aquellos que se hacían para los altares, descubriendo varias hileras de copas con distintos niveles de agua. Se humedeció las yemas de los dedos y tocó el filo de varias copas al mismo tiempo.

—¿Ves?, también suena como una flauta. Lo que toqué es parte de un concierto para arpa y flauta de Mozart. Solo nos falta la orquesta. Tú serás la orquesta.

La madre de Las Siete Espinas le entregó dos baquetas.

—¿Crees que podrías replicar en estas copas el sonido de tus garzas al despegar del lago? O ¿el sonido de las gotas al tocar las plumas de sus alas?

Gabriela examinaba las baquetas, estudiaba las copas.

—Así, mira —y la monja tocó varias escalas, primero alargando notas al tocar los labios de las copas con los dedos húmedos. Luego convirtió las copas en marimba. Se detuvo con los ojos fijos sobre su pupila, la tomó de las manos y la guió para que ella también humedeciera sus dedos. Gabriela comenzó a tocar las copas, pero inmediatamente retiró las manos.

—Esas copas me queman.

Ante la perplejidad de la monja se puso a llorar, se abrazó de su cintura y repetía: «Se quemó mi rondador en el fogón».

La monja tomó el rondador y pidió permiso para tocarlo.

—Ese no es mi rondador. El mío se quemó en el fogón.

La maestra a manera de réplica siguió tocando.

—¿Es este el canto del quilico a las cinco de la tarde?

Gabriela levantó la vista.

—Ese mismo es el canto del quilico.

—¿Y este es el estruendo de las alas cuando se fueron las garzas del valle?

Gabriela asintió. Se acercó a las copas. Sus dedos crearon sonidos lúgubres como los llamados de una bestia insepulta.

Se detuvo.

La monja le tocó la frente empañada por un sudor frío.

—Un momento, ya regreso, Gabrielita.

No tardó. Parecía más alta que de costumbre. Le entregó un cuerno pulido de toro, verde y translúcido como si fuera de alabastro, con un filo negro rojizo y líneas cremas.

—Adorada hijita, cuando camines por los cerros toca la música de tu cuerpo con este cuerno y me sentirás junto a ti y conmigo estará Zoraida.

Se fueron para el mechinal de la quebrada y la monja tocó el cuerno. Miró a Gabriela.

—Esa fue la primera llamada. Tú intenta otras dos cuando vayas camino a casa aunque despiertes a un par de vecinos.

Al recibir el cuerno y alejarse unos pasos por la senda lodosa, creyó percibir el olor de perfume casero, seguramente el aroma de tantas flores silvestres del lado de la quebrada, y ensayó el sonido del cuerno que algún día usaría para llamar a su maestra y a su amada.

Cuando salieron los murciélagos de los refugios del campanario más cercano a la guarida de Zoraida, Gabriela se acurrucó en la cama de su amiga. Más tarde la despertó un golpe en la puerta. La vecina venía a preguntar si había visto a su gata machorra. Gabriela le preguntó si había visto a Zoraida.

—No, ¿a Zoraida?, no, nada. Nada. No he visto ni a mi marido.

—Yo tampoco he visto a su gata fortachona y peor a su marido.

Cerró la puerta y se volvió a meter en la cama. En la madrugada, una mano se posó sobre su frente. Abrió los ojos. A la luz de la pequeña lámpara del velador pudo distinguir el pelo ensortijado y el olor de las flores silvestres, como al lado de la quebrada, que emanaba de esta mujer de la selva. Se despabiló con un grito: ¡Zoraida! ¡Zoraidita!

Se abrazaron.

Gabriela atolondrada le decía: «No me vuelvas a hacer esto, no te desaparezcas, no me dejes sola por días y días, mientras yo miro a las arañas caminando por el tumbado. Ni qué amiga ni qué nada, ni me quiere la niña».

Zoraida no contestó, solamente la apretaba contra sí y la dejó que se desahogara.

Se despertó primero: miró a Gabriela dormida con una delicada sonrisa en el rostro. La acarició mientras murmuraba para sí: «Nena, *ñañita*, nena, estoy en un oficio que es muy avispero y, quizás tenga, aunque no quiera, desaparecerme de tu vida por un rato. Pero niña —y se apretó más a la jovencita—, te buscaré siempre».

***

Con la guía de la maestra, casi solo en monosílabos, pudo hablar de su embarazo. Cada vez que la asaltaba el miedo, la maestra le pedía que tocara, nota por nota, alguno de los aires del *pueblo de donde se fueron las garzas*. Las sesiones continuaron a veces en la cripta, muchas más en el jardín. En una de ellas, Gabriela se armó de valor.

—Madrecita, ¿usted sabe por qué la Zoraida se fue por tantos días?

La monja no contestó en seguida y al fin volvió a apuntar al cuerno.

—Repite conmigo: Si mi Zoraida se fuera, de todas manera ella es como la música y llegará a mí cuando mi basilisco la encuentre y mi rondador le cante o mi cuerno la despierte, donde esté, sí, donde esté; regresará a ver en mi dirección y se pondrá en camino.

***

La madre de Las Siete Espinas repetía una y otra vez ideas como: «De allí que es posible modificar la conciencia con la música —y por ende el cuerpo mismo— y su respuesta ante la vida, la enfermedad y la muerte con tan solo diestramente manejar el ritmo y la melodía; ya sé que esto no tiene ningún sentido para ti ahora, pero un día te será todo muy claro».

En algún momento le contó que creía descender de los Normandos, y «en el fondo soy todavía una bárbara indomesticable». Recorrieron mapas de la antigüedad, estuvieron con Julio César, Sófocles y Euclides. Vieron el cuerpo inerte de Cleopatra con la serpiente todavía prendida de su pecho y tuvieron largas charlas junto al fuego con el Cid Campeador. Más tarde, se alucinó con los malandrines y gigantes al seguir muy de cerca y a caballo a don Quijote y, entre risas, dieron heno a Rocinante. De la misma manera, la joven mestiza guió a la europea por todos los parajes que bordeaban el *chaquiñán* del Inca. Subieron en sus fantasías hasta las ruinas de Machu Picchu y se bañaron en sus aguas termales. Adoraron al dios Sol y besaron a la Pachamama. Vieron a Huáscar caer asesinado por orden de Atahualpa. En Cajamarca contemplaron con horror la masacre de los indígenas que llevaron a cabo los conquistadores. De pronto, en una de tantas exploraciones, la jovencita preguntó:

—¿Dónde están todas las mujeres en estas historias?

La monja sonrió:

—Esclavizadas, violadas, vendidas y mal tratadas, o sublimadas como vírgenes o madres irreales o inalcanzables. O en su defecto, cortesanas, amantes de reyes y decapitadas por las mismas, o generadoras de crías para hacer guerreros. Pero —la voz se le tornó grave— también somos de las especies que producen la verdadera música, el sentido común y la sabiduría.

Gabriela no entendió la observación, pero se quedó con ella toda la vida.

Un atardecer, junto a la fuente del jardín, la monja extendía la mano para acariciar la curvatura del vientre de Gabriela.

—Se va acercando la hora de hablar de una nueva vida y de contarte mi historia final, de tocar las copas y pintar las garzas. Tengo que decirte algunas cosas. Tú eres silvestre, apenas si podrías estar con los citadinos domesticados. Tú eres de monte. No puedes vivir como yo. Recibirás a tu bebé en los cerros porque allá te diste como las moras y así será con tu parto. Si fueras a una maternidad en la capital, te tratarían como tratan a las indígenas.

Gabriela la miraba cada vez más pálida.

—Hospital, ningún hospital —dijo trémula.

La monja continuó sosteniéndola del mentón y acariciándole la cabellera.

—Ni hospitales ni doctores con delantales blancos ni camillas de acero cromado. Nada más te digo: sigue camino al sur hasta el partidero de la laguna de Rumipungo. De allí a la izquierda hasta que des con el Víctor. ¡Calla, calla! Te será obvio. Acuérdate de lo que te dijo Zoraida: el Víctor. Usa el cuerno si te sintieras perdida.

La jovencita asintió. La monja la tomó de la mano. Recogió el cirio y comenzó a adentrarse en recovecos de la cripta que Gabriela no recordaba haber visitado. Detrás de una pared de nichos que parecía continua, aunque en realidad tenía un segmento desplazado hacia atrás, contemplaron un área de nichos no ocupados, todos llenos de libros y papeles, un par de guitarras en un rincón, una docena de cirios en el otro, una mesita con una silla para escribir. Apagó el cirio porque el espacio tenía varias troneras cubiertas de vidrio que dejaban entrar la luz del día. Una tenía el vidrio quebrado y por allí se había deslizado una madreselva.

La hizo acercar y le mostró con su dedo índice, color de la cera, algunos de los títulos: J.S. Bach: La estructura perfecta y la fuga; *A solas con Handel; Física para poetas; Brujas, curanderas y hechiceras; A la salud por el ritmo de la música del cuerpo*; y muchos más de temas sobre ciencias y arte; pero, en su gran mayoría, los estantes desbordaban partituras, la mayoría de las cuales resultaron ser composiciones de la madre de Las Siete Espinas.

—No organizo mis libros, ellos se organizan como quieren y así nos damos sorpresas mutuas.

Gabriela asintió.

—Soy la maestra de música, doy clases a las chicas del orfanato. La superiora no me entiende, pero le gusta mi música más que mi persona. Ella me creó este espacio para que compusiera y para que «vivas en paz tus excentricidades. Solo dame tu música», me dijo. Sabe de ti, sabía de Zoraida y de un par más a las que he asistido. Mi música es mi salvoconducto y el pago por mi protección para que me dejen en paz.

Como si fuera a invitarla a una junta de confabulados le dijo al oído: «¿Ves la pared del fondo? No tiene nichos porque es el espacio donde tú contarás la historia del pueblo de dónde se fueron las garzas. Acá, con mi arpa de agua te acompañaré. Tu pintarás tu música porque la pintura y la música son hermanas en el ritmo, la forma, la estructura, el color...como ya hemos hablado tantas veces».

En efecto, bajo un lienzo estaban muchos botes de pinturas y pinceles.

—¡Ah! ¡Rumipungo! —exclamó la monja.

La joven la interrogó con la mirada.

—Te conté: Es el nombre de la laguna donde toqué la música de ese árbol leñoso.

***

Gabriela tenía sobresaltos cada vez que en sus sueños veía a las garzas despegar sin despedirse. En sus sueños también se encontró con garzas heridas que la miraban con los ojos desbordando preguntas inesperadas. Se veía extender las manos sin tocarlas porque creía que así podría escucharlas mejor aunque no cantaran y oír sus alas aunque no volaran. En el centro de sus ansiedades estaba sereno el lagartijo de colores. *Mi saurio, mi iguana de colores, mi lagartijo, mi basilisco, mi compañía.* Con su lengua tocaba el aire y aparecían las garzas, tocaba el suelo y aparecía el lago.

Días después regresó a la cripta y se sentó como lo hacen los yoguis. Sin decir nada la monja se retiró a sus copas y comenzó a tocarlas con tanta destreza que Gabriela sintió una atroz sensación en sus vértebras que no pudo saber si era un tormento o un placer.

—Esto, hija, es la *Tocata y fuga* en re menor de Bach.

—Monjita, el basilisco está aquí —extendió la mano derecha.

La monja entrelazó sus dedos con los de Gabriela. Salieron al patio y sobre la superficie del agua de la fuente, sus dedos crearon numerosas ondas. La chica le tocó los labios con la otra mano:

—¡He visto todas las garzas!

Apresuradas regresaron a la cripta y descubrieron las pinturas bajo el lienzo. Gabriela, en trance, comenzó a pintar. La monja la acompañó con su música de un repertorio que parecía inagotable. Cuando Gabriela llegó al tope de la pared comenzó a pintar en el cielo raso cinco garzas recortadas contra los colores del atardecer. Las escalas del retorno de la primavera de la sinfonía *Pastoral* de Beethoven emanaron de las manos milagrosas de la monja y se enredaron con las garzas. Más tarde, cuando Gabriela casi sin poder mover los brazos completaba los últimos detalles del mural, el *Ave María* de Bach/Gounod fue su compañía.

La música se escapó por los resquicios del portón de piedra y alcanzó a algunas monjas, quienes por las arquerías del corredor superior recitaban los oficios propios de la hora. Acallaron sus voces y suspendieron su aliento para mejor envolverse con la música, con la neblina de la tarde y con el croar de las ranas.

Cuando la monja le prometió contarle el último capítulo de su vida, el día estaba sumido en una densa neblina. Gabriela entró por el mechinal acompañada por la melodía de un coro de sapos y mirlos. La madre de Las Siete Espinas la esperaba entre sus libros.

—¿Es esta la noche en que me contará el desenlace de su vida?

—¡Quién sabe! No hay en realidad desenlaces, todos son enlaces.

La monja sonrió levemente.

Se sentaron una al lado de la otra. Se mecieron por un rato hasta que la monja de Las Siete Espinas le dijo: «No hay mucho más que contar».

Gabriela, con el rondador en una mano, con la otra alrededor de la cintura de la anciana que la miraba desde lo alto, la llevó a bailar.

—Ven, hija, apriétate más que quiero sentir este momento y tu calor joven. Ya sabes que esta vieja loca no le tiene miedo a la muerte desde que se enamoró de la vida. Dame un respiro, hijita, tráeme las copas.

Se sentó en el piso entre los libros. Gabriela acomodó las copas como le gustaba a la maestra.

—Mira, mi niña: tu música me ha dado alas y soy como una de tus garzas y ahora que las abro en este mi último vuelo te contaré mi despedida.

Comenzó a tocar sus copas.

—Esta sonata de Chopin me enseñó a no tenerle miedo a la muerte, a enamorarme de la vida. La conocen como Marcha fúnebre. Para mí expresa la continuidad de la vida con la muerte en una sola ruta armónica. Es como si un collar de perlas se hubiera deshecho y las perlas cayeran por todas las copas sin deshacer el collar de donde partieron.

La maestra continuó. El sonido se detuvo. Gabriela levantó la cabeza, la maestra tenía todavía las manos sobre las copas. Con dificultad se paró apoyándose en ella. *Si la abrazo muy fuerte, la quiebro como un bizcocho.* La monja descansó su cabeza sobre el hombro de Gabriela quien la sostuvo esperando algún recado o tal vez una última instrucción. Sintió que la mujer aquella, extranjera, medio desterrada, hecha de música, se acercaba aún más a ella e inmediatamente se deshizo como si se hubiera evaporado y no quedara ya más trazo de su cuerpo. Gabriela la retuvo unos instantes entre sus brazos, cayó de rodillas y depositó a su maestra sobre el suelo de la cripta. Unos minutos más tarde con las copas, nota por nota, tocó una de sus tonadas *Del pueblo de donde se fueron las garzas*. En el piso, con su hábito de lienzo, la monja parecía un ave más de la bandada que había desmayado su vuelo.

«No tengo miedo de la muerte desde que me enamoré de la vida...», repetía Gabriela como si invocara un poder invisible. Una a una, fue rompiendo las copas y observando como el agua ennegrecía el fino polvo del suelo de la cripta. Besó la frente de la muerta. *¿A dónde se fue la vida?* La chica divisó el perímetro apenas iluminado por el mechinal de ventilación. Aquellos nichos serían su secreto, su caverna de escape del rigor de la vida; un espacio de estudio, recogimiento y composición musical junto a aquella osamenta. *Bellísima, a su manera.* La única persona con quien realmente había compartido su propia música. Tan extraña como ella, tan sin sentirse en casa en ninguna parte excepto aquí, en esta cripta. *Ya no les temo a los muertos. Ellos me han enseñado el silencio, yo les meteré un poquito de ruido.* Sonrió y barrió con la vista el espacio de esos muertos testigos de su exótico aprendizaje. Ya no le temo a la vida desde que me enamoré de la muerte: *Hazme entender hasta que lo comprenda dientro, pero así por bien dientro, por el mismo shungo de mi ser.*

Gabriela contó alborotada a Zoraida sus experiencias con la madre de Las Siete Espinas. Casi hablaba gritos: le dijo que ya no tendría clases, se puso a llorar, se rió enseguida y lloró otra vez. Y como en otras ocasiones, Zoraida simplemente la dejó desahogarse en sus brazos. En realidad, ella necesitaba el mismo consuelo pues también la monja ocupaba un puesto especial en su vida.

Le habló al oído:

—¿Ya aprendiste la música? Si la música está aprendida, entonces tienes que ir a ver al Víctor.

—¿Para qué tengo que ver a nadie ni aprender de hierbas?

—Qué ¿no entiendes? Vas a tener un *guagua*. No te puedo atender. Además, quieres ser como yo ¿verdad? ¿Curar cuerpos y almas? Tienes un talento natural, mejor que el mío.

—Tú me ayudas con el *guagua*..., con el duende..., ya lo hiciste..., entre las dos podemos todo.

—Gabrielita —dijo Zoraida, por primera vez con los ojos rebosando—, nena, *ñaña, ña,* yo me voy, tengo que..., volveré..., te prometo —dudó Zoraida—. Júrame que saldrás enseguida a ver al Víctor.

—Dime más del bendito Víctor.

—Él te va a enseñar las otras artes de la sanación por el corazón.

—Algo me dijo la monja del Víctor y vos.

—El Víctor es de la Costa, ma' huyó a las sierras.

—Y este Víctor, ¿cómo voy a dar con él?

—Igual que yo, con las instrucciones de la monja. No podrás no encontrarlo porque él te encontrará a ti. Cierto, yo tuve ayuda del celador, pero era mucho más joven que tú. Además, tú me contaste que la monja te regaló el cuerno.

—No puedo dejarte ir, Zoraida. Vos eres mi hermana, mamá, amiga, mi vida; con vos la *longa* tiene menos miedo del duende que anida en mis tripas.

Se convulsionó su cuerpo y se le cortó su voz:

—Mi monja, la que me enseñaba la música se ha ido con el agua de las copas. ¿Quién me va a enseñar nada? Y vos también ya diciendo que dizque te vas *nomás*?

—Gabrielita, no te acongojes tanto. ¡Claro que nos volveremos a ver! ¡Te juro! Cómo vas a creer que me desaparezca así *nomás*. Yo te encuentro, tú estarás con el Víctor o él sabrá tu paradero. Pero tienes que salir enseguida.

Zoraida siguió hablando con sus labios rozando los de Gabriela.

—Tengo que irme por un tiempo. Por un tiempito nada más. No resisto más a estos pegostes de clientes. No todos, ¿eh? Un par de ellos, sí, de primera; el resto, ¡ni para qué contarte!, ya no los aguanto. Qué asco, su olor, sus malos modos, sus malos tratos y sus impertinencias o sus asquerosas caras cuando mismo no pueden a pesar de sus desplantes. Ya me cansé. No me dejan ser *profesional*. Estos no tienen estilo, el estilo es la vida. ¿Comprendes, Gabrielita?

—¿Y quién te va a cuidar a ti? ¿Qué pasó que tienes tanto apuro?

—No, no tengo prisa. Yo me cuido sola. No te preocupes por eso. Pero cuando llega la hora, llega la hora. No hay explicación ni súplica ni pelea con el destino.

—Zoraidita, ¿estás en un epifenómeno?

Zoraida le acarició la cabeza. Hizo un mohín.

—Te lo prometo. Regreso. Ve a ver al Víctor, él te ayudará con todo, ya te dije; te asistirá con el duende. Darás al mundo un bebé, afirmarás la vida y eliminarás el miedo.

Gabriela empalideció. Se apartaron.

—El duende reside en mí, ¿no es cierto? Es mi epifenómeno, ¿no es cierto?

Zoraida la volvió a abrazar y a retenerla contra sí.

—¿Quién seguirá conmigo? El duende, el duende y ¡el duende!

La pelirroja oxigenada con ojos verdes *deveritas*, como le decían sus clientes, le mordisqueaba la oreja al decirle: «Cuando quieras encontrarme toca tu rondador o el cuerno. Cuando quieras encontrarme o al menos *sentir* mi presencia, toca tu rondador o el cuerno como me dices que te instruyó la madre de Las Siete Espinas. Para entonces serás la mejor curandera de la región».

9

No quedaron en una fecha de partida. Gabriela entró en una especie de trance y comenzó a ir todos los días a la cripta como si la monja nunca hubiera muerto. Se pasaba horas tocando melodías junto al cadáver de la anciana. Intuía lo insólito de su conducta y creía que era posible únicamente porque su maestra había seducido con su música a la superiora.

Una noche, cuando se cumplían dos semanas de la muerte de la madre de Las Siete Espinas, Zoraida anunció que ese era el día de su partida.

—Regresaré. Te prometo, aunque pasen días, semanas y hasta meses, sin falta, regresaré. Pero ahora escóndete en el armario. No te olvides. No abras la puerta a nadie. ¿Oíste?

Gabriela estaba de color ceniza.

—Sí, sí oí. Claro que sí. ¿Ha dicho meses la patrona, *ca*?

—Ve con el Víctor, ¡enseguida! Regresaré.

Zoraida espiaba la puerta una y otra vez.

Se perdió en la oscuridad. Gabriela corrió el aldabón. Solo entonces reparó que aquella seguridad era falsa: un buen golpe y saltaría. Jaló uno de los tornillos enmohecidos y se quedó con él en su mano. Se limpió el óxido en un trapo. A las once de la noche subió a su guarida y se quedó oteando atenta sin poder cerrar los ojos. Nada. Silencio, excepto por el ruido de la lluvia en la calle y en el portal de afuera. Se tapó la cara con las manos y exhaló. Se despertó con un pequeño sobresalto. El reloj en el velador marcaba las cuatro y media de la mañana. Invocó la memoria de la monja de Las Siete Espinas. «¡Zoraida, no me dejes!», gritó pidiendo ayuda, con la boca enterrada en la almohada. *¿Quién será este Víctor?* Se tocó la deformidad en su vientre y tuvo pesadillas dando a luz en la calle junto a una cañería abierta. Se juró que saldría al día siguiente a buscar al Víctor. ¿Qué más le quedaba?

A las ocho de la noche del día siguiente todavía no se había ido. Desde un rincón en el suelo, sin poder llevarse a la boca el rondador, escuchando que una lluvia intensa caía tras la puerta, creyó notar también pasos conocidos, pasos de alguien que no era malo. Abrió un resquicio antes de que tocara. Reconoció a don Liborio, un personaje que rara vez aparecía por allí. Zoraida tenía razón: se trataba de un caballero a carta cabal como lo había descrito. Bajaba los tres escalones de piedra. Se detuvo y la miró como diciendo ¿quién eres tú, chiquilla? No podía saber que la jovencita residía en lo alto del armario cuando Zoraida ejercía su comercio. Gabriela le explicó antes de que profiriera palabra que Zoraida no volvería por un buen rato. De todas maneras, le abrió la puerta. El caballero no se quitó el sombrero ni se sacó el paletó. Se apoyaba ligeramente en el paraguas que llevaba en sus manos cubiertas con guantes de piel de venado.

—Bien, entonces pues, si el *business* está *under new management*... ¿me podrías decir quién eres tú?

—¿Qué ha dicho el señor?

—Nada, nada, olvídalo, este negocio está bajo nueva gerencia —dijo con una sonrisa y comenzó a darse la vuelta para salir.

—No, señor, esto es simplemente un refugio.

Gabriela levantó la vista y don Liborio vio sus ojos. Se sentó y cambió su pregunta con la voz muy callada.

—¿A quién refugias en tu refugio?

—Zoraida refugia a todos, inclusive a mí.

Gabriela bajó la cabeza. Se sentía examinada sin poder taparse de esa mirada tan exploradora.

—Niña, jovencita, me vas a hacer un favor: entrégale este sobre a Zoraida. Dile que es a buena cuenta.

—Sí sé lo que quiere decir «a buena cuenta».

Don Liborio meneó la cabeza escéptico. La correcta dicción de la jovencita no le parecía que calzaba con el vestido indígena.

—¿Me puedes regalar una taza de alguna de las hierbas de Zoraida?

Gabriela se levantó con sus manos inestables, tumbó la tetera y dos tazas. Recuperó una.

—Niña india, niña joven, me voy. Cuida ese sobre. Es para ustedes dos.

Don Liborio se levantó y dio a Gabriela un beso paternal en su cabeza. Gabriela se aferraba de una taza que bailaba en sus manos. La mano enguantada de Liborio se posó sobre la suya estabilizando su temblor.

—Niña, ¿tienes a dónde ir?

—Sí, me espera el Víctor.

El señor frunció el ceño.

—El Víctor, ah, está bien niña, no salgas de aquí y en la mañana ve con ese señor.

Salió con una ligera venia y cerró la puerta con cuidado.

A las dos horas de haber dejado entrar imprudentemente a don Liborio, creyó oír algo familiar y, porque no podía soportar más su soledad, abrió la puerta. Allí estaba un hombre semidesnudo, con la mitad de su rostro arrancado en jirones. Una mancha oscurísima le corría por el cuello hasta la cintura y algunos pedazos descolgados seguían cayendo sobre el hombro. Borboteaba: «Que me haga de recomponer la cara ¡Doña Zoraida, por Dios Santo Bendito!» Gabriela se echó para atrás y dio un portazo en la cara del desdichado. Llena de impotencia y vergüenza cayó de espaldas en la cama. Se mordió el antebrazo y ahogó sus alaridos.

¡Víctor! Había llegado la hora de ir a verlo. Lo haría cuanto antes. Los eventos que ocurrieron a continuación, esa misma noche, no le permitirían vacilar más. Decidió subir a su atalaya. Así se tardaría un poco en ceder a su impulso de abrir la puerta. Se echó una vez más sin poder conciliar el sueño. Quizá si tocara el rondador, el basilisco se asomaría y ya no estaría sola. Se asomó al filo del armario. El rondador estaba junto a la cama. Perdió el balance. ¡Vértigo! Pasó las piernas por encima del tallado del armario. Oyó un raspón en la puerta. Electrizada, recogió sus piernas. Se despabiló del todo al verificar otra vez que Zoraida no estaba allí.

¡Sola!

La voz curada por años con aguardiente ordinario y tabaco crudo resonó dentro del cuarto: ¡Que abran la puerta en nombre de don González Arizondo!

Gabriela se acurrucó. El aldabón saltó y dos hombres con abrigos, bufandas y garrotes entraron al cuarto mirando en todas direcciones.

—¡Dónde está la zorra!

—El patrón se ha dejado robar por una zorra.

Comenzaron a tumbar todo, abrir los cajones, tirar las mesas, voltear los floreros y arrojar por el piso todos los frascos de ungüentos, bálsamos y aromas con que Zoraida curaba a sus enfermos.

—¡Mierda, dónde dejó la plata la zorra esa! —inclusive rasgaron el papel de terciopelo con estrellitas—. Aquí no hay nada. Le diremos al patrón. Nos mata. Mejor quememos el cuartucho. Le decimos que cuando llegamos el cuarto estaba en llamas. ¡No, se quemaría la manzana! ¡Mataríamos inocentes! ¿Y de dónde me sales con escrúpulos? ¿Qué escrúpulos tuviste, pendejo? La Zoraida tiene amigos entre los policías. ¿Y vos, vas a creer eso?

Salieron dando un portazo.

Ágil como gata montés Gabriela se deslizó al piso. Zoraida había fugado. Estaba claro. *No podía haberme abandonado así del todo.*

Los asaltantes habían rebuscado todo.

¿Todo? ¡No! Los pomos de la cama, ¡no!

¡Los pomos de porcelana de la cama! Nerviosamente, desenroscó un pomo. No había nada. No, no había nada. ¿Al otro lado, tal vez? Desenroscó con mayor dificultad la bola más chica y destapó el tubo de la cama. Allí, en un rollo, estaban los billetes. Los sacó de un tirón. No los contó. Los metió en un pañuelo de color rojo, hizo un nudo y lo escondió en su blusa junto con el sobre de Liborio. *¡Estos van a volver! Adiós araña.*

10

Gabriela sale, mira a ambos lados del zaguán.

Llueve a cántaros. No importa.

Tiene que desaparecer por las calles desiertas.

En la distancia el farol de luz mortecina se refleja apenas en los adoquines. Parpadea. Cree ver una figura doblar al final de la cuadra. ¡Y otra! Cruza la calle, se esconde en la entrada de una casa. La lluvia se ha acrecentado. Probablemente no la vieron. Se aleja pegada a la pared. Se da cuenta de que no lleva sus alpargatas. Alcanza la transversal y corre sin regresar a ver hasta el final de la avenida. Las imágenes de su fuga cuando desnucó al «tío» aparecen delante de ella. Mira al cielo, la Vía Láctea estaría clarísima por *encima* de las nubes, como *aquella* noche fatídica. Hoy, apenas si alcanza a ver a dos pasos. No está segura sobre cómo ha llegado a ese filo lleno de hierbajos de la quebrada de Jericó. Es el límite sur de la ciudad, a siete cuadras de la guarida de Zoraida. Sigue por la orilla, sabe que puede resbalar y caer en el torrente. Sus pies buscan agarre en la ladera. Se sienta con los brazos cruzados sobre las rodillas. Respira agitadamente. Nota un hilo de saliva descolgarse de su boca. Su último refugio estará invadido. *¿Buscarán el dinero otra vez?* En ese instante cree ver un resplandor al final de la calle. ¡Han incendiado el refugio de Zoraida!

Han pasado meses desde que Zoraida la recogió, desde la muerte de la madre francesa y la desaparición de Zoraida. *Y todo este período tan intenso es ya purito pasado.*

Pasan las horas y la lluvia la recorre por todo el cuerpo. Inconscientemente, se toca los brazos para verificar que todavía están allí a pesar del frío. El amanecer está a la mano. No puede saber si solo se quemó la guarida de Zoraida o toda la cuadra. Era enteramente posible que no quedaran sino escombros. Con la ropa todavía húmeda, los dientes castañeteando, se desliza junto a la quebrada. Observa, mientras frunce el entrecejo, cómo sus pies la llevan de retorno a la guarida. *¿Las víctimas también retornan al lugar del crimen?* Diez minutos más tarde constata que la mitad de la manzana se ha quemado y que fue la lluvia la que impidió la destrucción total de la cuadra. Allí, donde fue su refugio, no quedan sino los escalones de piedra y algunos travesaños carbonizados. Alcanza a ver cómo un par de vecinos se llevan la cama de metal chamuscado. En un rincón, debajo de un leño que no se ha acabado de consumir, apenas ennegrecida, está la foto de las dos chicas en frente del pretil circular de San Francisco. La toma, la besa, y abandona las ruinas. Está sobrecogida, pero no acaba de entender su suerte o sus emociones.

Otra vez en las orillas de la ciudad, no muy lejos de donde arribara por primera vez a los brazos de Zoraida, espera que salga el sol. Cuando se seca la ropa, son las once de la mañana. Rastrea su derredor, siente el dinero de don Liborio y de Zoraida en su seno. *«Con este dinero, cuando pase todo esto del duende y del*

Víctor, buscaré a mi mamita. La encontraré a como dé lugar, se dice sintiendo un dolor familiar en la boca del estómago». No tiene a su monja ni a su amiga. *¿Cuánto tardará el Víctor en enseñarme algo? ¿Lo podré encontrar o me encontrará?* Se toca el vientre, se ausculta, se mira. Antes de salir hacia la laguna de Rumipungo para que Víctor la encuentre, hace su última diligencia: se mete por la tronera de la cripta del convento y encuentra en el «estudio», bajo el mural de las garzas, el cuerpo de su maestra extendido en el piso entre cuatro cirios a la usanza colonial. Nota el olor desagradable pero no demasiado intenso porque entra viento por las troneras abiertas. Pasa de puntillas junto a la monja y su rostro *calavérico* no la asusta. Lo toca por unos segundos con la yema de su índice. Un frío de mármol le sube por los brazos. Entre dos libros de mitología griega esconde el rollo de billetes que dejara Zoraida. Desgraciadamente, el pueblo de su niñez fue radicalmente alterado por el paso de la carretera interprovincial y la movilización forzosa de la mayoría de sus habitantes. Sus pesquisas terminarían siempre en callejones sin salida o con nuevos interrogantes.

Decide recostarse en el regazo de la monja de Las Siete Espinas. Entre libros y cirios apagados se siente más segura que lo que se había sentido en muchas semanas. En alguna hora de la noche una caricia en el rostro la despierta. Sorprendida abre los ojos:

—Hijita, no te asustes, soy yo, Madre María Eugenia Inés de la Cruz, superiora de este convento.

La superiora la examina, la ausculta, la explora con la mirada.

—Conozco tu historia, conozco dónde estás en tu camino, conozco de tu arte y de tu música. He sabido por años del Víctor. Tú y la monja de Las Siete Espinas tuvieron, tienen y tendrán mi bendición. Nadie violará este recinto que perteneció a ustedes dos. Solo espero de ti tu música que es mi consuelo. Sí, ya lo sé, estoy loca de remate, pero así es mejor, que cuerda e insensible a la música y ciega a la presencia de lo extraordinario.

Gabriela se queda contemplando ese rostro lleno de ternura y sin decir palabra sale por el mechinal de siempre. Huye hacia el río, por entre los matorrales. Grita: «¡La invasión, la violación de nuestro espacio, nuestro hogar, nuestro secreto. No quiero su ternura. No quiero a nadie. Solo quiero los huesos de mi maestra. Nada más».

Se tardaría muchos meses en poder recordar la escena con la madre María Eugenia Inés de la Cruz y reconocer sus buenas intenciones. Ese reconocimiento le permitió perdonar a la invasora, pero jamás pudo acudir a sus ocasionales llamados para conversar.

De todas maneras, retornaría muchas veces a ese mismo espacio en los años de su peregrinar, cuando la soledad, la tristeza y el miedo le fueran abrumadores. A veces tenía sobresaltos cuando creía notar entre las tumbas el aroma de perfume casero. Aquel efluvio tenía la virtud de precipitar en su imaginación escenas vívidas de Zoraida. Eran escenas que a la vez traían un torrente de felicidad para inmediatamente destruirla con el recuerdo aún más vívido de la desaparición de su amada.

11

Se deslizó por el mechinal como tantas veces lo había hecho, miró a la reja suelta, la acomodó una vez más y se prometió volver. Se tardaría años en volver, pero cuando finalmente lo hizo, descubrió con júbilo que su refugio continuaba intacto.

Caminó hasta que el paisaje ya solo contenía cerros, potreros y sembríos. Ocasionalmente, podía distinguir chozas de adobe con sus techos de paja gris. Al fin se arrojó a la vera del camino y, echa un ovillo, a pesar del frío se quedó dormida. Entre las nueve pasaron dos labriegas y se acercaron. «Que no puedes dormir aquí, que te vas a morir de frío». Eran madre e hija. Ellas insistieron y así, luego de ruegos, aceptó ir a una pequeña casa solitaria a unos cien metros del camino. Le dieron un poncho, tres panes, unos pedazos de carne seca y una botella de agua. Su urgencia no la permitió ni siquiera quedarse una noche en esa casa. Sacó un billete y, mientras las otras dormían, lo puso en una mesita.

Al tercer día encontró unos garabatos sobre un pedazo de madera que le pareció que decía «Camino del lago». *¿Será mi laguna?* Sacó el cuerno y lanzó dos mugidos que la dejaron sin aliento. Agotada, sin provisiones, se quedó dormida al pie del letrero. Se despertó entumecida a medianoche. Caminó un par de kilómetros más. Se detuvo. Tenía un agotamiento que demandaba abandonar la búsqueda. Dio unos pasos hasta el próximo recodo de la trocha que en ese lugar estaba casi enteramente cubierta de pajonal y otras hierbas. Fue cuando lo percibió. Al filo del camino, delgado, con su sombrero de fieltro y un poncho que podría ser de cualquier color que igual parecía negro en la oscuridad, apareció Víctor.

Su voz grave le habló como si la conociera:

—Caserita, he oído decir que quieres ser curandera. Soy el Víctor de aquí, hierbatero de Rumipungo y alrededores. El tilo calma los nervios, el hipérico ahuyenta la depresión, el jengibre soluciona los vértigos, la matricaria actúa como la aspirina, el regaliz alivia el cansancio, la equinácea refuerza las defensas orgánicas, la cannabis puede aliviar estragos de la glaucoma y el própolis combate las infecciones. Caserita, ¿me puedes ayudar a afinar mi rondador?

Le ofreció un pedazo de pan con miel de abeja.

Gabriela comió el pan y se relamió. Examinó al chamán.

—No soy así, como perro, don Víctor. Sí sé de modales.

Víctor aventó la mano.

—¡Qué *tan* serán los modales! Ni sé nada de ellos.

Era un hombre relativamente alto. Con la coloración aceitunada de la Costa, pero curtido por los rigores del páramo. Se había encontrado con un hombre de cuero. A pesar de ello, debajo de la pelambrera oscura y la frente lisa como si fuera joven, el iris verde claro con un trazo de miel, de expresión serena, contenían una chispa de ironía que le daba el aire de estar siempre a punto de sonreír. Emanaba esencias de animal no doméstico.

—Comerá solo espino de monte el Víctor —Gabriela afirmó más que preguntó—. ¿Cómo me encontraste, Víctor?

—Escuché tu cuerno.

Gabriela sonrió. Se acomodaron una junto al otro e improvisaron un dúo en tan perfecta sincronía que parecía como si lo hubieran hecho juntos toda la vida. Gabriela levantó los ojos por encima del rondador y se detuvo.

—Víctor, carita bella *tenís, ca.*

—¿Carita bella? Eso sí está jodido, caserita –sonrió.

Víctor se miró el hombro y con cuidado atrapó una mariquita, la dejó caminar entre sus dedos hasta que tomó vuelo. La siguió con los ojos mientras explicaba:

—No te asustes más, caserita. Te he estado esperando por mucho tiempo, *guambra* coquetona, *descorita.* Vienes a aprender acerca del zumo de la pasiflora y las otras plantas que ya te dije, además de la agüita de curiquingue para cuando te llegue «la visita» del mes, y también para bañarte cuando te llegue el parto. Y no te olvides, *descorita*, que también soy médico aunque prefiero, antes de intervenir, encontrar primero el cauce natural de la salud del cuerpo.

Al ver la cara de inquietud de la jovencita le aclaró: No *descorita*, caserita, nunca verás el interior de un hospital; aquí en los cerros invocaremos a la salud que la música confiere y todo saldrá bien. Ya verás.

De hecho, aquel hombre curtido por la intemperie, Víctor Jairo Jarrín, era un médico de la Costa con una afición grande por la botánica. Se había graduado con el anillo de oro de la mejor universidad del puerto principal y, a los veintisiete años, decidió que trabajaría en las comunidades perdidas de la selva costeña. Fue cuando conoció a un joven abogado, Justísimo Remache, con quien inició una campaña muy efectiva contra la corrupción en los sistemas de entrega de salud pública. Una tarde de julio, cuando el abogado despejaba su escritorio para irse a su casa, tuvo la visita de un señor bien vestido y de buenos modales, aunque tenía la piel más de trabajador que de señorito. «Entre», le dijo Justísimo distraídamente. El otro exclamó como si lo conociera: «¡Justísimo, tanto tiempo!» Justísimo no pudo menos que levantar la cara sorprendido. Se encontró con el cañón de una pistola. Dejó a su esposa de 24 años y a sus dos hijos, uno de cuatro y una de dos. Víctor quedó paralizado por días y, cuando al final pudo moverse, arrojó lo que pudo en una bolsa de cuero e inició una caminata que lo llevó por las plantaciones y trochas en la selva virgen. Casi ciego de ira y desesperación subió a los montes hasta llegar a los volcanes nevados. En el primer caserío curó a un chico que sufría de apendicitis operándolo en la mesa del comedor de la casa de sus padres. Le recetó de su botánica: infusión de sauce llorón para bajar la temperatura y la inflamación. El chico se recuperó. El doctor estaba consciente de que no había administrado ningún antibiótico. Sonrió como cediendo a algún argumento que traía consigo mismo. Allí, en esos parajes perdidos, decidió que se haría curandero.

12

Llamaron a tantas chozas y pequeños caseríos que Gabriela perdió la cuenta de cuántos enfermos habían curado. Años más tarde se acordaría del tono de la voz, de los gestos del curandero, de su acercamiento delicado al enfermo, de su callar, de su escuchar, que permitía a este y a sus familiares volcar todos sus miedos. Recordaría también escenas vívidas como cuando encontraron a un joven labrador, en sus treinta, padre de dos niñas, quien tenía en la pierna una herida que no cicatrizaba. Lo que vio Gabriela fue una llaga que mostraba hasta el hueso, una expresión de desesperación y abatimiento en el hombre, el derrumbamiento físico de la esposa, las caritas de incomprensión de las niñas sobre lo que ocurría y un puerco de cara amistosa comiendo en la escudilla familiar. Víctor se sentó como si lo hubieran invitado y cuando el enfermo cerró los ojos su cuerpo anunció que abandonaba la batalla. Víctor puso su frente contra la frente del enfermo. En cortos momentos todo su cuerpo seguía la respiración del paciente. Preparó una infusión de clavo de olor mezclado con un polvo blanco, probablemente datura, que dio de beber al joven. Envió por un poco de raspadura. Con un cuchillo la desmenuzó sobre agua hirviendo hasta que se formó una melaza. Acto seguido lavó la herida con otra infusión de aliso y sauce llorón y limpió cuidadosamente los fragmentos podridos. Aplicó una generosa capa de melaza sobre la herida y la vendó. El joven abrió los ojos, miró al brujo que tenía una mano sobre su frente y apretó la mano de su esposa. Reconoció a sus dos hijitas apoyadas sobre su pierna sana. Con una débil sonrisa, su rostro cobró una expresión de paz. Suspiró y volvió a cerrar los ojos. La esposa recogió la cabeza del enfermo en su regazo y las dos niñas se acercaron más aún.

Víctor dio sus recetas y hierbas, un beso en la cabeza a la mamá y otro a las niñas. Dio órdenes para que fueran al dispensario y consiguieran varias dosis de insulina.

—Cuando yo vuelva estará mejor —dijo Víctor.

Retomaron el camino.

—¿Se curará el joven?

—Se le fue el miedo, caserita —contestó Víctor y siguió caminando.

—¿Cómo, si yo le vi todavía enfermo?

—Yo no curo a nadie, caserita.

—Entonces, ¿qué clase de curandero eres?

—Ellos se curan solitos.

—Estoy feliz con el Víctor. No le entiendo bien, pero estoy feliz.

—Tu música me fascina.

Caminaron otro trecho y reconocieron la choza del curandero.

13

Tres semanas y media más tarde, en noche de luna llena, sin nubes, el volcán está nítidamente dibujado contra un cielo negro azul y en la distancia se pueden observar otros picos de hielo. Gabriela se despierta sobresaltada a las once y más de la noche, toda empapada en sudor, con la sensación de estar chapaleando en su camastro de cueros.

—¡Víctor! !Víctor!, que me hago de ahogar en mis propias aguas.

Con agua caliente fragante por el olor del aliso, sauce llorón, eucalipto, cedrón e *ishpingo*, la baña toda inmersa en el estanque de ladrillos.

Víctor se acerca con una jarra humeante.

—Caserita, ha llegado la hora de emprender su camino, el camino del sueño. No importa lo que veas, no importa lo que aparezca, no importa lo que oigas, lleva el rondador contigo, siénteme a tu lado, confía en tu música. Lleva además esta flor anaranjada y toma de este jugo que te va a ayudar con el miedo.

Gabriela, desnuda y relativamente relajada en el agua caliente y sus vapores, bebe a grandes bocados. Sus ojos se abren y cierran, miran desenfocados en la distancia.

—Víctor, ¿por qué estoy ahora en el páramo arrastrando esta panza tan enorme? ¿Por qué tengo que caminar por esa ladera que termina en arenales que parecen sin vida? Veo ríos de arena que se precipitan por estos escollos y caen en grandes torrentes con nubes de polvo. Hay presencias dentro del polvo. Las siento.

—Caserita, *chit*, estoy junto a usted, calle usted un poquito, le voy a tocar su música, acá le pongo el rondador en sus manos, no importa que se moje.

—Alucina —murmura el Víctor dirigiéndose a alguien invisible.

Gabriela no ve a Víctor, tal vez lo siente. «¿Qué pasó con mis aguas?», —se pregunta ansiosamente—. «¡El Víctor me deja justito cuando me sale el bulto! Hay un quilico en la distancia. Me está llamando».

Gabriela se pone a caminar en dirección del quilico que sigue aleteando sin moverse. El sabor mordicante de la fermentación le templa la lengua. Frente a ella está una roca de lajas negras y verdosas como una plancha vertical de cuarenta metros. Escucha gente a su alrededor: «Tiene calentura», dice alguien. Le tocan en la frente.

Rocas solitarias y enormes.

—Alucina —repite la voz de Víctor—. Caserita, deje que su espíritu siga el camino que le señala el quilico, aquí estoy a su lado con la comadrona y la curandera.

Gabriela, en su delirio, en lo que parece media hora llega a la roca, la rodea; al otro lado hay un desfiladero oscurecido por los matorrales. Intuye que por allí debe aparecer el *supay*. Saca la flor anaranjada y la deja macerar en la chicha. Se toma el brebaje que tiene el sabor del olor de Víctor: verbena con papas, tierra recién arada y zumo de hombre.

No te encuentro, basilisco, mi amigo de colores... el cuento de mi gata blanca que se creía capaz de cazar murciélagos. Tiembla de frío. Se acurruca aún más en el estanque y siente el calor del agua. Oye voces.

—Todo va bien —dice Víctor—. Ya está en pleno desfiladero.

—Apareciendo la coronilla, *ca* —dice la comadrona.

¡Estoy acá!, ¿dónde están que no les veo? ¿De qué hablan?

—¿Dónde estarán mi monja y mi Zoraida que tanto prometió volver? —grita la parturienta.

La voz de Víctor le llega quebrada aunque consoladora.

—Gabrielita, caserita, las sentirá.

Gabriela no se puede mover. Siente agua, flota en un arroyo que a pesar de ser de deshielo no es frío. Abre las piernas y extiende los brazos. Grita:

—¡El bulto está entre mis piernas!

La presión de una mano grande sobre la suya le da un respiro aunque ella sigue en el arroyo que le ha llevado al desfiladero.

—¿Tengo que alcanzar el otro lado de esta cañada?

En la distancia, la voz del curandero es persistente.

Siente un cantazo de frío que afecta el ritmo de su corazón. Un niño ha aparecido, está de espaldas a ella. En su delirio Gabriela casi no se puede mover como ocurre en ciertos malos sueños. De todas formas, se aprieta contra el niño buscando calor en el contacto y trata de verle la cara. El niño se da la vuelta y su boca se abre en una enorme dentadura; las cuencas de los ojos, unas cuencas sin luz..., y ella paralizada, con el viento llevándose sus lágrimas. ¡La calavera, el duende, el *supay*!

A ratos cree oír la música de Víctor.

Mira directamente a la calavera como la instruyera Víctor. El cuenco del ojo izquierdo comienza a despejarse como se despejan las nubes de la tormenta. Detrás de las nubes emerge una figura de humo negro que se dibuja y desdibuja conforme emerge. Lanza risotadas y salpicones de babas. Gabriela menea sus brazos intentando espantar la horrible aparición.

Tiembla de frío y de fiebre.

Mira a su atado.

¡Su rondador!

Ansiosamente extrae el instrumento e intenta producir sonidos iguales a los que sale por los cuencos de la calavera. El aparecido se desdibuja y desaparece, pero el chico le sigue dando la espalda, se convierte en un ovillo, se hace negro y rueda lejos fuera de su alcance. *El bulto ha desaparecido*, piensa con algún alivio, *pero estará escondido detrás de alguna de esas rocas.*

Escucha un berrinche.

Se incorpora con su cabeza en neblinas.

—Ya pasó todo —escucha decir a una voz y cree percibir los olores de las infusiones. Escucha palabras consoladoras de boca de hombre. Víctor, ¡claro está!, le indica que todo ha pasado.

Abre los ojos vidriosos y cree ver junto a Víctor, allí, alta y pálida la figura de la monja de Las Siete Espinas, y más allá, su amiga del pelo rojo oxigenado. *¡Zoraida, Zoraida! Monja mía, amiguita mía, mía, mía. Han venido por mí.* La silueta de Víctor intercepta su visión cuando delicadamente la levanta la cabeza y le da de beber del pilche de coco de palma de la Costa. Escucha más voces. Oye que le explican, consuelan, dirigen, ordenan, sugieren. Por allí alguien dice: «La comadre partera, carajo, *ca, güenaza* es, mismo». Voces: «Se ve muy bien el *guagua.* Harto pelo, qué raro, tiene una onda; y mírenle los ojos, como la mama», decía otra. Este tiene más de longo que de patrón. Tantea entre brumas su camastro. No hay más que mantas de lana cruda y atados de paja seca del monte.

Quince días más tarde abre los ojos. A no más de un paso del camastro está una cuna hecha de palos, paja y frazadas de lana. *Esa cuna contiene el bulto.* El frío de la figura negra camina por sus brazos y piernas. Huir le parece la única opción viable.

Bamboleándose, se encamina al rincón, que por ser el más frío, es donde se guardan los víveres. Necesita comer algo aunque no tiene hambre. Tiene sed. «Me han sacado la leche o no la tuve nunca». Debajo del poncho de Víctor encuentra una docena de recipientes de barro llenos de leche. «¡Mi leche!» Decidió huir. Salió con unos pocos víveres, su rondador y con el sobre de dinero que le había dejado don Liborio.

14

Fue la comadrona la que encontró el camastro vacío y al bebé llorando. Fue ella misma la que buscó a Víctor y explicó que la joven madre había desaparecido. Fue ella la que prometió a Víctor ayudarle a cuidar a la criatura. También fue ella la que urgió a Víctor para que organizara una partida para encontrar a la madre y traerla a que enfrente sus responsabilidades como buena madre. «¡No!», dispuso Víctor, «nadie buscará a la madre, porque aquella madre no puede serlo, no de momento». Añadió misteriosamente: «Un día regresará y finalmente enfrentará al duende y rescatará a su hijo y, por allí, su vida misma».

Qué si el bulto tiene hambre y qué si necesita leche. Corriendo entre tapiales y matorrales, asomándose a caseríos, inclusive ofreciendo su propia leche como nodriza de bebés huérfanos, Gabriela luchaba por desprenderse de ese lazo invisible que la ataba a la cuna fatídica. Pasaron menos de tres meses y la leche desapareció. Impulsada por el miedo, por las alucinaciones de sus sueños, poco a poco, trazando círculos cada vez más amplios, se desprendió de Víctor, de la choza, del bulto. *Los aires de las montañas más distantes, en la otra ladera, por donde sale el sol, me extirparán el supay.*

Los meses se convirtieron en años.

Llevaba cuenta de los años por las estaciones seca y húmeda y por el ruido distante de las fiestas en los pueblos. Tenía un ensartado de mullos en el que contaba las décadas. En un par de años añadiría otro más. Con cada mullo «hacía *juerzas*» para deshacerse de las memorias que la sorprendían en cualquier ladera o a la vuelta de cualquier camino. A saltos y brincos hizo contactos, curó a varias personas, los comatosos abrían los ojos, las acongojadas no se agachaban más. Así podía vivir en trueque de servicios a cambio de prendas de vestir y un poco de comida. Regó, a pesar de su ansiedad, salud y en algunos lugares inclusive dicha, la misma dicha que a ella la eludía. Recordaba períodos de febril actividad tratando de hacer todo lo que hacía con Víctor, multiplicado por las artes de Zoraida, en el entreverado de su música y la inspiración de la monja de Las Siete Espinas.

A pesar de quitarse la ropa todos los días al amanecer, enfrentarse al sol naciente, tocar el rondador, bailar con el basilisco junto a los riachuelos, tiritar de frío, restregarse con estropajos de raíces para quitarse los humores de malas memorias, de no tener que llorar tanto por Zoraida, de no recibir las marejadas de amargura con los recuerdos de su madre y de la monja de Las Siete Espinas, de no arrepentirse de su huida de la choza de Víctor y de una vez quitarse toda memoria del bulto, llevaba siempre por dentro pequeños sobresaltos. Ellos ocurrían sobre todo cuando los atardeceres enfatizaban sus «lejuras» en esos páramos casi deshabitados.

Han pasado tantos años. Se agarró del pecho. Eran más de veintisiete años desde que huyó de la casa de su madre, desde que mató al «tío», desde que murió la monja de Las Siete Espinas, desde que desapareció Zoraida, desde que tuvo aquella terrible alucinación con la calavera, el niño, el «tío» como duende, el chapaleo en sus aguas, el «bulto» saliendo de su vientre y desde que se alejó espantada de la cuna de palos.

15

Durante los años en que Gabriela se convertía gradualmente en curandera a través de la práctica constante de la medicina de hierbas, músicas y masajes, un niño de dos años fue abandonado en la sala de espera del convento de San Miguel Arcángel. Era delgadito, de ojos muy grandes y renegridos, el pelo apenas con una honda, la nariz ligeramente aguileña, tez muy trigueña. Venía con un atado y un sobre. Cuando entró la superiora, el niño extendió el brazo tratando de entregar lo que traía. Miró al suelo y el sobre cayó al piso por el temblor de sus manos. El niño no diría nada por los siguientes tres meses. El mensaje era claro: «Este niño» —decía la nota— «es un chico que necesita un hogar. Yo ya estoy demasiado viejo, solo y a punto de echarme en algún tupido de matorrales del cerro. Acá, en su pueblo, por supuesto lo pueden cuidar y lo hacen. Pero por favor, cuídenlo ustedes sabias; miren en sus ojos. Son los de la madre». La monja superiora, Sor María Eugenia de la Cruz, lo miró a los ojos y se quedó prendada. El sobre decía que debía llamarse Clímaco Ortiz Lejía porque esos eran los apellidos de la comadre y la partera que ayudaron en el nacimiento. El nombre propio era en honor de un futbolista nacional que, en cancha extranjera, había metido un golazo de chilena, a veinticinco metros del arco contrario, contra un equipo cuyo nombre nunca se pudo determinar. El primer gol que un compatriota metía fuera del país, decían los comentaristas, sin añadir más detalles.

«El que lleve ese nombre le inspirará y le dará amor propio y autoestima», había observado humildemente el celador del convento.

***

Pese a la predicción del celador, la experiencia en el orfanato fue dañina para el chico. Aunque aprendió como nunca pudo haberlo hecho en su pueblo, se llenó de heridas y resentimientos. Quince años después el chico fugaría del convento y unos años más tarde retornaría a robarle para intentar restañarlas a través del desquite. En sus años en el orfanato, fue la misma monja superiora que se prendó de sus ojos cuando tenía dos años, quien intentó curar sus heridas y resentimientos adueñándose del papel de mamá. Comprobó la futilidad de sus esfuerzos cuando Clímaco retornó al convento para robarles. De hecho, con su corazón de madre, la superiora había anticipado que la manera como el joven buscaría su desquite sería a través de algo audaz. Vislumbró el robo y, en un esquema descabellado que solo una madre podía concebir, había facilitado el robo con la peregrina idea de rescatar al chico. Su razonamiento era que si Clímaco se enteraba que ella había permitido que robara o si el robo mismo era demasiado fácil, eso lo llevaría a la sospecha de que lo estaban dejando robar. Entonces, ya no se cumpliría el requisito del desquite «¿qué chiste tiene robar algo que ya te están regalando?», lo que haría que se decidiera o por no robar o por devolver lo robado. Nebulosamente, la monja esperaba que al término de todo esto, el chico golpeara a la puerta de entrada del convento y pediría hablar con ella. Así Clímaco rogaría perdón y ella lo apretaría entre sus brazos y hasta lo cubriría de besos.

***

Cuando Clímaco cumplió cuatro años las maestras notaron su excepcional capacidad para concentrarse en ciertos materiales educativos, sobre todo en lo que tenía que ver con letras. Se concentraba en el juego de cubitos y parecía desaparecer en ese mundo creando combinaciones y permutaciones, pirámides, torres, barreras, palabras y hasta frases. Alguna vez logró combinarlas de tal forma que se podía leer palabras en todas direcciones. Una gran memoria que lo permitía ganar en los juegos de bastos gracias a recordar todas las cartas que se habían jugado. A pesar de que tenía algún amigo, era generalmente huraño y daba saltos cuando se lo tocaba y se paralizaba al encontrarse repentinamente con una persona mayor. Cuando el chico cumplió ocho años, su redacción era la de uno de quince. Había leído docenas de libros de la biblioteca del convento de San Miguel Arcángel. La madre superiora, al notar su destreza escritora, esperanzada de entender mejor al chico, le sugirió que escribiera cuentos. Por mucho tiempo esperó que el chico escribiera alguna historia sin poder conseguir ni una línea. Aun cuando se sentara con él, Clímaco parecía incapaz de articular dos palabras. La monja abandonó el esfuerzo.

Lo que la superiora no sabía era que el chico no solamente podía escribir sino que escribía ya cartas a la madre desconocida, y que «ella» también le escribía puntualmente. A veces, lo sorprendía en los claustros, tras las columnatas, hundido en algún libro. Lo dejaba en paz porque lo conocía huraño. En realidad Clímaco estaba escribiendo una cuartilla tras otra a su madre imaginaria. Al comienzo, cuando apenas tenía siete años, sus cartas eran simples, pero años más tarde esas cartas serían el testimonio claro de una mente lúcida y un don natural para la literatura.

Cuando Clímaco cumplió once años llegó al convento una monja española muy joven. Toda ella respiraba y perspiraba eficiencia, orden y disciplina. Trazó objetivos muy precisos para todas y cada una de las monjas, lo que debían alcanzar con fechas y acciones. Luego demandó que a la vuelta de dos semanas tuvieran una lista de compromisos con la idea de lograr el orden divino en cada acto del día. Todas renegaron de la ibérica quien, además de ser exigente, disciplinada, inteligente, tenía un rostro clásico, «tal se diría un tipo de catalana», como parafraseaba la superiora a Sarita Montiel en la Violetera. Aquellos ojos de azul acero Clímaco los bautizó de «siderales» porque los concebía como si fueran planetas flotando en otro universo. Por algún tiempo la superiora había recibido algunas críticas de que llevaba el convento con demasiado corazón y no tanta cabeza. En consecuencia, la provincial le había «sugerido» que aceptara a la catalana como maestra de disciplina.

La catalana exigió que nadie estuviera por los claustros leyendo libros no asignados o haciendo cualquier otra actividad que no hubiera sido programada previamente. De hoy en adelante las actividades de los chicos ocurrirían enteramente en los lugares señalados, cuartos específicos y los patios con sol. Decomisó los lápices de colores que Clímaco guardaba bajo su almohada, con lo que el chico no pudo hacer ya sus extraños dibujos geométricos coronados de pájaros asombrosos. Prohibió cualquier demostración de «excentricidad, originalidad exagerada, cuadros imaginarios y cuentos no aprobados por ella personalmente». La precocidad de Clímaco, en sí misma, lo hacía diferente y un tanto solitario: prefería esconderse y leer a jugar con sus compañeros. Leía todo el tiempo hasta que la monja de disciplina le puso el inusitado castigo de hacer todas las tareas de la escuela pero exactamente el doble. El doble de lectura, el doble de cuadros sinópticos, el doble de cuartillas escritas a mano, el doble de problemas de matemáticas. Aparte de eso solamente podía leer un solo libro, una y otra vez: *Las Glorias de María* de

San Alfonso María de Ligorio. Para asegurarse de que en efecto leía y releía el libro, todos los sábados en la mañana cuando los chicos estaban en recreo, Clímaco tenía que ir con la monja de disciplina y rendir un examen.

Por esa época «recibió» una carta de su mamá: *Hijito, todo mal rato puede ser convertido en algo bueno. Las peleas no las gana el más fuerte ni el más grosero. Las gana el más diestro y el más listo.* «Contestaba» diligentemente esas cartas y las iba escondiendo. Con un amigo tenía un contrabando de lápices y papeles como lo hacen los prisioneros en las cárceles. Jamás se rindió ni lloró ni demostró el menor resentimiento. No quería dar esa satisfacción a la bella monja.

María del Carmelo Freixas y Limoner entró al convento después de ofrecer su vida a la Virgen Negra cuando el avión privado de su padre, un bimotor Boeing 247, perdió altura cerca de Barcelona y se precipitó contra los riscos de Montserrat. El avión pasó por encima de ellos con casi veinte metros de luz gracias a la pericia del piloto y diez minutos más tarde aterrizó sin contratiempos en un camino vecinal ante la mirada contemplativa de varias vacas lecheras. Sin embargo, desde la cabina el acercamiento a la montaña fue terrorífico. La jovencita, bajo la presión de su madre, en el acto ofreció su vida a las misiones. Dos meses más tarde entraba de postulante. El confesor del claustro al ver la obvia inteligencia y la belleza inquietante de la joven, simplemente murmuró para sí, mientras se pasaba la lengua por los labios: «¡Qué desperdicio!» Mientras tanto, el frustrado piloto, un joven de veinte y tres años, andaluz de nacimiento, una mezcla espectacular de moro con restos genéticos de godo, protestó con su mejor amigo: «Estos catalanes agradecen por todo a su Moreneta. Y yo, yo que les salvé la vida, ¿qué? Ahí te la jodiste. Lo justo era agradecerme a mí de todo corazón y me hubiera parecido apropiado que la chica se me consagrara. ¡Vamos!, que yo le hubiera erigido un templo mejor que el de Montserrat».

Tal vez la decisión fuera un tanto precipitada como la mayoría de esas decisiones donde se combinan la fe ciega, el instinto de supervivencia con la esperanza de que se puede aplacar a la divinidad con un sacrificio humano. El hecho es que con el paso de los años la madre María del Carmelo vio agriarse su carácter, perdió gradualmente la ilusión de crear y se dedicó a codificarse internamente hasta que se convirtió en una colección de reglas, normas y mandatos escondidos detrás de la fachada de que «solamente quería ayudar a los demás a seguir la ley del Señor».

El papel de la maestra de disciplina le quedaba a la medida. A pesar de todas sus precauciones, aquel «chaval tan indiano», calladito y todo, parecía eludir su autoridad: una tarde, luego de la colación de las tres, sorprendió a Clímaco dormido en un rincón de piedra bajo una columna con un libro de los que había prohibido: *Los Hijos del Capitán Grant,* de Julio Verne. Al margen del libro había una nota: *Los cóndores no pueden llevarse a un niño porque no tienen garras como las águilas.* ¡El chico había corregido al gran maestro francés! Chico audaz, atrevido, sin ningún respeto a la autoridad o a sus mayores. Entre las hojas del libro encontró una cuartilla «escrita por la madre». La monja leyó la cuartilla. Meneó la cabeza. «Ya veo lo que quiere decir la gente bien de acá con aquello de 'indio alzado'», pensó. Despertó ásperamente al chico y le demandó que le dijera de dónde había sacado la carta aquella. El chico la miró con los ojos casi cerrados, las cejas juntas, como si fuera un lince, y se zafó de su agarre. Gritó: «¡Mi mamá..., mi mamá me quiere..., mi mamá me escribe...!» Estaba de pie, desafiante. La monja dio un medio paso para atrás.

Con la carta en mano, la maestra de disciplina fue a visitar a la superiora. Esta la escuchó de principio a fin. Al término observó: «Me parece a mí que el chico es muy listo y hay que alentarlo, ¿no lo cree, sor María del Carmelo?» La bella, con una ira controlada que hacía que sus ojos acerados resplandecieran de inteligencia dejó resbalar casi inaudible un reproche a su superiora: «Precisamente, ese es el problema del convento. No se puede permitir estos deslices. Reverenda madre, permítame que le recuerde: que al árbol desde chiquito».

La superiora le pidió que dejara su despacho y esperó que la bella llegara a la puerta para lanzarle: «Usted, de tanto pensar en el pecado original, ha dejado de pensar en la inocencia original que subsiste en los niños». Aquel comentario detuvo un instante a la catalana, aunque inmediatamente retomó su camino.

La superiora decidió acercarse un poquito más al chico al que había descuidado un poco desde que llegó la catalana. Guardó la cuartilla de la carta «de la mamá de Clímaco» en un cajón. Sonrió. Sobre sus manos, con los codos sobre el escritorio, reposó su mentón y por el ventanal se quedó mirando en la distancia hacia donde se mecían los eucaliptos llorones.

La madre «le escribía» con toda puntualidad los martes y viernes y él leía las cartas con avidez. Robaba los sobres, dibujaba las estampillas, cerraba las cartas y las echaba en el tercer jarrón ornamental en la arquería que iba hacia la capilla. Aguardaba al menos un día antes de rescatarlas. Su letra se fue perfeccionando y haciéndose lo que él creía letra de mujer mamá: una letra redonda y clara, sin rúbricas ni adornos. Se figuraba cómo sería su mamá: linda, siempre en los trigales cosechando cada día parvas mayores. *Querido hijito: Conforme acumulo la paga de mi trabajo en las cosechas, compro trigo. Ese trigo es mi ahorro y con la venta de ese trigo pagaré lo que pida por ti la monja que dices te tiene prisionero.*

El veinte y siete de abril, día de «La Moreneta», salió del refectorio a la luz del mediodía y tuvo la certeza de que aquellas cartas de verdad las escribía su madre, que de verdad las recibía él y que no tardaría mucho hasta que ella lo viniera a rescatar. *Cuando llegue a rescatarte de la cárcel tienes que estar listo, hijo. Tienes que tener todo empacado y, si las circunstancias te permitieran, retira algo valioso del convento. Es lo que te deben por los daños que te han hecho. Recuerda que quien roba a un ladrón tiene cien años de perdón.*

Un día, mientras los niños estaban en recreo, la superiora tuvo una corazonada y entró al aula de estudio general. Miró los pupitres en fila. Fue al de Clímaco, levantó la tapa, observó el perfecto orden de todos los útiles escolares, retiró con cuidado una esquina de una libreta y descubrió un sobre grande. Miró en su derredor, abrió el sobre y extrajo otro sobre con una carta: *Hijito adorado, ahora que has tenido el pleito con tu compañero, no olvides nunca que no es quién tiene la razón sino quien tiene el poder. ¿Me entiendes? El otro chico tenía más poder que tú, por el momento. Más músculo, aunque tú eres más astuto y descubrirás cómo tu astucia será la que te de poder. Mientras que él, por más tonto que llegue a ser jamás será más fuerte que un burro.*

Extrajo una hoja sin sobre. Se trataba de un breve inventario de las joyas del convento y de su paradero exacto.

La superiora frunció el ceño. Apuradamente comenzó a examinar más cartas. Eran páginas y páginas de comentarios sobre todos los aspectos de la vida del orfanato. Se enteró entonces de que en cierta ocasión un niño en la fila junto a Clímaco había evacuado en clase. Clímaco describía el incidente como si no le hubiera pasado la aventura a él: *La pestilencia precipitó la furia glacial de la española. Comenzando por el primer chico, uno a uno, se fueron subiendo al pupitre, bajándose los pantalones y calzoncillos para demostrar que estaban limpios. Cuando llegó el turno de Clímaco, se negó a obedecer y no hubo manera de que la monja pudiera someterlo. La monja no dijo nada. Cinco minutos más tarde regresó con el celador al que había sacado de la cama. Con solamente apuntar al niño, el celador entendió y atrapó a Clímaco. Le amarró las manos por detrás y con la paleta de disciplina le dio tres paletazos que le hicieron trastabillar. El rostro del chico se tornó púrpura, pero no emitió ni una queja ni derramó una sola lágrima. El celador miró a la catalana y esta asintió. El celador le puso una soga al cuello y le colocó el tarro de basura que lo cubrió hasta los codos. Acto seguido, lo fue arriando por todo el patio, por los corredores y lo acompañó de clase en clase hasta la hora de la cena. Clímaco tuvo que sentarse en una mesa preparada para tal ocasión y no pudo comer, a pesar de que lo habían servido un plato de arroz con papas y una presa de pollo hervido, porque tenía el tarro encima. El verdadero cagón nunca fue ni expuesto ni castigado.*

Lo que la superiora no supo nunca fue que después de la experiencia del tarro de basura, Clímaco, escondido detrás del gran jarrón de cerámica que él llamaba su «buzón», había descubierto la entrada a la cripta bajo un arco de piedra con la inscripción *ostium mortuorum*, y decidió que el recinto de los muertos sería su refugio de monjas o de lo que le deparara la vida. Así, entre los nichos, construyó su mundo secreto: fue allí que un buen día encontró de puño y letra de su «madre» una carta dirigida a él; y fue allí que perfeccionó su correspondencia con la madre ausente, aquella que causó tanto asombro a la superiora.

Años más tarde se escondería allí para escapar de los rigores de la vida callejera. Se metía por un mechinal que tenía la reja falsa y ya adentro pasaba hasta días enteros. Arrimado a cualquier pared, se quedaba horas perdido en sus fantasías, inclusive «recordando» todo lo que «había hecho» con su madre «años antes». En cierta ocasión, se despabiló de sus aventuras y, en la penumbra, allá en la distancia, pudo observar que alguien, una mujer que parecía envuelta de paños de pies a cabeza —¿un sudario?— se deslizaba por el mismo mechinal de sus entradas. Rápidamente se escabulló detrás del primer arco y desde allí la vio desaparecer entre las hileras de nichos. Huyó despavorido con la certeza de que había visto una resucitada. Se tardó tres meses en calmarse y al fin, mordiéndose los labios y restregándose las manos, volvió a la cripta hasta el sitio donde creyó detectar la aparición. Descubrió con su pequeña linterna que una pared que parecía continua en realidad estaba hecha de tres partes discontinuas. La de la mitad estaba unos dos pasos y medio desplazada hacia atrás. Eso permitía que una persona pudiera desaparecer metiéndose por el estrecho espacio. Al deslizarse entre las paredes encontró un recinto cuyas troneras dejaban entrar la luz y el viento del atardecer. Bajo esa mortecina claridad se encontró con un enorme esqueleto vestido de un hábito monjil y arrimado contra estantes que contenían tal vez centenares de libros. «Estoy en la antesala del infierno o en la cueva del algún pirata que de alguna manera al final de sus días se hizo monja», pensó, dejando caer su linterna al suelo.

Pasaron varios meses antes de que regresara hasta ese extraño recinto. Animado por su perenne curiosidad y una cierta tendencia hacia lo truculento, regresó y exploró el espacio aquel. Con el tiempo se hizo amigo del esqueleto a «quien», bajo el cirio que alguien dejaba allí, le leyó libros enteros. Se fascinó con dos que en su opinión encantarían al esqueleto: un libro de láminas de los aguafuertes de Goya que compartía una y otra vez con la muerta. Otro, una novela ilustrada de un tal Edmond Rostand, *Cyrano de Bergerac*. La vida del espadachín-dramaturgo fascinó al chico hasta que gradualmente fue perfeccionando el papel y lo actuaba delante de la muerta. Como el famoso narizón, Clímaco también escribía cartas de amor, pero no a una novia ajena sino a la madre invisible. También se imaginaba que tendría un sombrero de ala ancha con un plumón flotante y ropa de seda toda negra. Se sentía noble, ágil, joven, irresistible con las mujeres. Invencible con su espada en los lances que vivía delante del esqueleto. Antes de partir, trataba de poner todo en orden como lo había encontrado, con el recelo permanente de que la aparecida del mechinal lo pudiera encontrar. Tal vez no era una aparecida sino una bruja, que podría hacer alguna magia con consecuencias que no las quería ni imaginar. Siempre tenía el temor de encontrarse con la figura aquella, aunque nunca coincidieron otra vez.

Sor María Eugenia compartió las cartas con la maestra de disciplina. Esta fue de la opinión de que semejantes cartas con instrucciones tan precisas no podían ser del niño. Que de alguna manera las recibía porque había cómplices entre la jardinera, el celador y la portera del convento o que, en su defecto, el chico estaba poseído por el demonio.

El terror que circuló por su cuerpo le quitó su compostura y, asombrándose de sí misma, mortificada por su propia cobardía, comenzó a evitarlo.

Que el niño estaba asociado con Satán fue finalmente la opinión de todas las maestras porque todas temían a la catalana, excepto la superiora: *No, no se trataba de un diablo. Solamente de un chico herido. Precoz, pero herido.*

Creía que como superiora de la comunidad y sobre todo por su extraordinario instinto materno podría convertir al chico, restañar sus heridas, encaminarlo. Demostrarle que con su talento podía tener un gran destino. Más aún, sentía que su propia experiencia de maestra la asistiría para reparar a ese chico tan estropeado. *Para comenzar, claramente tiene un trauma profundo de abandono*, pensó la sabia superiora. Tres días después llamó a Clímaco. Lo hizo sentar junto a ella y poniendo el rostro más apropiado que pudo, le dijo:

—Clímaco, ¿cómo estás? Dime: ¿te gusta el colegio?

Él no contestó, pero meneó la cabeza. La superiora insistió con mucho tacto:

—Dime, ¿a qué te gusta jugar? ¿Con quién juegas más?

—¿Qué desea la madre que le diga? ¿Qué quiere conocer? Yo no he robado nada a nadie. Yo no miento nunca, sino, pregunte a la madre María del Carmelo.

El terreno es medio movedizo, sin embargo, creo que podemos negociarlo, se dijo la monja satisfecha y continuó:

—Cálmate, muchacho, no te estoy acusando de nada. Solo quiero saber si echas mucho de menos a tu mamá.

—No me siento acusado. Además, mamá ya viene y ella la acusará a usted.

La superiora parpadeó varias veces. Buscó otro camino. Le preguntó si sabía dónde estaba su madre y él respondió que sí.

—¿Dónde exactamente?

—En una casa chica al filo del carretero, cerca de los sembríos de trigo.

La monja creyó que había llegado el momento oportuno. Sacó el lío de cartas de la mamá e insistió: ¿sabía quién las había escrito?, porque los sobres no tenían estampillas.

—Sí tienen, sí tienen estampillas, ¿o está ciega? Son de mi mamá. Vienen por correo todos los martes y viernes. Si usted no se ha enterado es porque van dirigidas a mí y no a usted.

Cuando la superiora le hizo notar que los sobres solo decían su nombre y la ciudad sin una dirección específica, no parpadeó.

—No sé, pregúntele a mi mamá. Entrégueme las cartas. Es bueno saber quién es la ladrona.

Sor María Eugenia Inés de la Cruz se puso gris y le entregó las cartas.

***

A las tres de la mañana, en su sueño, la superiora gritaba:

—Nos roban. ¡El ladrón, el ladrón encima de la tapia! ¡El ladrón! ¡Socorro, almas benditas del purgatorio!

Estaba cubierta de sudor cuando la monja coadjutora entró a su celda.

—Madre, madre, ¿qué le pasa?

—No, nada, nada, sor Leticia. Acompáñeme a orar un momento.

Se fueron a rezar sobre el piso de piedra del templo.

Tocaron las cinco de la mañana. Un gallo destemplado cantó tres veces. Llamaban a maitines.

***

Un 17 de noviembre, catorce años desde la fecha en que Clímaco arribó a las puertas del plantel, casi seis desde que la superiora tuvo su fallida conversación con el chico, a las ocho de la noche, por una corazonada, fue al dormitorio donde dormían los niños de secundaria. Clímaco Ortiz Lejía había desaparecido. Pocos años más tarde, con la idea de que «quien roba a un ladrón tiene cien años de perdón», regresaría a saldar cuentas.

16

Clímaco siguió «los principios precisos de su madre»: *Hijo, en la vida gana el mejor, no el más virtuoso. Los que se dicen ser virtuosos, si influencian es porque se las han arreglado para intimidar a los demás usando alguna artimaña para convertirse en autoridad. ¿Cuáles son los jugadores más populares? ¿Son los más serviciales? ¿O esos que se apresuran a auxiliar a los lastimados? No, categóricamente no, tú lo sabes, el más popular es el mejor. El que gana y hace ganar a su equipo. Esto le da poder, es decir, la facultad de controlar a los demás. Simplemente, sé el mejor; mete el mayor número de goles y haz los mejores pases.*

Bajo el rigor de las calles de la ciudad, los consejos de la madre tuvieron que ser probados en el fragor de la lucha diaria, en las escapadas por encima de cercos y por cañerías inmundas, en los terribles momentos de toparse y escabullirse de la policía, en las infecciones inesperadas, en las noches de soledad y fiebres, en las continuas riñas y en la ausencia completa de acogimiento y de cercanía física y emocional. En mezclar su «carne fresca con carne podrida». Afortunadamente, el huérfano tenía a su madre. No importaba cuán cansado estuviera, en qué inmundo lugar durmiera, se daba unos segundos para escuchar la voz de su madre convertida en sus cartas: *Hijo, ser valiente es simplemente acostumbrarse al miedo. Lo ves, lo miras, sonríes, se va. O se queda para servirte como anticipador del peligro.*

Sobrevivió a muchos atentados de pungas, golpeadores y hasta el ataque de un asesino. Se curtió: *Hijo, no te lances sin ton ni son a las reyertas por hacerte el machísimo. Astucia, te dije, hoy y siempre: ¡astucia! Estudia, busca el momento preciso.*

A los veintidós años tenía más conocimiento de la brutalidad de la vida de lo que acumulan la mayoría de los señoritos en una vida entera. El hecho de que en realidad nunca cometió un verdadero asalto ni un robo, despertó suspicacias en otros cuatreros y habitantes de la noche. Comenzaron a creer que era un espía o un policía de incógnito. Gradualmente, se encontró sin una pandilla propia y en un par de ocasiones fue emboscado aunque su destreza superior, resultado de los consejos de su madre y sus prácticas nocturnas, le salvaron la vida.

Cuando las masas populares enloquecieron por el Profeta y se avecinaban las elecciones presidenciales, Clímaco vio su oportunidad para escapar de las calles. Contribuyó organizando el bajo mundo. Rateros y pandilleros encantados con la posibilidad de acceder al verdadero poder, reclutaron por las buenas o por las malas, a sus familias, a sus amigos, a sus barrios. Así, Clímaco consiguió más votos de la chusma que todos los esfuerzos de los señores líderes de la capital que hablaban de justicia sin arriesgar realmente su dinero o su seguridad personal. Se comprometió a entregar veinticinco mil votos a cambio de que le nombraran algo importante. *Cuidado hijo, las promesas se olvidan, solamente cuenta plata en mano. Hechos son amores y no buenas razones*. Por primera vez no hizo caso de las cartas. Decidió creer en la palabra dada de viva voz.

Que Clímaco hubiera logrado tantos votos para el Profeta era simplemente espectacular. El Profeta ganó en forma abrumadora.

«Mamá, he sido el mejor organizador como tú me dijiste: Sé el mejor. ¿Te imaginas?, les di veinticinco mil votos. Me darán el cargo que a mí me dé la gana».

Cuando se presentó en la cabecera cantonal San Vicente para reclamar la recompensa por sus servicios, le indicaron que el reconocimiento por esos veinticinco mil votos había sido entregado a un señor Quitushpi, conocido agitador y oportunista cuya ideología era simple: convénceles de tu honradez y ya puedes —y debes— robar en paz. El señor Quitushpi ahora era el encargado de la aduana norte: un excelente puesto para hacer dinero de coimas a través del comercio normal entre la policía aduanera y los contrabandistas.

Se puso en contacto con su director de grupo, un licenciado de apellido Ayala, quien le informó que en realidad su expediente no indicaba que hubiera hecho mayor cosa por la lucha. Corriendo por los pasadizos del viejo edificio del partido fue a ver a su amigo Martínez Pérez.

—¿Qué derechos *tuvistebs*?

—Me partí el culo trabajando por ustedes. Veinticinco mil votos. ¿No tengo derecho a una recompensa como me habían prometido?

Nadie podía recordar haberle prometido algo. «Gracias por los servicios de todas maneras», le decían. A las pocas horas tampoco nadie se acordaba de quién era él y sus antiguos camaradas de lucha lo evitaban. Tan solo uno, al que decían el Quico Quilico, le ofreció una mano. Decía tener un contacto con un primo que tenía un amigo que conoce a un tío del presidente. Bueno, conocía será, porque el tío había fallecido años atrás. Pero el Quico le dijo «no te desanimes que por allí algo se *podrá* arreglar». A los pocos días lo mandó a llamar el jefe de la coordinación de ideología, un tal Ebenicio Rosales:

—Ciudadano amigo, los camaradas le han conferido el cargo de teniente político de la parroquia de Naulacucho de los Arrayanes. Su expediente dice que usted nació por allá.

—Bueno, ese expediente lo hice sacar de donde las monjas... así decían.

—Como sea. Aquí tiene veinticinco mil petacas, una por cada voto. Coma y calle. Es un montón de lana por sus servicios. Vaya, haga una buena labor en su tierra y no le olvidaremos.

Clímaco salió con un crujir de dientes del comité central del partido del Profeta. Casi había decidido rechazar la oferta cuando la visión de volver a las calles le recordó lo que una de las cartas de su mamá decía: *Hijito, comprendo tu despecho. Esta es tu oportunidad para aprender algo nuevo: se aprende solamente en el fracaso. Si este es un gran fracaso, ¿dónde está la gran lección? Búscala.*

«Se aprende del fracaso. ¿Gran lección?» Hizo recuentos.

Cuando preguntó a su madre acerca de la gran lección, porque «mamá, yo simplemente no la encuentro», recibió esta nota: *La vida no es solo cuestión de ser valiente, audaz, prudente, tenaz. Se precisa parecer. Ser, parecer. Piensa sobre esto y se te revelarán muchas cosas. Pero esta no es la gran lección. La encontrarás en las paradojas.*

A ratos Clímaco no podía entender lo que su madre le decía, pero se quedaba embelesado en *cómo* lo decía. Su madre no solo era una gran mamá, era muy inteligente, una pitonisa, un verdadero oráculo. «¿Ser, parecer? ¿No parezco lo que soy? ¿No soy lo que parezco?»

Su lista de desquites se había expandido. El desquite de las monjas ahora le parecía menor que aquel que tenía que llevar a cabo con los pícaros del partido del Profeta. «Práctica. Tengo que practicar. Astucia, tengo que planear, sorprender. Tengo que estar comprometido con objetivos de eliminación y destrucción de mis enemigos. En suma, tengo que ser malo. ¡Ah! Tengo que parecer malo cuando sea conveniente. Astucia y apariencia».

Resumió sus recuentos, los puso en un sobre y se los envió a su madre: *Hijito, para ser verdaderamente malo tienes que entender lo que es ser verdaderamente bueno.*

Clímaco contestó furioso a su madre: «Mamá, comienzo a creer que estás loca, perdón, no intento ofenderte, pero es tan loco lo que propones. ¿Qué sea verdaderamente bueno para poder llegar a ser verdaderamente malo? ¡Qué absurdo es esto!»

Aprende lo que quiere decir la palabra paradoja. Esa palabra está en el centro de toda sabiduría.

«Me hablas en acertijos, madre, no tengo tiempo ni paciencia».

Su madre no le contestó por muchas semanas y él tampoco escribió. De todas maneras en algún momento buscó la palabra y estudió una y otra vez. Sus reflexiones lo llevaron a que no intentaría colocarse entre ser bueno y ser malo, porque eso sería pura mediocridad. De ninguna manera. Sería realmente bueno primero y luego, fortalecido con el verdadero entendimiento de lo bueno, se haría realmente malo. Todavía disgustado con su madre, se dio cuenta de que ella tenía razón. No es cosa de ser *nomás*. «¡Qué importante es el parecer! Ajá». Tuvo un relumbrón: «¡En la política la imagen es todo o al menos muchísimo! Y así, exactamente es en la vida real».

Así que se imaginó que si añadiera algún apóstrofo —D'Lejía—, o un *de*, o inclusive un *von*, un *van*, algo a su apellido, se parecería más a los señores de horca y cuchillo. De paso, algo de nobleza se le pegaría. Había leído en una revista llamada *¡Hola!*, abandonada en la estación del ferrocarril por algún turista, los nombres de gente que parecía importante y europea. Empezó a jugar con nombres como De Villa y notó en seguida que era muy superior a Villa a secas. Cosa igual con otros apellidos. Definitivamente los Castro Viejo serían sirvientes de los Castro y Viejo. Qué emoción tan intensa el descubrir que el poder personal se puede aumentar con un artificio tan sencillo. Como estaba parado en la estación del ferrocarril de Huigra, le pareció más apropiado llamarse Clímaco Ortiz *de* Huigra que simplemente Clímaco Ortiz Lejía. Por un instante consideró, al ver una envoltura de queso en el basural de la estación, añadir un título nobiliario. Algo así como marqués de *Provolone*, aunque a él mismo le pareció la idea descabellada.

Aceptó el trabajo pero, en lugar de desquitarse de todos los que le habían vendido en la campaña como era lo lógico, decidió que para ser malo tenía que primero robar al orfanato de San Miguel Arcángel. Eso sería ser gravemente desagradecido. Sería una práctica que le podría dejar algún dinero si lograba vender las joyas en el mercado negro.

Después del robo volvió a recibir cartas de su madre. Ortiz de Huigra cumplió con el pedido de ella: tomar algo de valor del convento, porque *quien roba a un ladrón tiene cien años de perdón*. Disimuló su botín en una bolsa rústica de yute. En unas pocas horas arribó a la parroquia de Naulacucho como su flamante teniente político. Se trataba de un asentamiento que había crecido como todos los pueblos de la región y de la patria, alrededor de la iglesia católica. En los últimos años el caserío había adquirido facha de pueblo y con ello el derecho a tener un teniente político y un cura permanentes.

SEGUNDA PARTE:

NAULACUCHO DE LOS ARRAYANES

No corras más. Enfréntate. Es una sombra. El duende es la sombra de una sombra. Tu música lo saldrá al encuentro y lo convertirá en armonías de sonidos y color, y hasta bailará cuando así lo ordenes. Pero es enteramente posible perder la vida en el encuentro si se quieres de veras entender finalmente tu destino.

De la carta que la madre de Las Siete Espinas que dejó a su pupila Gabriela Farinango

17

1963

Béliz Franco Romero, ordenado y doctorado en teología muchos años antes que sus compañeros, rumoreado como monseñor, tal vez obispo, catedrático, brillante en el debate y en el púlpito, original, ocasionalmente excéntrico y por allí propenso al fracaso estrepitoso, tomó posesión de la iglesia parroquial como el nuevo párroco de Naulacucho tres años antes de que llegara el teniente político Ortiz de Huigra. Tenía cuarenta y ocho años e inexplicablemente, al menos para todos los compañeros de su promoción, se encontraba refundido en una parroquia cuyo paradero pocos podían indicar.

Por la misma época ya se rumoreaba por todos esos anejos: Llano Grande, Cantarilla, el propio Naulacucho, la Merced y otros, que en los altos matorrales del páramo merodeaba una curandera fugaz como una alimaña sorprendida. Algunos tenían la sospecha de que se trataba más de una bruja que de una curandera por lo elusivo de sus encuentros.

***

Gabriela contó una vez más sus mullos. *Veintisiete años desde que anduve con mi perrito Ashcumaní por estas laderas.* A las ocho de una noche, llegó a un paraje donde comenzaba el chaparro con sus característicos arbustos de alisos, naranjillos, higuerillas y su tupida maleza en un enredo de orquídeas de colores inusitados, las omnipresentes bromelias, las orejas de conejo, las brillantes flores rosado-rojas de las plantas carnívoras. Entre rama y rama estarían los mirlos, *huiracchuros*, gorriones comunes y corrientes y docenas de diferentes quindes. Era enteramente posible a esa hora toparse con el oso de anteojos, el tapir andino, toda clase de animales menores desde conejos hasta perdices y las infaltables tórtolas. En ese momento dominaba la densa neblina que baja de los riscos más altos y cubre todo de garúa gris. Solamente el crepitar de chicharras y saltamontes penetraba el cerebro desde todas direcciones. Minutos más tarde, por un sendero hecho por el continuo transitar de la gente, con chilcas y arrayanes de hojas enceradas, mastuerzo y floripondio a ambos lados, emergió inesperadamente una alta meseta y allá, arroyo abajo, con las laderas con vegetación mucho menos densa que la que acababa de dejar atrás, pudo distinguir los enlucidos blancos y las tejas pardo rojizas de un caserío. Bajó la ladera hasta donde dos corrientes formaban un pequeño río que se abría en un remanso donde se veían las piedras del fondo. Se quedó atónita: más de cincuenta garzas descendieron en espiral y acuatizaron a menos de un tiro de piedra. *¡Han retornado las garzas! Yo soy de este pueblo, del pueblo donde retornaron las garzas.* Por varios minutos se sentó a la orilla contemplando a las delicadas aves subir y bajar y otra vez subir como si fueran burbujas animadas por la brisa. Se incorporó e hizo un espacio entre los berros flotantes sobre los cantos rodados del río. En el reflejo, entre las ondas, emergió rielando la blancura de tiza de una calavera: el rostro exacto del extraño niño con el que se encontró en el páramo. Se encogió como con un calambre. Se miró la ropa: bajo los sobacos tenía grandes manchas de sudor. Hacía frío, pero todo su cuerpo transpiraba. Volvió a verse en el agua. Se tocó la cara una y otra vez recorriendo su frente, alrededor de sus ojos, la nariz y el mentón. Estaba claro que se trataba de un hueso pulido, sin piel y sin ojos. *Me he convertido en el muerto mismo.* Con los ojos fijos en la visión dejó caer unas cuantas lágrimas que se desprendieron no del borde de sus párpados sino del centro mismo de sus pupilas. Al caer esas pocas gotas de sal sobre la superficie del agua se desdibujó la calavera.

Se dobló y cayó con la frente hundiéndose en el fango de la rivera. Se quedó así, escuchando su propio respirar al unísono con el gorgoritear del agua al pasar junto a su oreja, hasta que arribó la oscuridad. Así clavada en su estupor y el fango la sorprendió el alba; sin volver a mirar al remanso porque *ahora tenía la cara que no podía ser vista*, se levantó con gran dificultad y estiró sus miembros. Volvió a tocarse el rostro y creyó meter sus dedos en las cuencas vacías de sus ojos. Relumbrones de angustia estallaron en su mente:

La cara que puede ver sin tener ojos.

La calavera del niño del monte.

La calavera que tiene que ocultarse a toda costa.

El bulto que me metió el «tío». ¿El «tío» mismo?

En ese instante, en la soledad de su desorientación, lo único que pudo sentir fue un resentimiento más añadido a los que ya tenía: su madre la había traicionado. Nada de esto habría pasado si su madre nunca hubiera invitado al «particular», al «tío». Se volvió a ver sucia y despaturrada como si en su futuro todavía tuviera que matar al «tío» con la pala de manilla. El tiempo y el espacio le daban vuelcos y no sabía si había vivido todo lo vivido, incluyendo su violación, el muerto, su madre, Víctor, el parto y el encuentro con el duende, o si estaba a punto de vivirlo.

Cubierta toda la cabeza, con los ojos apenas visibles, entró al pueblo. En la tercera casa había una tienda, en la puerta colgaban varias prendas de vestir y se vendía pan fresco, pollos y huevos del día. Compró una vara de lino y pañolón negros, pagando con el dinero que le había dado don Liborio sin descubrir su «espantoso» rostro. Llegó a la plaza situada a una cuadra y pasó frente a una taberna que decía *Sumidero de las Penas*. En las afueras del pueblo, camino de los riscos, encontró una cueva en un área de rocas desparramadas, pequeños arbustos y a un tiro de piedra de un arroyo que se precipitaba desde los deshielos. No podía saber, ni le interesaba, que la cueva quedara en la hacienda La Heredad, propiedad del excéntrico señor don Alfonso María del Pedregal y Carbonell, abogado, filósofo, observador del mundo y poseedor de una facilidad social para llevarse más con los artesanos que con aquellos de su profesión o clase social y por ello mismo frecuentador del mercado popular del sábado. En ese terreno ajeno se percató de que no había visto al basilisco en mucho tiempo: cerró los ojos y junto a ella, allí, azul tornasol, con ojos de topacio y la sonrisa burlona, su basilisco estaba como siempre listo para conversar.

—No me invitaste a ir al río —el basilisco abría la boca y la lengua bífida se le extendía juguetona—. No sabía que necesitaras invitación. Tú eres yo y yo soy tú. No, tú eres mí, yo soy tú —guiñó el ojo.

Ambos estábamos espantados. Mejor nos curamos del espanto. Se acurrucó con su mascota y se quedó dormida por muchas horas.

La Moscosito, dueña de la fonda *Sumidero de las Penas,* entretanto, había notado a la mujer cubierta de paños que cruzó velozmente frente a su puerta. En ese instante se le hizo claro que la curandera tan mentada estaba a punto de materializarse. Se tocó la muñeca, midió su pulso y supo que tenía razón.

18

El mercado del sábado comenzaba su rumor a las cinco de la mañana. A las nueve era un estruendo, un cotilleo de gentes de todos los tamaños y tonalidades. Todos los productos eran ese paisaje puntillista típico de los Andes: tejidos y telas; alfarería; obras de arte casero; sartas de *mullos*; trastos de cocina; verduras, cereales, hortalizas, papas, mellocos, ullucos; moscas por todos lados que volaban sobre los alimentos que se ofrecían: tamales, quimbolitos, choclotandas; mote y salsas llamadas «cosas finas»; puercos asados con la mirada dormida y las patas extendidas; chicha sin fermentar, sodas y guarapo para matar la sed; moscardones que se posaban en la majada de animales: burros, caballos, ganado de venta, y sobre los lomos y piernas de reses colgadas de ganchos herrumbrosos. ¡Ah!, el olor de las legumbres mezcladas con jugos de frutas y jugos de gentes; jugos de burros atados a sus carretas, jugos de unos pocos caballos, jugos de varias mulas, eran una miasma que permanecía de trasfondo de toda transacción, de todo conversar, de todo comer.

Todos los parroquianos parecían salir a ese encuentro social, mezcla de comercio, barullo, chisme, intriga, amistad y sensación de pertenecer a la comunidad. Además desde hacía unas cuantas semanas, el mercado había ganado un novísimo interés: una verdulera, quien también era yerbatera, toda tapada de pies a cabeza con telas negras y el rostro con un velo denso, callada y con ojos con el extraño poder de atraer niños para que escucharan sus cuentos entremezclados con su música de rondador.

Cuando el sol comenzaba a calentar llegaba un par de retirados, sus diferencias sociales y de educación olvidadas en la camaradería de haber pasado casi al mismo tiempo los setenta años. Don Alfonso, el dueño de La Heredad, aun a medio día llevaba su saco de lana color ratón, sus pantalones del mismo color, los zapatos de gamuza, la corbata azul turquí que rara vez cambiaba, la camisa impecablemente blanca con el cuello tieso que parecía como si pudiera cortarle los tendones. Sacó papel de envolver tabaco, lo rellenó y con una sola mano se las arregló para que entre sus dedos apareciera un pitillo listo para ser prendido. Fue cuando el encendedor de plata falló. Don José Onésimo Terciado, voluntario maestro de capilla, organista, en algún momento contrabandista, hombre de mil oficios, casi una tercera parte más bajito que el otro y el doble de grueso, atento como era, inmediatamente sacó de su chompa los mismos fósforos con que prendía las velas de la iglesia. Ambos miraban en la distancia al puesto de la recién llegada.

—Claro, don Alfonso, cualquiera atrae gente cuando puede tocar el rondador, los pasillos y los valses de estas sierras. ¿No le trae lágrimas y le congestiona el corazón?

—Usted, don José, tiene el pulso del corazón del pueblo, de estos naturales.

—Es que yo soy entremezclado con ellos. De aquí no más soy, y hasta debería añadirle que, cuando me conviene con los naturales, también hablo como ellos, porque medio *natural* mismo soy.

—Por eso le pregunto, porque usted conoce, don José: ¿por qué cree que se cubre tanto que no es posible verle ni siquiera la cara? Apenas los ojos.

—Dicen que tiene cáncer, si hasta cuando toca el rondador, lo hace debajo de sus velos.

—No será de la boca, que esa boca toca el rondador como si fuera el flautista de Hamelin. Tendrá lo que sea, tiene que ser serio pues no atino a pensar qué razón puede tener para hacer esta pantomima.

—Ya se quiere sobrar conmigo, nombres raros y expresiones afuereñas... solo porque dizque ha leído.

—No, por supuesto que no, disculpe usted, es un cuento de niños... Hamelin, muy interesante...

Don Alfonso le contó el cuento del flautista, a lo que don José Onésimo exclamó: Ya ve, a lo mejor hay alguna verdad en lo que dicen de ella, que piensa llevarse a todos los niños para su cueva y de allí hasta el barranco del río y hacerles saltar con las ratas del pueblo.

Don Alfonso examinó los restos del primer cigarrillo.

—En fin, tal parecería absurdo que una mujer que vende tantas bellas verduras, tan linda fruta y tan perfecta música, tuviera designios tan siniestros o fuera ella misma desprovista de toda gracia, huérfana de toda estética, despojada de todo atractivo.

—Aunque no le entiendo don Alfonso, qué bonito suena su hablado. Seguro que tiene toda la razón. Aunque no creo que a las otras vendedoras les haga mucha gracia esta afuereña tan exitosa.

Don Alfonso tenía en sus manos el material para hacerse otro cigarrillo y comenzó a envolverlo súbitamente perdido en sus reflexiones.

Don José apartó los ojos de su amigo y los descansó sobre la placera. Unos comenzaron a llamarla *Rumi Ñahui* que quiere decir Caripiedra, porque sin ver su rostro lo imaginaban pétreo. Era demasiado diferente. Por lo mismo la detestaban. Pero su música, ¡ah!, su música, dizque para niños, atormentaba las nostalgias como decía el Segundo Chimpantiza en el bar *Sumidero de las Penas*. ¡Es un rechine que me daña el tímpano!, decía Ramona, que se consumía de envidia.

A las tres de la tarde se levantó un viento de lluvia acompañado de algún relámpago que dejó su trueno detrás de sí; pero cuando sus ecos desaparecían una nueva nota, emergiendo esta vez del filo mismo de la plaza, comenzó a seguirlos. Todos se detuvieron para escucharla y para contemplar la coincidencia de que el cielo se despejaba. Gabriela puso de lado su cuerno y los niños y algunos jubilados se acercaron cautelosamente.

Don Alfonso comenzó otro pitillo. Don José Onésimo se lo encendió.

—No comprendo cómo, después de su último ataque de tos, usted vuelve a fumar. Va a escupir los pulmones.

Don Alfonso, luego de inhalar comenzó en efecto a escupir los pulmones.

—Usted necesita ver a un curandero... o ¿por qué no?, a la casera esa de allá, no sé, su música a lo mejor es curativa. ¿Las hierbas, tal vez?

—Con que sean bien ofensivas con los bichos y no conmigo. Espere usted: ¿cree que la mujer es vieja o joven? —preguntó don Alfonso lanzando de un capirotazo la ceniza del cigarrillo.

—Pues para mi juicio que es vieja por la postura que adopta. Aunque es joven por la vibra. No siga fumando don Alfonso. Estoy en serio. ¿Ah?

Miró hacia la placera.

—¿No ha notado la flexibilidad que tiene al levantarse y acomodarse entre sus cebollas y legumbres?

—Claro, don José, dejo de fumar y con eso le agrado a usted y yo me quedo sin mi único vicio y compañía que realmente aprecio. Claro, aparte de usted, por supuesto.

José Onésimo meneó la cabeza y plisó la boca como diciendo: don Alfonso, usted es un necio.

—A lo mejor es una mujer joven que quiere aparecer vieja porque sabe demasiado.

—Cosa interesante, don José, y aquí está el chiste, si es misteriosa y nos tiene intrigados, entonces nosotros le atribuimos, de buenas o malas, las características que más se nos antojan. Mire, don José, el misterio es el secreto de la atracción. Allá, por mis tiempos mozos, allá cuando dejé los corazones desperdigados, fueron precisamente mi gracia y mi misterio los que constituían mi embrujo.

Don Alfonso estudió su pitillo y sonrió satisfecho con su perorata.

—Debe ser así, como mismo dice, don Alfonso. Lo misterioso nos atrae como el establo de las vacas atrae a los moscardones. Ya ve que sí le entiendo. Vea, ahora que me hace reflexionar, yo mismo creo todo lo que me dice. Pero, pensándolo bien:

¿sería su mercé don Alfonso mismo un tumbador de longas, desperdigador de corazones? Porque su cara es más de pena que de aventura, más de nostalgias que de triunfos entre sábanas, como alguna vez usted mismo dijo.

El comentario del maestro de capilla pareció no molestar al gran hacendado.

—Ah, don José Onésimo, lo que pasa es que usted quiere que le muestre las *longas* tumbadas y la retahíla de vástagos con mi nariz y mis ojos. No puede entender el atractivo imperioso del caballero de lujuria refinada, aquel que trabaja en una sola obra, en un solo mármol, un mes, un año, una vida entera. No soy un burlador de Sevilla.

Se detuvo consciente de que entre sus palabras había alguna contradicción, pero no se alarmó porque estaba cierto que el otro no lo entendería. Exhaló grandes bocanadas de humo como si fuera una fuga volcánica. Se conmovió un poco con un conato de tos. El viento le voló el sombrero. Don José Onésimo se inclinó y lo recogió. No entendió ni una palabra de lo que decía don Alfonso, aunque no dejó de notar detrás de esa cortina verbal la pena escondida bajo las apariencias de un señor de fina estampa. Por eso se sintió torpe cuando dijo:

—Yo distingo bien entre lo que nos imaginamos que hicimos de lo que de veritas hicimos de *guambras*.

Don Alfonso tuvo un nuevo acceso de tos.

—!Piense! Si estuviera dispuesto a aceptar que una mestiza, tal vez una indígena, la curandera le quitaría el vicio y la tos.

—Mi vicio no está en el cigarrillo, ¿no le digo? Usted no sabe lo qué en realidad yo pudiera sentir por una longa. Además mi arte está en el mármol y –aunque usted no lo crea, también está en el lodo; mezclo la arcilla con sudor para hacer mis figuras, soy artista dedicado a la perfección de... —no pudo completar su idea por la tos.

—Usted también mezcla el *apalabreo* y sabe de *sujterfugios. Por eso me está evitando el tema, señor*, pensó José Onésimo.

Don Alfonso retiró los ojos del cigarrillo y miró a su contertulio. Una vez más no corrigió a don José quien continuó un poquito amoscado porque sabía, desde hace mucho, que el caballero no lo corregía y eso lo hacía sentir simultáneamente agradecido y resentido.

Se volvió hacia la Caripiedra.

—Dicen que fue en realidad una joven ranclada, que se escapó de donde las monjas para volverse al páramo y allí, entre los naturales de la región, aprendió a curar con sus manos y con las hierbas del campo.

—¿Y de dónde saca esas ideas, don José?

—No me distraiga, don Alfonso. La gente sabe todo. Se le va a caer la ceniza que ya está larguísima —señalaba el cigarrillo en la boca de don Alfonso quien ignoró el comentario, frunció el ceño y se llevó la mano al pecho.

—Le duele el corazón, ¿no es así, don Alfonso? A lo mejor la verdulera le quitaría la angina de pecho. O si no la verdulera, ¿ha probado el *Gaduol compuesto*? Manito de Dios para mí.

Don Alfonso miraba en varias direcciones como si estuviera siendo acosado. Intentaba concentrarse en lo que le decía Onésimo.

—No me duele el corazón. No necesito de curanderas para tener una vida plena. Tenga usted un buen día, don José Onésimo.

Súbitamente se dio la vuelta. La ceniza le cayó en la camisa impecable. José Onésimo notó el detalle.

—Don Alfonso, don Alfonso, aguántele un rato. ¡Don Alfonso!

La figura inconfundible de don Alfonso se fue perdiendo entre los compradores y vendedores del mercado. Al fin don José Onésimo ya no pudo ver más su sombrero.

A dos cuadras su chofer lo esperaba. Don Alfonso intentaba mantener su compostura, aunque la camisa se le pegaba al cuerpo. La presión en el pecho convertía la camisa en una cárcel. Se apretó las sienes. «¿Acaso hay alguna diferencia entre ataque al corazón y corazón roto? Que ¿cómo estoy, que necesito curandera? ¿Yo? Estoy bien, gracias».

Entretanto, la verdulera se sentó y llamó con señas a dos niñas de mejillas *paspositas* y sucias de lodo por la intemperie. Ambas habían comido naranjas a juzgar por su olor y los restos de hollejo en su boca y su cuello. Don José Onésimo se sentó en un cajón de madera, a prudente distancia, pero ni aun desde ese ángulo directo podía ver el rostro de la vendedora.

Otros niños comenzaron a acercarse. La más valiente y la más joven de las niñas se posó en su falda. Así aquella extraña pregonera de alfalfas y otras hierbas comenzó:

En los cerros aledaños a un pueblo andino vivía una mujer joven, solitaria. Vendía sus verduras a la vera del camino. Y, como estaba tan sola, se hacía acompañar de la música. La música creaba criaturas que aparecían y desaparecían conforme ella tocaba su rondador. Sin embargo, había una figura que persistía siempre y era la de la iguana grande, anaranjada y azul tornasol que ella decidió llamar Basilisco.

—¿Por qué basi... qué? —preguntó la niña más cercana.

—Basilisco, porque los basiliscos de la leyenda tenían poderes mágicos.

—¿O sea que era una iguana mágica? —insistió la niña.

La Caripiedra asintió.

—¿Saben qué? *Cuando la mujer dejaba de tocar el rondador la iguana se quedaba unos minutos más, se volvía tornasol, luego transparente y al final desaparecía sin dejar ningún rastro. Ocurrió que una tarde de lluvia la mujer tocó su rondador y ninguna de sus criaturas apareció. Entonces la joven comenzó a llorar con el aguacero hasta que se hizo una creciente que corrió cerro abajo y se llevó un puente que conectaba con el pueblo aledaño.*

Hizo una pausa larga.

Todos los niños estaban boquiabiertos. Don José Onésimo cerró la boca. Miró por donde se había ido don Alfonso.

Los moradores de la región la declararon bruja porque solo una bruja podía llorar tanto y formar una creciente. El chamán del lugar había dicho que no se podía tolerar a una bruja y la ahuyentaron, aunque muchos, secretamente, se sentían culpables porque de esa mujer y sus infusiones habían recibido la salud. Ella en realidad no se fue a ninguna parte sino que se escondió en una cueva desde dónde todavía podía ver el valle y el caserío, aunque no tenía clientes. Hasta que una tarde llegó el gato.

—¿Qué gato, señorita? —preguntó el chico que tenía una catapulta en su camisa caqui.

—Un gato que era blanco, totalmente blanco, excepto por una manchita negra que tenía en la pata delantera izquierda, por lo que la mujer lo llamó Carbón. Um, eso fue después. Escuchen:

La mujer le dijo que se fuera porque ella quería a los ratones del campo y no podía permitir que un gato montés se los comiera en su presencia. Quería tener espacio para recuperar a sus criaturas con la música y temía que el gato los ahuyentaría más aún. Le tiró piedras aunque le daba pena, pero el gato volvía todas las mañanas. Una tarde de frío, cuando en el páramo parecía que helaría, con los ojos más brillantes que nunca, el gato se asomó. Que sea solamente por esta vez, le dijo la mujer y le dejó entrar a su cueva. El gato se acomodó junto al fogón en un ovillo y ronroneó tan campante. Atrevido, pensó la mujer, mañana te me largas de aquí apenas salga el sol. Sea porque no lo dijo con suficiente firmeza, sea porque el gato era demasiado confianzudo, acabó por dormir la siguiente noche y finalmente todas las noches junto al fogón. Una mañana la mujer se despertó con el gato, tan contento, durmiendo sobre su cabeza. Comenzó a compartir su pan hecho de trigo sembrado por ella. El gato no parecía muy contento con el pan y peor con las verduras. La mujer cerró los ojos y así el gato, con tantos ratones en el campo, cambió su dieta. Hay muchos, dijo el gato y ella le dio razón. Una noche el gato Carbón anunció que se iría al pueblo a cazar murciélagos. Los había divisado en la torre de la iglesia y estaba convencido de que llevaban mensajes a todas las gentes. Mensajes de espantos. Si se comía unos cuantos habría menos espantos. A lo mejor entonces, permitirían que la curandera volviera al pueblo. No te vayas gato porque en el pueblo matan a los gatos callejeros. Te cazarán antes de que caces un solo murciélago, le había dicho la mujer. Sin embargo, el gato estaba resuelto a demostrar su agradecimiento a la joven y decidió eliminar unos cuantos murciélagos para reducir los malos aires del pueblo. Salió esa noche y se trepó al cumbrero de la iglesia y desde allí se metió al campanario. Despacito. Sin que lo vieran: una sombra más entre las tantas. Los murciélagos, colgando de cabeza como si fueran higos voladores, todavía no habían salido para sus viajes nocturnos. Esperó pacientemente.

La niña de luna y lodo se retrasó un poco a pesar de los llamados de su madre.

«Caserita» —dijo la niña—, «¿por qué no le puedo ver la cara?».

La niña extendió la mano para tocarle. La curandera atrapó la manito y se quedó con ella en el regazo.

—El gato se acicaló, afiló sus dientes y limó sus uñas para que estuvieran muy cortantes.

Las placeras desaparecían rápidamente.

—¿Qué pasó con el gato, señorita? ¿Cazó algún murciélago?

—Eso les acabo de contar cuando escampe —dijo la placera.

Unos momentos más tarde Onésimo se encontró solo. Abismado en el cuento y la cuentera, no sentía que el agua le corría hasta la entrepierna como si estuviera orinando hielo derretido. Cuando finalmente se despabiló, estaba entumecido y no había nadie en su derredor.

19

La bruma de esa tarde de agosto no se había levantado sino unos cuantos metros. Béliz Franco Romero apenas si alcanzaba a ver, desde la ventana de su despacho parroquial, la fonda de la Moscosito y sus primeros parroquianos. Eso sí, el ruido infernal, sempiterno, de aquel RCA Víctor, un radio que parecía la fachada de una catedral gótica, exacerbaba su jaqueca matutina. *A mí me llaman el negrito del batey/ porque el trabajo para mí es un enemigo...* «Esta gente vive, no se hace tantas preguntas. ¿Y yo?, me atosigo de preguntas al tener que, como el personaje de Unamuno, *San Manuel Bueno y Mártir,* enseñar con pasión aquello en lo que no creo. Ellos tienen su propia verdad extraída de la tierra con sus manos y abonada con los efluvios de sus cuerpos». *Con una negra retrechera y buena moza/ bailar medio apreta'o, con una negra bien sabrosá.*

Miró una vez más por la ventana y alcanzó esta vez a oír voces por encima de la música. «Seguro que ese par de idiotas están arguyendo», dijo en voz baja. El ateo de la parroquia de Naulacucho, el licenciado Nicanor Altagracia, debatía con el albañil Lucho Ninahuilca quien había leído un folleto escrito por el fraile De María: *La fe del carbonero, manual para albañiles.*

Altagracia subía el tono de su voz.

—Estás metido en un círculo vicioso, Lucho. Explicas con lo que hay que explicar.

—¡Qué tan dirá!, *época nomás era, quisbs*. Símbolo es, nada más, nos dan interpretando. Está clarito, ¿qué? ¿No ve mismo?

—No, no veo nada, ¡carajo! Los que se inventaron estas cosas son como vos y como yo.

—Y hasta algunos «hacen lo que sabemos», *patrún*, pero eso no les quita entendederas. Más bien hacer de abrirles el juicio, lo que ha sabido hacer. De no, sube «naturaleza, *ca*».

Toda la concurrencia explosionó en carcajadas. Lucho tenía un esbozo de sonrisa como si presintiera que había ganado el argumento.

—Bueno, si crees que toda esas sonseras son ciertas, que me parta un rayo ahora mismo.

El ateo se levantó tirando la botella de cerveza y su vaso, salió a la plaza central y gritó su reto a Dios: «Si existes, ¡párteme ahora mismo!».

Pasaron quince minutos desde que el blasfemo se calló. Nada había ocurrido. «Ven, no ¡bum! ni nada», gritó girando sobre sus talones. Pasó más de media hora, con lo cual Lucho se puso cabizbajo y se alejó creyendo oír risitas. Altagracia repitió su desafío la siguiente semana. En la mitad de la plaza, cerca de las seis de la tarde, junto a la estatua del prócer con su espada en alto, volvió a repetir su desafío. Se abrió el portillo de la iglesia parroquial y salió el cura para averiguar lo que ocurría. Levantó la mano como si quisiera parar al réprobo. Al mismo tiempo los pelos de Altagracia se pusieron de punta. Acto seguido se rasgó el cielo, la silueta del licenciado quedó nítidamente trazada y unos segundos más tarde un estruendo de olas explosivas dejó a todos sordos.

Momentos después, la gente pudo observar el humo blanco que se desprendía de la cabeza del blasfemo. Tenía los ojos abiertos y permaneció parado durante lo que parecía una eternidad.

Entonces, sin ruido se desplomó al suelo. El rayo no lo había partido, pero aparentemente lo atravesó de parte a parte y probablemente dejó detrás todas sus entrañas hechas cenizas. Los presentes espantados contemplaron el cielo. Era un atardecer despejado con algunas nubes negras en la distancia.

En un instante, más de cien personas estaban pasmadas al filo de la plaza. Lucho parecía torturado por muecas de dolor y sonrisas de satisfacción. Más tarde, comenzó a llover con enormes gotas de trópico en plena montaña. Muchas mujeres fueron a la iglesia a rezar, muchos hombres se fueron a consultar con la mesonera del *Sumidero de las Penas*.

Entre el teniente político y el cura improvisaron una morgue en la oficina de la parroquia y allí el teniente se dispuso a hacer el acta de levantamiento del cadáver. Béliz Franco, a falta de médico, hizo un examen superficial del difunto. Curiosamente, el licenciado llevaba un superheterodino sujeto a su cuerpo y una antena que le llegaba a los pies. El cura retiró el aparato y lo puso en una mesa, era claro que Altagracia había perecido al caerle el rayo. Un suicidio, no se necesitaba más investigación. El teniente llenó otros detalles del acta y salió sin decir nada.

El cura se quedó a solas con el cadáver.

Repentinamente tuvo una visión clara de cómo había ocurrido el fenómeno: el receptor de radio que Altagracia llevaba en su espalda, calibrado a alguna antena de la misma frecuencia, instalada en algún árbol cercano, actuando como pararrayos, atrajo el rayo. Además, él pudo ver una densa nube que avanzaba de levante a poniente y que podría haber creado la descarga. Electrocuciones hasta quince o veinte kilómetros de distancia del origen de la descarga eléctrica no son infrecuentes, lo había leído en el *National Geographic* cuando estuvo hace ya tantos años en Georgetown University.

Pensó cómo sería morir fulminado como el licenciado y sintió envidia del difunto. La llegada del teniente político interrumpió sus meditaciones. Ortiz de Huigra, quien se llevó el cadáver en el cajón de su Ford V8, tardó un par de días en retornar con el muerto ya formolizado y una copia del informe de la autopsia. Entregó el cajón sellado pero que dejaba escapar un olorcito dulzón. Así mismo, entregó copia del informe al cura párroco y con eso le indicó que quedaban cumplidas sus funciones. «Usté está a cargo de la parte del alma», dijo en un tono que casi provoca un esguince cervical al cura.

Lo que Ortiz de Huigra no le contó era que en la morgue el cuerpo del licenciado había desaparecido y tuvieron que robarse otro cuerpo. Tampoco le dijo que todo el informe médico lo había falsificado él, personalmente, de principio a fin, fechas y timbres; ni le dijo que había entrado a la casa de Altagracia, en Naulacucho, la que resultó no ser suya. Además, solamente ocupaba un cuartucho junto a un servicio higiénico público siempre atorado. Dentro del cuartucho no encontró sino una estera, dos mantas deshilachadas, tres camisas de las cuales solo quedaban el pecho y el cuello, un saco con un codo agujereado, un pantalón de dril con las rodillas desenhebradas, la foto sepia de una joven muy guapa con una rosa prendida en la cabeza y un tomo de ingeniería eléctrica.

En la misma tarde del retorno del cadáver del impío, entre la fina garúa que había comenzado al amanecer, lo enterraron casi dentro del cementerio «porque Dios en su misericordia, entre rayo y muerte pudo haberle concedido la gracia del arrepentimiento», explicó el cura. Béliz Franco recitó el oficio mecánicamente. El libro de oraciones se empapó. Levantó los ojos. A trescientos pasos, detrás de la cortina de lluvia, más allá del portón de eucaliptos resquebrajados, pasando el jardín y dentro de la cocina junto a la estufa de leña, estaría Dolores con la blusa de algodón pegada al cuerpo y todos los aromas del fogón incrustados en los poros de su piel morena.

Béliz Franco comenzó a correr, llegó al portón lateral y se adentró en el jardín y continuó a mano derecha hacia la entrada principal de la iglesia. Quería pedir la gracia necesaria para poder sobrevivir otro día al hastío sin texturas de los días de neblina y garúa y a las pulsaciones de animal joven que emanaban de la cocina. En la penumbra del templo cayó de rodillas en el primer reclinatorio que encontró. Sus ojos se acostumbraron a la obscuridad y pudo ver su iglesia, un templo terminado en calcimina y albayalde: en el centro del altar un gran crucifijo, dos nichos para San Pedro y San Pablo, imitaciones hechas en el estilo de la escuela colonial, otros dos nichos paralelos que permanecían vacíos, un confesionario que parecía estar en desuso, el coro de rigor con el vetusto melodio y las paredes laterales, enteramente blancas, con troneras aisladas que apenas permitían el paso de la luz.

A diferencia de otras iglesias en pueblos con mayor historia, estas paredes permanecían desnudas, sin adornos, ni un solo cuadro, ninguna celebración de algún milagro. Solo quedaban doce crucecitas del Vía Crucis. Levantó la vista hacia los altos travesaños cubiertos de telarañas y agujeros y se preguntó si sería cierto que por allí, en el entretecho, habitaban toda clase de animales, inclusive una iguana iridiscente cuya presencia delataba la cercanía de una bruja montés. Dirigió la vista hacia el altar mayor donde notó un pequeño charco que se agrandaba: una gotera más entre las tejas. La llovizna se había convertido en un torrente de marzo. Se deslizó hacia la sacristía. Un Cristo más pequeño con el cuerpo endurecido por el barniz no lo podía seguir con los ojos pues los tenía fijos en una sola dirección. Al salir al patio interior la imagen de la Virgen de piedra, patrona del pueblo, dejaba correr el agua entre sus pliegues de granito.

Se acercó al rostro delicadamente esculpido. Extendió la mano y tomó a la Virgen por el mentón para apreciar los detalles de la boca y la nariz. Pasó su índice por los labios perfectos y una vez más notó su mano con el dedo torcido. La examinó con mayor detenimiento.. Pensó en su juventud y en todos los conatos de acercamiento al alucinante mundo femenino. No pudo dejar de reconocer su ineptitud: «Dame *juerzas*, como dicen por aquí, dame fuerzas para *no* controlarme, eso lo he hecho desde mi niñez».

Resbaló sobre los ladrillos mojados. Notó el musgo creciendo entre las rendijas de argamasa. Se agarró la cabeza con ambas manos y envuelto en llamas se lanzó por la ruta que llevaba directamente a la cocina.

Dolores junto al fogón, tal como se la había imaginado: su rostro anaranjado por los reflejos de la lumbre. La vio agacharse para atizar el fuego. Su falda se elevó descubriendo las piernas bien torneadas, color de tierra de Siena, con una ligera blancura detrás de las rodillas, las pantorrillas y los muslos redondos de tanto correr por los cerros. ¡Ah, esos abultamientos tan redondos y agresivos! Por atrás, por adelante, por encima, por los lados. ¡Hembra! El cura abrió y cerró las manos de dedos gruesos hechos en el régimen de la barra fija. No acababa de cerrar la boca cuando la muchacha se dio la vuelta, sus ojos se encontraron y sin más ni más le propinó una deslumbrante sonrisa.

¡Qué bella aldeana!, pensó. *Qué expresión tan seductora, ¡es la mezcla!*

—Es casi hora de la merienda —dijo la muchacha.

Béliz Franco se quedó con la pierna a medio levantar, la cabeza torcida, rígida, «entablerado» como se quedan los caballos con el cuello torcido hacia un lado cuando siempre transitan por la misma ruta. A la postre, habló rezongando.

—Comeré, comeré muchacha.

La chica frunció el ceño.

El cura no podía *desentablerarse*. Con un esfuerzo supremo plantó el pie en el suelo y con otro aún más grande se desplomó en la banca haciéndola crujir. Resopló.

—Podrías ser mi hija.

—¿Perdón, taita cura?

—Nada, nada. Haz tus tareas.

—*¡Quisbs!, so* mismo estoy haciendo.

El cura la ignoró y comenzó a explorar con atención las texturas de la mesa. Encontró fascinante el recorrido que una mosca casera hacía entre los vericuetos de la madera. La siguió con su pulgar. «¿Quién habrá hecho esta mesa que ahora la echo a perder con mis garabatos?» Pensó en el árbol que le dio origen. Quien fuera cortó los tablones y armó el machihembrado. «Ya no las hacen así tan sólidas. Ya casi no hay árboles así». Veía imágenes en las venas de la madera, rostros deformados, manos suplicantes. Recorrió la curva que sugería el contorno dorsal de un desnudo. Retazos de recuerdos de sus años mozos comenzaron a flotar entre sus manos.

Dolores comentó risueña:

—Está estropeando la mesa antigua —depositó un platón de loza llena de un líquido humeante. Béliz Franco la ignoró. Sus ojos se habían clavado más allá del plato sobre las vetas de la madera. Ondas, dunas, olas.

Fue en la playa, sí, en la playa con su prima, aquella de esa risa tan clara que tocaba el alma como alas de mariposas tropicales y que insistía en chantarse aquel traje de baño negro de dos piezas, atrevido para la época. ¿De qué material sería? ¿Hule? ¿Caucho? ¿Nylon? *Tócala, ¡está al alcance de tus dedos!* Pero no lo pudo hacer, todo lo contrario, sintió una parálisis gradual que comenzó con las yemas de sus dedos e inutilizó el brazo entero. «¡Mira!», le gritó la prima y él casi dio un salto. Doce pelícanos pasaron a menos de un palmo de las crestas de las olas. Pero él ya no veía ni pelícanos ni olas. Solamente los dientes fulgurantes de la joven y esa tela maldita que atrapaba sus formas. El olor de sal de la muchacha le trastornó la razón. Ella lo paralizó con su mirada extrañamente hipnótica:

—Ahora mi primito timidito. ¡Ahora!

Años más tarde se azotaría mentalmente. ¡Qué recuerdo, qué resquemor! «¡Un besito, primito, nada más que un besito!» «Ya me he prometido a Cristo», había dicho, sin poder comprender por qué exactamente sus propias palabras se le antojaban huecas. No sintió la asistencia divina, como le había prometido el padre espiritual, sino la inmensidad indescifrable de su ridícula incompetencia. ¡Ah!, las palabras de la muchacha le martillaban los tímpanos como si hubieran sido pronunciadas ayer: «Bueno, primo tontín, de una vez hazte miembro de los pajeros de Lanús». Luciendo desconcertado, había hecho la pregunta que confirmaba su *literalismo* y estupidez: «¿De qué hablas? ¿Qué es Lanús? ¿Hay en serio un grupo así? ¿Por qué de Lanús?» «No sé, tontín», contestó la joven, «porque suena bien, porque rima, porque ¡qué más da!» —exasperada, concluyó—: «me inventé la palabra, maldita sea. ¡No estoy segura de a dónde más mandarte!»

Aturdido, el joven había intentado recobrar su centro y probar que en efecto la superioridad de su llamamiento lo ponía por encima de los encantos de la prima. «Tengo un llamamiento más alto» —balbuceó. A lo que la joven, examinándolo como un bicho patas arriba anotó: «Tu problema, primito, es que eres un insípido que vive en su coco». Rozándole con sus labios la oreja le cantó muy bajo: *Si naciste sin corazón en el pecho, tú no tienes la culpa de ser así.*

Mirándole a los ojos lo remató: «Pues rózame al menos los labios, *cumbiambero*», y se alejó riendo y meciendo las caderas al compás de su estribillo: *si naciste sin corazón en el pecho...*

Huyó de la playa sin intentar seguir a la joven. Creyó que se tropezaría en el embarazoso picacho que llevaba por delante en sus pantalones caquis. Se subió en el primer autobús interprovincial y no la volvió a ver en su vida. Ya en el seminario mayor, la recordaría todas aquellas noches cuando la luz de la luna lo despertaba a las dos de la mañana.

Sonrió. Treinta y pico de años al servicio de la Santa Pureza y la Santa Obediencia. Inodoro, incoloro e insípido. En realidad, devoto de la Santa Apariencia. Todavía le ardían las bofetadas «cariñosas» del confesor. ¿Sus objetivos? Se rastrilló la cabeza con los dedos. Se jaló una ceja y se arrancó un par de pelos. Aspiró el olor de la zagalita en flor que entraba con la humedad de la montaña: los españoles se refieren a las jovencitas como zagalas, zagalitas. «Está claro. Al menos esta es tan bella como jazmines silvestres que aquí llamamos zagalitas. Zagalita, gacelita», gruñó al fin.

—Gacelita, Dolores, ya puedes retirar los platos.

La joven entró y miró el plato hondo con la sopa de papa comenzando a coagularse. El taita cura no había probado bocado. Dolores retiró el plato. Béliz Franco se quedó con un migajón de pan en la mano. Comenzó a amasarlo entre sus dedos, a darle vueltas; poco a poco una escultura de mazapán, una figurilla femenina apareció. La estrujó y se la metió a la boca. Tomó el cuchillo y con la cara casi pegada al tablero continuó escarbando líneas y más líneas sobre la superficie áspera. Estuvo tanto tiempo así perdido entre sus garabatos, que cuando se paró agarrándose de la mesa, tuvo que luchar con sus piernas enteramente amortiguadas.

Se fue para la sacristía. Abrió la alacena de mano derecha, tomó la primera damajuana de vino de misa y salió sin mirar al Cristo. Esa noche la luz mortecina del cuarto del cura resplandeció junto al patio de la Virgen de piedra hasta que ya no se la pudo notar con la llegada del nuevo día.

Pocas semanas después, hacia finales de mil novecientos sesenta y tres, una nueva fuerza entraría en la vida del desventurado cura. Sería un nuevo reto para sus esfuerzos lógico—racionalistas que sostenían precariamente su vida de apariencias. Se trataba de una mujer quien había pasado desde mil novecientos treinta y seis aprendiendo las artes de curar a la gente. De acuerdo a los rumores que llegaban en las tardes, inevitables como la neblina, la curandera había recorrido los valles y montañas de la provincia hasta llegar a Naulacucho de los Arrayanes. Fue también la época en que arribó al país la televisión, el avión jet, las becas para estudiar en el exterior y se descubrió el petróleo y la estupidez crónica de los políticos. El terrateniente más importante de la región, el último en realidad, era don Alfonso María Pedregal y Carbonell, heredero de la hacienda ganadera La Heredad de 120 caballerías. Tenía veinticinco caballos de raza, importados de la Argentina y doce perros *pointers*, todos garantizados de ser descendientes de aquellos que participaron en la caza del zorro en la Gran Bretaña, en el coto del marqués de Montrose. Aquello era un desperdicio porque los perros vivían de ociosos o tascando al ganado, porque los zorros de la región estaban extinguidos desde la Colonia. Además, la propiedad tenía doce huasipungos con un promedio de seis indígenas «propios» por huasipungo. En cuestión de cinco años todo este arreglo, junto con su dueño, se convirtió en un enorme aparato desvencijado. En realidad, la hacienda La Heredad en sus últimos tiempos no era sino la casona de adobe y ladrillo y los jardines invadidos de maleza. A don Alfonso todo esto lo tenía sin cuidado, en parte por su natural fatalismo histórico, *vox populi vox Dei*, en parte porque, como eximio abogado, pudo hacer una fortuna casi sin esfuerzo, deshilachando por igual la lógica de jueces y contrarios.

Detrás de tanta *juris prudentia,* de tantos juicios, residía un artista y, como suele ocurrir, un alma en pena. La estructura de su mente creativa lo llevó a parajes donde residen poetas, escritores, fabulistas, pintores y muchos científicos. En ese mundo virtual se perdía, acompañado de sus libros, de una estatua de don Alonso Quijano, de una réplica de la musa Erato y de varios otros bustos sin nombre. Don Alfonso, ya retirado de sus leyes y relaciones sociales, sumido dieciséis horas diarias en estudios de historia, astrología, mitología, filosofía y alquimia, solamente tenía un contertulio en su vida, el maestro de capilla al que admiraba por su sentido común campesino que demolía, sin darse cuenta siquiera, los convencionalismos sociales del gran abogado.

Cuando Gabriela llegó a las orillas de Naulacucho, el proceso de descomposición de la hacienda y su dueño estaba en plena marcha.

20

La neblina de la mañana se había asentado en el sendero y en la comarca entera dejando solamente la torre de la parroquia a la vista. Dolores, apresurada, retornaba de la puerta principal para comunicar al párroco de Naulacucho que el teniente político Ortiz de Huigra lo buscaba. Habló con la puerta entornada por el rechazo que le inspiraba la hedentina de varón y aguardiente que emanaba del interior del cuarto.

—Le buscan, taita cura.

El taita cura apenas emergía de una laguna de brea y su voz era pegajosa.

—Ya te he dicho, Dolores, que no me jodas tan temprano.

—Es que el padrecito faltó a misa y las comadres todavía le esperan y, además, el señor Ortiz de Huigra está a la puerta. Dice que tiene ni-sé-qué asunto pendiente con *usté*.

La joven exhibía en su lenguaje la influencia de la manera atildada con la que el cura solía expresarse con alguna frecuencia.

—El cretino, probablemente, se creerá noble por haberse cambiado el nombre —murmuró el cura mientras saboreaba su boca de tonel podrido—. Dile que regrese cuando tenga su verdadero nombre.

Dolores dudó sin saber si pasar el mensaje al visitante o esperar porque, tal vez, solamente era un comentario agrio de la resaca, del horrible *chuchaqui*. Salió del cuarto decidida a esperar que el cura tomara alguna decisión. Había notado que el garrafón de vino de misa estaba en el suelo.

El cura la vio partir, bajó la cabeza mirándose entre las rodillas.

—¿Cuatro litros de vino? Vacío como una cabra que hubiera parido el diablo. ¡Imposible! Me hubiera muerto. ¡Dolores! —gritó en su tono de párroco.

—Dile que pase, que pase. Hazle pasar al señor Ortiz de Huigra.

«Me voy a hacer llamar Bertrand Francis Romero... Rómulo... Rocoto... Rudolph. ¿Y por qué el pendejo no se llama Otto Von Hueiger, de una vez?»

Ortiz de Huigra daba vueltas en la minúscula sala de espera. En la distancia, al otro lado de la plaza, escuchó la música mexicana que siempre le parecía que había sido compuesta en su honor. Se identificaba con los corridos mexicanos. Le privaban particularmente las interpretaciones de Miguel Aceves Mejía y Libertad Lamarque. Aquel estribillo: «Ya llegó el que andaba ausente y ese no consciente nada», le causaba estragos de gozo y se lo tomaba personalmente. Para remate, se sentía rico y seguro de sí mismo pues, si bien no había vendido su botín todavía, el ser el autor intelectual y material del robo del convento, le revivía la convicción de que había nacido para conquistar al mundo o al menos partes importantes de él.

Vendidas las joyas, más el dinero recibido de la campaña política del Profeta, tendría suficientes fondos para todo y definitivamente otro gallo le cantaría. Y si no apareciera el gallo del dicho, pues se compraría uno. Al fin, ya no consentiría nada, ni las arrogancias de las monjas ni de los curas, ni los desplantes de los que habían estudiado, ni la idiotez de la gente que no lo había hecho. Las cartas de su madre habían sido su guía: *La nobleza comienza con el espíritu del caballero, con el coraje. Con el arriesgar, con el jugarte la vida para cumplir con tu misión. Hijito, no olvides que el coraje sin destrezas y sin astucia es estupidez.*

«Mamá, no te olvides del parecer. Ser, parecer. A veces el parecer es más importante. Por eso ahora soy don de Huigra».

El ruido de pasos de pies ligeros lo despertó de su ensueño.

—Reverendo padre —dijo girando en sus talones.

No se trataba del cura sino de Dolores. El olor de cocina y cebollas que se desprendían del cuerpo de la joven le alcanzó a la nariz.

«Mierda, pero qué bocadillo tan sabrosillo».

—Dice el señor cura que le espere —dijo la joven y desapareció.

El teniente político la siguió con los ojos. «Mamita, *longa* mordiscos, mordisquienta, mordisquera».

Pasaron casi quince minutos. Agarró una azucena que estaba en la mesita del espacio de recepción y se deslizó para la cocina. Al paso notó las fallas del cielo raso, los despostillados de las baldosas de arcilla, del enlucido y los dibujos desvaídos del agua de lluvia. De alguna parte de la casa arribaban mensajes distantes de humo de leña seca y del olor pungente del fogón de páramo.

Las ocho y treinta. Entró en la cocina.

Dolores, con los pelos pegados a la frente, las manos con hollín, se aprestaba a pelar un pollo que chorreaba todavía agua hirviente. El agua saltaba a borbotones grumosos en el caldero de la sopa de papas. Ortiz de Huigra se acercó como un felino y ciñó a la muchacha por la cintura. Ella dejó caer el pollo al suelo. Ortiz de Huigra la mordió detrás de las orejas y ella se arqueó sin ofrecer resistencia.

Bajo el dintel, arrimado a la pared de adobe pintada de calcimina, las hirsutas cejas haciendo caverna sobre el destello de los ojos, Béliz Franco Romero, señor de esa residencia, contemplaba el ultraje. Era una figura formidable, pero de estructura desvencijada por los años y la falta de ejercicio, lo cual lo atormentaba pues siempre estuvo entre los mejores en la barra y la gimnasia. Inclusive se malogró la mano y de ello le quedaba un dedo torcido. Con la sotana raída y con el no haberse rasurado, parecía un reflejo del descuido general que se sentía en la casa parroquial. El párroco se aclaró la garganta. El teniente político se encogió de hombros y retrocedió un paso. Dolores se quedó con los brazos entrecruzados sin moverse.

—Y ¿qué desea don Ortiz de Huigra? —preguntó el sacerdote acentuando aquello de «de Huigra» con la correspondiente sonrisa sardónica.

—Señor doctor —dijo de Huigra, espiando a la joven.

—No hay cuidado, hable.

Dolores salió. De Huigra se enfocó en las manos del cura, enormes manos debajo de la faja clerical. Notó el dedo mal curado.

—Se trata de los Caiza. Los esposos Caiza tienen una situación.

—¿Una situación?

—Como hace ya tres días, a Jacinto Caiza le salieron unas cosas importantes en la cabeza y expiró en la madrugada. La viuda necesita que la acompañen. Quiere que le dé los últimos ritos.

—Don Ortiz de Huigra —acentuó el «don» aún más que antes—, el finado se ha ido sin llenar el papeleo. Está ya fuera de mis manos.

—¿Perdón, doctor?

—Quiero decirle —la voz le salió un poco alta, como si le molestase que no entendiera la alusión metafórica de que los sacramentos son para los vivos y no para los muertos—, una vez que la persona ha muerto se trata de otro trámite.

El rostro del teniente político se obscureció. El tonito condescendiente del cura despertó el recuerdo de la monja catalana. Por eso habló entre dientes.

—Bueno, señor doctor, en todo caso, ¿podría usted venir conmigo al levantamiento del cadáver?

A media mañana partieron, el cura medio despierto y el señor Ortiz de Huigra al volante. El vehículo era una camioneta Ford 39, con remiendos caseros, más de doscientos mil kilómetros de recorrido, pero con un motor V8 que no desfallecía ni quemaba aceite.

El vehículo se desplazaba a brincos y Béliz Franco sentía que con el traqueteo se desarticulaba su buen juicio. Su voz, cuando habló, estaba medio fracturada.

—Teniente político, si usted se mete otra vez a mi cocina le rompo el cuello —y sin esperar respuesta continuó—: ¿cómo se enteró de la situación de los Caiza?

El cambio detuvo al teniente.

—Bueno, usted sabe, vea usted, doctor, en estos pueblos nos enteramos de todo. Si sabe, por ejemplo, que en su parroquia ¿está desapareciendo el vino? ¿Desearía que la autoridad competente le asistiera para encontrar a los culpables del delito de latrocinio? Ese vino pertenece a la congregación, como usted sabe.

La salva alcanzó el blanco. El cura hundió el cuello en su pecho y se quedó estudiando el parabrisas lleno de insectos reventados.

Ortiz de Huigra pretendía estar preocupado por el camino y los camellones: qué malos caminos. «¡Listos, cura! Empezando contigo todos mis enemigos me van a rendir pleitesía». Esa palabra, pleitesía, cuando se equivocó al pronunciarla en clase de lectura, mereció el escarnio de la española y la carcajada de sus compañeros.

Un golpe de viento entró por la hendija que dejaba el vidrio triangular de su ventana. «Hoy es hoy y estoy en control de mi destino», murmuró.

El cura volvió a hablar en el mismo tono mohoso.

—Usted, don de Huigra, ¿sabe cuánto tiempo estuvieron casados?

—Dicen que cincuenta y cinco años, su merced, señor doctor. *¡Ahí te va, cura pendejo!* —completó para sí—, *«¿su merced? ¡Ja!»*

—Es él el muerto, ¿qué espera la mujer de mí?

Ortiz de Huigra se encogió de hombros. Ambos se quedaron callados. Un mirlo solitario cantaba a la vera del camino. La maleza se había convertido en pajonal y comenzaban a ondular las lomas con el viento constante del páramo. No se podía detectar ninguna señal de seres humanos. El pajonal gris amarillo en todas direcciones, el cielo con algunas nubes y las montañas, siempre distantes, eran un marco perfecto para sentirse perdido.

—Para el carro, maricón —dijo el cura siempre con el tono desabrido.

Ortiz de Huigra lo complació con cara de pregunta. En realidad había estado esperando que el cura reaccionara mal, lo que podía ser un buen comienzo para encontrar alguna oportunidad de humillarlo.

El cura se apeó con dificultad. El viento helado lo despabiló del todo. Dio la vuelta a la camioneta, abrió la puerta del chofer y agarró al teniente político del pescuezo con una mano. La máxima autoridad civil y militar de la parroquia estaba a merced de la máxima autoridad espiritual. Su merced, su merced, se repetía el cura. Estás a mi merced.

Ortiz de Huigra se dejó arrastrar como si fuera un fardo. Llegaron al tapial del camino. Allí el cura lo cuadró con la mano izquierda y con la otra manaza intentó deformarle el rostro. Un grito de dolor siguió cuando el cura enterró su puño en el tapial. Se dobló sobre la mano herida y al mismo tiempo los dedos índice y medio del teniente se incrustaron en sus ojos.

—Hoy —dijo el cura, ciego y buscando con sus manos algún apoyo—, hoy... hoy te mato. Dolores es mi entenada, vas a aprender respeto.

Se tuvo que callar. Una patada a la sien derecha lo derribó. En el pasto apelmazado comenzó a vomitar. Clímaco lo examinó con cuidado. Lo arrastró revelando los músculos hechos cordeles debajo de la camisa. El cura dejaba una estela de vómito que salpicó al joven cuando este lo acomodó en el asiento delantero. «Asqueroso, hiedes».

Poco tiempo después, el cura comenzó a volver en sí. Abrió los ojos. Se palpó para cerciorarse de que todo estaba en su sitio. Entre sombras miró a su victimario. Se volvió a palpar y enterró, una vez más, la quijada en su pecho. El ruido del motor y el rozar del pajonal en el piso de la camioneta eran los únicos sonidos. Prácticamente iban a campo traviesa con la vegetación cada vez más rala. Carraspeó un poco. El teniente lo echó un vistazo. Béliz Franco levantó la voz.

—El sueño de la imaginación produce monstruos... eso es, ¿sabes de quién, sabes de quién..., teniente? —dijo contra su pecho.

—¿Qué ha dicho, señor doctor? Pues la verdad, la verdad que no sé.

—Eso lo dijo Goya, es una de sus aguafuertes.

—Sabe, señor cura, y esto le cuento en el más estricto sigilo de confesión, mi madre me escribe y es de la misma opinión que su amigo Goya y Lucientes: cuando pensamos, hay que estar muy atentos, vigilantes, lógicos, controlar la imaginación con verificaciones, datos y lógica. De otra manera, la imaginación alocada, hace a la persona temerosa, impulsiva, asustadiza e ilógica. ¿Le he comprendido algo?

Béliz Franco se hundió más en su cuello.

—Señor cura, doctor, ¿cómo que tiene dolor de cabeza? ¿Tal vez los estragos del mes? ¿Un golpe de viento de casualidad? Tengo aspirina. ¿O prefiere fajarse la frente con media de color y caca de gato soltero?

El otro permaneció hosco.

Del árbol caído todos hacen leña, recordó Ortiz de Huigra de una de las cartas de su madre. No pudo resistir la tentación de atormentar un poco más a un cura dizque tan culto:

—¿Sabe usted cómo pelar el plátano sin que esas hilachitas pegajosas se enreden en los dedos? Si lo sabe, dígame. Es un fastidio.

El cura no reaccionó.

—Ah, pero qué le pregunto, disculpe usted, su señoría. Si esta misma mañana la Moscosito ya me lo explicó. Es muy sencillo, en lugar de pelarlo por el cuello, por arriba, pues lo pela por abajo y se acabaron las benditas hilachas. No se necesita un doctorado.

Silencio.

Ortiz de Huigra sonrió convencido de que el cura no conocería este detalle tan estúpido. Lo notó más amoscado aún. Sobre su sotana aparecieron minúsculas escamitas blancas. «Mierda, qué cura más asqueroso».

Ortiz de Huigra, sin quitar los ojos del camino, observó:

—El sueño de la *razón* produce monstruos. Eso sí he oído. De la razón. Eso sí. Es el sueño de la razón, ¿no? A lo mejor hay otra aguafuerte que no conozco que se refiere a la imaginación... usted sabe tanto, doctor.

El cura abrió la puerta de la camioneta y vomitó más.

21

Dieron una curva cerrada para evitar una roca volcánica. Al otro lado de la piedra se le ocurrió a Ortiz de Huigra que aquel paisaje le era conocido y tuvo la clarísima sensación de estar encaramado sobre los hombros de su madre. Bruscamente, desapareció la imagen y percibió la voz del cura como si fuera la de la monja catalana, la que lo había hecho notar el color de su piel indígena y lo acusó de haber inventado su madre. Al final dejó que la rabia se escurriera por sus pies. *Aprende a caminar por entre sustos y disgustos dejándolos que pasen por ti; deja que la rabia se escurra por el piso, porque es veneno que antes de dañar a los demás te habrá dañado a ti.* Unos momentos después pudo apreciar otra vez el silencio del páramo, no por la pausa que hizo el viento sino por la calidad cristalina del ambiente. El panorama dio otro vuelco y le alcanzó el olor de vómito del cura.

Béliz Franco sonreía maliciosamente.

—He oído que eres...

—¿Cuál vos tuviste? —se sonrió—, adelante, señor doctor, tráteme como quiera, de tú, de usted, de vuecencia.

—He oído que... dicen que te avergüenzas de ser un hijo del viento, un *huairapamushca*, ni padre ni madre que te quisieran. Demasiado feo, demasiado indio.

Ortiz de Huigra se agarró de la reata de cuero alrededor de su cuello al término de la cual colgaba un pequeño crucifijo de madera; era su «pararrayos» cuando quería dejar escurrir su rabia hasta el piso.

Béliz se comparó con el joven. No, él, Béliz Franco Romero venía de una familia «propia», decente, en fin, buena gente. De las que mantienen la imagen. Nada de esto de hacer lo que a uno le da la gana. *No lo que se quería. Siempre lo que se debía.* Cuando Pánfilo, ¿o era su nombre Sílfido... o Vértigo? No, ¡qué idiotez, no recuerdo!, sí, no, el joven seminarista, su compañero, quien declaró que se haría artista, cura o no cura, presentó una escultura peculiar al grupo de estudiantes.

—¿Qué *travail du diable* es esto? —preguntó el confesor de seminaristas.

—Es un Cristo, bueno, una Crista.

—Herético impío —interrumpió el maestro de seminaristas.

—Sugiero que la Madre, como correndentora, es también una Crista y por lo tanto una diosa.

—¡Blasfemia!

La mano del confesor se estrelló contra la nariz del artista quien trastabilló, se enderezó y comenzó a absorber mocos y sangre. Cuando el joven levantó la cruz de madera amenazándolo con romperle en la cabeza, el confesor abrió su boca como si fuera a dar un grito. Se quedó así hasta que un chorrito de saliva le corrió por el mentón. Resopló una y otra vez. Al fin cerró la boca como de un portazo. La mayoría de los seminaristas estaban literalmente boquiabiertos.

En efecto, el joven, cualquiera que haya sido su nombre, había esculpido en «piedra de sastre», con un verdor de hojas con vetas negras, una exquisita mujer clavada a una cruz de madera.

Causó sensación.

Béliz Franco contuvo el ademán de tocar un objeto invisible. Allí se acababan sus recuerdos del evento. Sin embargo, su memoria trunca contenía algo amenazador que se convertía en sus horribles pesadillas. Ocasionalmente, tenía sueños atormentados en los cuales la Crista flotaba en un charco de sangre.

La camioneta cayó en un bache lo que arrancó a Béliz Franco de sus recuerdos.

—Hasta aquí llegamos, taita cura. No estoy seguro de dónde mismo es la choza de los Caiza. No puede ser muy lejos de aquí.

Miró en todas direcciones. Esperó unos cinco minutos. En dirección contraria avanzaba un señor con su burro. Cuando llegó cerca, Ortiz de Huigra se apeó, saludó y le preguntó si sabía de los Caiza, tratando al mismo tiempo de ajustar su lenguaje con el local.

—Ya, *ca*. A la *güelta nomás* —gesticulaba con el brazo—. Verá, por allá arrayán grande hay, *vea*. Ni qué perderse. Sí, cómo no, Caiza *morió*, *aura* otro día mismo.

—¿Qué diciendo se murió el Caiza? —preguntó el teniente.

—Decir, *ca*, no dijo nada. Echando, *ca*, *morió nomás*.

El teniente le dio las gracias y un billete.

La dirección en general era correcta. Pero eso de «a la *güelta nomás*» podía ser cualquier distancia y cualquier tiempo. Como Ortiz de Huigra sentía que no andaba tan perdido, reiniciaron el camino más o menos en la misma dirección hasta que, luego de veinte minutos, encontraron el arrayán grande. Dos minutos más tarde el teniente indicó que habían llegado. Se pararon, la camioneta se apagó con un fuerte temblor.

¿Y qué pasó con nuestro pleito?, se preguntó el cura.

—La choza de los Caiza es esa, la del techo de paja.

Entraron a la choza tanteando hasta acostumbrarse a la densa penumbra. Los envolvió el olor a fogón, a cuy y a tierra entreverado con el aroma dulzón de la muerte. El cura lo conocía bien. Sabía que el muerto debía haber sido enterrado al menos un día antes. La María Caiza, la anciana, la *rucu mama*, se había clavado a su cabecera, petrificada, con la expresión atónita de los niños que no acaban de comprender que su compañero favorito de juego ya no volverá.

¡Cincuenta y cinco años de casados! Era un amor diseñado para ser eterno, instalado en cuerpos que perecen.

El cura intentó abrirse el cuello. «¿Cuál debe ser mi papel? ¿Acaso solamente se trata de ser un árbitro a cargo de dar el silbatazo final dando por terminada la contienda del amor?» Comenzó a leer el salmo de *profundis*. ¿A quién clamaba? A un

Dios europeo. Le volvió el deseo de vomitar, arrojó el libro al suelo, se excusó, salió de la choza y huyó por los matorrales.

Ortiz de Huigra vio al cura perderse en la distancia. Prendió un cigarrillo y lo dejó quemarse entre sus labios un momento. Lo aplastó resuelto contra el suelo, se hizo del libro del cura y sin más acabó de leer el rito. Acomodó el muerto en la camioneta sin que la María diera la menor señal de vida.

22

Don José Onésimo notó en seguida los faltantes de vino en la parroquia. Se emboscó en el coro de la iglesia y de allí espió al cura que aparecía por la parte lateral de la nave, desaparecía en la sacristía y volvía a emerger, mirando a diestro y siniestro, con la botella de vino bajo el brazo.

A los veinte días de haber huido de la choza del muerto, un jueves por la mañana, junto a la Virgen de piedra, Béliz Franco Romero comenzó a dar vueltas alrededor de *Maria Immaculata.*

—Bueno, al menos puedo contar con que tus labios permanecerán sellados, Madre.

Entró a la iglesia.

Hacía días que el maestro de capilla lo observaba. Béliz Franco se arrodilló en el primer reclinatorio de la primera fila. Justo en frente de él estaba el charco dejado por la última tormenta. Como días antes, volvió a levantar la cabeza para verificar la trayectoria de las gotas. *Tener que ocuparse de tales tareas*. Bueno, ahora por lo menos sabía lo que ocurriría. Dolores vendría a buscarlo para la cena; él la despacharía pretendiendo estar sumido en su visión celestial y, cuando la joven desapareciera, se dirigiría a la sacristía. Allí estaba el Cristo de palo y el vino terroso. «A falta de Dolores, buenas son uvas».

Los pasos menudos de Dolores llegaron puntualmente.

—Taita cura, se le enfría el locro. Ya está servido.

La tensión: todavía le zumbaba en la cabeza la patada del teniente político. ¿Debía pegarse con Dolores? Eructar su frustración, su impotencia, sobre esta bella joven. Podía en ese mismo momento agarrarla y arrojarla sobre la mesa... Y ¿qué haría entonces? Tal vez, ¿pedirle permiso para darle un beso?

Parpadeó.

—Bueno, hija, ya voy.

La vio partir y supo entonces que la joven pertenecía a un mundo del cual él estaba permanentemente excluido. Con todas sus ínfulas de autoridad y «hombre de hambre atrasada» jamás podría ponerle un dedo sobre el pelo ni menos comenzar a recorrer sus hombros con sus manos de gimnasta.

Béliz Franco parpadeó varias veces al pensar en Ortiz de Huigra. Sintió dolor en la boca del estómago y se quitó el cuello clerical, se abrió la sotana raída. «Seguramente mi color es ahora verde. Me controlaré, intentaré detener estas sensaciones contra el teniente, odiarle o sentir celos por su causa sería demasiado humillante para mí».

—Voy a traer un cáñamo.

Lo trajo a tierra la voz de la joven. Parecía haberse materializado de la nada. El cura se quedó inmóvil observando cómo las gotas creaban ondas sobre la diminuta laguna.

—He limpiado todo el santo día esa agua de la gotera.

—¡Ah! Sí, hay que hacer algo.

—A lo mejor, si el taita cura pide a Dios ha de hacer de escampar, *ca*.

Dolores secó el charco una vez más y salió de la iglesia. Béliz Franco se dirigió a la sacristía. La imagen de la Crista que hiciera el amigo, con sus vetas sobre la piedra lisa, con sus formas y entresijos femeninos, remplazó la imagen del Cristo:

extendió el brazo y la aparecida se desvaneció gradualmente. El cura tocó la redondez de la primera botella. «Dicen que el diablo está adentro, yo digo que es una diabla líquida, una amante de rubí». Se arrojó la botella al hombro y anhelante hocicueó el pico de vidrio.

El foco mosqueado de su cuarto estaba encendido, su cuerpo tirado sobre la cama y su cabellera hecha un espanto. Una colcha blanca y deshilachada cubría el colchón. Sobre ella había un charco de bilis y vino donde las greñas de su pelo se empantanaban como algas. Trató de incorporarse a medias sobre el codo, pero con un bramido se desplomó de nuevo sobre el caldo. En ese instante comenzó a hundirse en su última orgía de aborrecerse a sí mismo. Horas más tarde, con el recuerdo del entierro de Caiza y el rumor de que una bruja había arribado al pueblo, con una taza en la mano, Béliz Franco exhalaba con fuerza para mezclar su aliento con los vapores del café. Su cerebro se resbalaba por dentro de su cráneo como lo hace en el batidor la masa de harina demasiado húmeda. Cada movimiento de ojos lo atormentaba. En la cocina el ruido de las sartenes le parecía un torrente de címbalos. «Maldita sea, Dolores, ¿por qué no callas? Me estás desordenando mis entreveres lógicos que no significan nada».

Comenzó a charlar con el vapor de su taza. ¿Entiendes tazón humeante lo que este varón expresa con aquello de entreveres lógicos?

—No será que está hablando otra vez a solas. Taita cura, ¡coma!

El párroco saltó de sus desvaríos.

—Tú no entiendes a los doctos.

—Le he preparado sus huevos con ají.

—Tú no sabes a quién te diriges... ni sabes quién fui y sigo siendo... soy doctor, doctísimo. En mi momento, hablé desde el púlpito hasta que tembló la Tierra en sus centros.

Dolores meneó la cabeza observando la expresión corrugada del cura.

—¿Qué culpa tengo yo de que el teniente político me persiga?

—Atrevida —dijo sin ganas—, atrevida, no te atrevas a atreverte a responderme lo que no me atreví a responder a mis padres.

Quedó mirando los tablones.

La joven se dio la vuelta. Salió de la habitación.

«El primero en mi promoción, prometía tanto». Se acordó del tango: *cuesta abajo en mi rodada.* «¿Cómo mantener a raya tantos recuerdos ridículos e increíblemente dolorosos?» *Si arrastré por este mundo la vergüenza de haber sido y el dolor de ya no ser.* «Tus ocurrencias, excentricidades y herejías menores —le había insistido el guía espiritual—, son las tentaciones de Satán. Tu originalidad se puede convertir en tu infierno. Malditos sean los originales que no se someten a la Santa Obediencia, soberbios porque conocerán la incertidumbre perpetua». El joven seminarista había intentado un comentario: «Si se me ocurren tantas cosas será porque mi Creador me hizo así. Y a menos que sea algo que patentemente me hace daño o hace daño a otros, ¿por qué no seguir mis impulsos?» «Es fácil, cualquier ocurrencia que tengas, preséntala ante mí. Yo te guío. Ríndete a la Santa Obediencia. Por ahí anda esquiva, cierto, pero real, la verdadera paz y el *verdaderísimo* arte. Comenzando con el arte de la prudencia, que este arte, mi querido hijo, te lo puedo decir, con todo y tan brillante que eres, no es tu más *forte,* como dicen mis amigos franceses».

Esa noche volvió a ver en sueños a su compañero con su Crista crucificada y, más tarde, la pequeña escultura hecha añicos en el patio. Se dio cuenta de que, aunque había admirado la pieza del amigo seminarista, se calló y no dijo nada cuando el director espiritual acanalló al artista.

Años después, ya ordenado, las monjas del convento de San Miguel Arcángel lo invitaron a que diera una conferencia magistral sobre el tema de *El enfoque científico de la fe del carbonero*. Esperaban que el joven cura, atlético, bien parecido, con títulos europeos y fama de brillante, sería una inspiración para los jóvenes de los colegios de los ricos.

Subió al proscenio, ágil, audaz. Recorrió con la vista la platea de izquierda a derecha e inició su charla:

«Dignatarios, señoras, señores: Me han pedido que hable sobre la razón y la fe, la ciencia y el proverbial carbonero que no necesita evidencia para creer. Mi tesis central es que el destino primario del ser humano es ser creativo y que por lo tanto el arte es el vehículo principal para manifestar lo divino del ser humano. La tarea artística consiste en ponerse en contacto directo con el medio artístico. Usaré hoy la escultura como modelo. Lo que diré es parte integral de cualquier experiencia creativa. Siente, toca, mira, vive tu piedra: elimina los velos de logaritmos que ahora parecen rodearte y entra a ese espacio de riesgo en donde germina la creatividad que es la voz de Dios. A solas tú y la piedra acercándose cada vez más. De este acercamiento íntimo emerge la figura que liberarás con tus manos. De hecho, en este sentido vivencial, el arte demuestra concluyentemente la existencia de Dios. Esta es la verdadera fe del carbonero: cree, no porque obedece ciegamente, sino porque se ha arriesgado a vivir en forma íntima la experiencia de crear».

Los ojos de los participantes se abrieron, muchos se inclinaron hacia adelante, hubo intercambio de sonrisas y cabezas aprobadoras. Esto lo animó.

«Un aspecto que me interesa es la paradoja del orden y las normas y el zigzag caótico de los procesos creativos. En efecto, el arte reta a lo convencional y a lo dogmático y no se preocupa de reglas o mandatos elaborados por individuos incapaces de tocar un pincel, una pluma, un cincel o una piedra».

Pequeños rumores emergieron cuando pareció sugerir que había conflicto entre regulaciones oficiales y la experiencia artística.

«El artista, como el científico, tienen que tomar el camino pavoroso de la independencia intelectual donde el coraje, la determinación y la creatividad son los únicos recursos de supervivencia. Ese peregrinaje arranca al individuo del consuelo *ipso natura* del dogma». *Estoy entrando en calor*, pensó, *pero cuidado, ¡cuidado!, ya usaste unas palabrejas que no eran las más apropiadas, tal vez: ¿en qué exactamente consiste, di tú mismo, el consuelo ipso natura del dogma? Ni tú te lo crees.*

Le pareció escuchar risas aisladas.

Cayó en cuenta, en ese mismo momento, que dos ruedas de su discurso se habían saltado de los rieles. *De qué arte hablo, de qué dogma ni pamplinas. Mi tema era el aspecto científico de la fe del carbonero, o algo así;* ahora me siento desorientado en un territorio al cual no quería llegar. Como si se estuviera observando desde algún palco se oyó continuar:

«La comodidad de conocer todas las respuestas. Tal vez aburrido pero consolador. Me imagino que el borrego dócil, con su vista clavada en el cuadradito de hierba delante de sus ojos, ansía ver alguna lombriz para atenuar un poco su hastío. Es un concepto de paz repugnante para el artista».

Varios clérigos se miraron. Uno murmuró: «Creo que está atacando al clero, pero solapadamente». Otro dio su parecer de que el joven cura estaba tratando de promover el ganado bovino sobre el vacuno. Uno que llevaba una corneta de sordo terció: «Busca avanzar la pescadería a base de la crianza de lombrices».

¡Payaso! ¡Chambón! ¡Impío! ¡Artista surrealista! Fueron gritos aislados aunque claros. Un general del ejército, agobiado por medallitas, decidió poner atención al discurso en caso de que hubiera algún conato de sedición.

«Me traiciona mi maldita imaginación». Experimentó la diáfana sensación de que su nariz se le hacía más grande y más redonda y se tornaba roja. Su cara más blanca. Sus zapatos, descomunales. Un temblor recorrió toda la platea. Un temblor recorrió su cuerpo: se acordó precisamente en ese instante de la Crista y se preguntó en qué forma esa bella figura había descarrilado su vida. Abrió y cerró los ojos, tomó un sorbo de agua. Con una mano se agarró del cuello sacerdotal y con la otra intentó un gesto para refrenar sus temblores. Procuró hacer una pregunta retórica: «¿Qué estamos diciendo?» —murmuró en el micrófono como si se dirigiera a una persona gorda con cara de amistad en la tercera fila.

Murmullos abiertos, nuevas llamadas de la platea. Recorrió todo el grupo y finalmente él mismo se contestó: «¡Mierda, no tengo la menor idea!».

Risas y expresiones de horror se elevaron del público. Alguien joven gritó: «!Siga señor cura!, que *mierda* en este contexto es un gran giro retórico».

Creyó que era el final. Para su sorpresa, la combinación de la palabreja con su confesión de que andaba perdido en su discurso, estimuló una cierta simpatía entre los oyentes, inclusive entre el canónigo y su vecino, quienes todavía conversaban sobre los méritos relativos entre el ganado vacuno y el ovino.

Si he hecho de esto un circo, vamos con el circo, se dijo, y avanzó dos pasos, se dio un tercio de vuelta, siempre verificando el color de su sotana negra con el objeto de suprimir la imagen del payaso. Los jóvenes lo miraban con risas contenidas no desprovistas de interés y simpatía. Mucha gente había apoyado la barbilla en la mano y el codo en el descanso de la banca. A una señal suya el gran cortinaje del teatro comenzó a abrirse.

«Podemos pasarnos la tarde discurriendo sobre el significado de la estética y no por ello habremos entendido mejor lo que es el arte. El camino para entender la ética se inicia con la experiencia de la materia, como dice Theillard de Chardin, y continúa en la búsqueda de la forma hasta que el mismo artista se funda con su piedra y termine por integrarse de cuerpo entero en las creaciones que salen de sus manos».

Creyó oír a alguien en la galería decir: «¡Deliras! Theillard nunca dijo semejante disparate».

A pesar de las burlas detectó los ojos amigos en la platea y se animó a continuar. La imagen de Sísifo subiendo para siempre una roca se le interpuso en el campo visual. Parpadeó: *¡Sigue, Sísifo Béliz! ¡Tú sí puedes!*

Se detuvo.

No te pierdas.

Jadeaba.

No mantiene conformidad con las inversiones del clero, susurró la monja superiora, inclinándose hacia su asistente y rozándole el ojo con su enorme cofia.

—No sé mucho de ganadería, Sor Eulalia, replicó modestamente la otra cubriéndose con la mano el ojo herido.

Sin embargo, aparte de aquellos comentarios, el motín no progresó.

El telón había acabado de abrirse y tres jóvenes empujaban una roca enorme sobre una plataforma con ruedas. La roca temblaba ligeramente y hacía crujir con su peso los viejos tablones del escenario.

Béliz Franco vio su roca avanzar y se tornó hacia la audiencia con una gran sonrisa. Buscó los ojos amigos.

¡Consternación!

Respiró profundamente dos, tres veces, tomó un sorbo de agua. La sala estaba otra vez en absoluto silencio. Varios viejos, con sus bocas abiertas, sus cuellos apoyados en el respaldo de sus sillas como si miraran al techo, en verdad dormían profundamente. Arrimaron una escalera a la gran roca. Subir la escalera fue un suplicio: jamás se había sentido tan absurdo, tan fuera de sitio. Notó con sobresalto que sus zapatos de payaso seguían creciendo. «¿Me estoy volviendo loco?»

Con aprensión pensó: *No sé qué saldrá de aquí, pero a lo mejor lo que dije es cierto y mi contacto con la piedra me inspira y salgo haciendo una estatua.*

Dio el primer martillazo lo que causó una lluvia de fragmentos y humo. Otra vez subieron los murmullos. Esta vez la consternación se mezclaba con admiración. El olor de cordita de la piedra al recibir los cincelazos invadió el teatro entero. Siguió dando de martillazos sin lograr mayor avance hacia el descubrimiento de la forma escondida.

«Dios nos dotó de pasión...» —se interrumpió.

Estaba sudando. Trató de secarse la frente con la manga aunque fue un gesto inútil. El sudor le entraba a los ojos. Se arrancó la sotana. ¡Comunista!, gritó algún desaforado. ¡No!, contradijo otra voz: ¡Protestante! No, dijo una voz más cercana: ¡Judío!

¿Por qué judío?, pensó el malparado orador. Las voces continuaron: «Se cree Miguel Ángel, aunque sin talento», dijo una señora, santiguándose y salió del teatro dando de taconazos.

Las doce primeras filas de gentes habían desaparecido.

Al bajar de la escalera al piso ya casi no había nadie. Dos personas se habían quedado. La una era el portero que quería hacer la limpieza y la otra era el jefe de la cuadrilla de ayudantes quien tenía órdenes de retirar la piedra. Tuvo que salir por una puerta de escape pues habían echado llave a la principal. Al salir al sol de mediodía, quedó enceguecido y por eso no pudo detener a la mujer de edad madura que le plantó un beso en la frente. Era la señora de la parroquia de El Sagrario. Fue su único consuelo. Desgraciadamente, su carrera profesional había sufrido un golpe fatal: de hecho, nadie lo volvió a invitar a pesar de su hoja de vida.

Ahora sus títulos le parecían irrelevantes a pesar de que había demostrado su preclaro talento, extraordinaria habilidad oratoria y otras virtudes del intelecto, tanto en las clases diarias en sus estudios en Roma, como en su deslumbrante disertación filosófica—teológica: *Bases semio—epistemológicas paradigmáticas de los procesos de investigación del arte...* —ya no se acordaba del resto— y, más tarde, en Georgetown University, donde una vez más los jesuitas lo invitaron a pesar de ser del clero secular. De retorno a la casa parroquial, detrás de El Sagrario, la señora María Rosa le comentó, mientras batía huevos para la cena:

—Los unos no te invitan porque les aterras, los otros no te invitan porque no te entienden. ¿A quién se le ocurre bonito? Sí, te vi con tu piedra y todo —la señora meneó la cabeza y aclaró en seguida—, no meneo la cabeza porque me parece malo o loco lo que acabas de hacer, aunque realmente es un acto muy llamativo, sino porque nunca creí que podía haber alguien que fuera aún más ocurrido que mi marido. Sufrí mucho por su causa y, solamente después de su muerte, vea usted, en el recuerdo le comencé a entender y venerar.

En efecto, ¡¿cómo se me ocurre!?, pensó el cura.

No sabía si llorar allí mismo sobre el hombro de la cocinera o lanzarse debajo del primer autobús de transporte popular. Fue la primera vez que decidió tomar tres vasos de vino simplemente para «templar» un poco la frustración. Se tomó la botella entera. Tres días más tarde la señora María Rosa lo descubrió arrumado entre la mesa del refectorio y la pared del fondo.

—Taita curita, se te ve medio enfermizo, aquí te curo. Vos, jovencito, haces demasiado caso a las malas lenguas. También te hace falta un baño. Cámbiate la sotana que ya hiedes.

—¿Usted qué sabe de malas lenguas?

—Como las serpientes escondidas entre la hierba para morder al desprevenido.

—Cállese que no sabe de lo que está hablando... —se repitió mecánicamente lo que le había dicho su maestro espiritual—.

La imaginación, la loca de casa, el sueño de la razón, ¿o de la imaginación?, produce monstruos.

La mujer lo miró con ojos de ternura.

—Sí sé por lo que vos pasas, es lo que sufría mi finado esposo.

—¿Y a mí qué me puede interesar de su finado esposo? ¿De qué demonios sufría?

—De ser estático.

—¿Exótico, querrá decir?

—Demasiado diferente, quiero decir. Coma la tortilla, curita. Se le reían. Él pedía a Dios que le quite las «diferencias», pero se encarnizaba consigo mismo. Se quería arrancar los ojos para poder ver las cosas en blanco y negro. Una verdadera fiera, se tragó sus propias entrañas, comenzando por sus ojos.

—¿Literalmente? De veras, ¿se arrancó los ojos?

— Sí, se quedó ciego aunque eso fue más tarde. Dejó de tener ocurrencias. Un día ya no quiso recoger neblina en unos telones de cáñamo. Ni crea no más, en el pueblo de Cerro Grande puso sus cortinas de cáñamo y recogió un chorrazo extraído de la mismísima neblina. Los brujos y curanderos le dijeron que era idea del duende y casi lo contramatan. Otro día, dejó construir canales de caña guadúa para irrigar los potreros más pobres. Se calló también. Se hizo mudo, miraba por la ventana de la casa. Un buen día le encontré sin moverse y con los ojos abiertos. Los cerré y me puse a llorar porque yo tampoco le entendía. Pero no se había muerto todavía.

Béliz Franco, indiferente a lo que la mujer le decía, salió con lo que le atormentaba en ese momento.

—Pero si estos idiotas no tienen sino que seguir lo que les he dicho y hacer la prueba: corten una piedra y déjense de elucubrar conjeturas sobre teorías. Era una cosa para jóvenes, no para tanto viejo y vieja con telarañas entre las piernas.

—Se arrancó los ojos, se los sacó con una cuchara ordinaria y sangrando se fue hasta el puente, amarró a ciegas un cabo y se lo puso alrededor del cuello. Lo encontramos tres días después porque no se podía ver el cuerpo detrás del arco del puente.

—Alguien tiene que cambiarles. Esta gente no entiende, no oye lo que le digo. Estoy abriendo para ellos un nuevo paisaje y cierran los ojos. ¿Para qué vinieron?

—¿Así, a la fuerza, bonito? ¿Has visto una libélula estrellarse contra el parabrisas del bus interprovincial?

—No tiene nada que ver, no tiene nada que ver. No me venga a comparar con un insecto estrellado. ¿Qué horror dijo de su marido?

—Ya no puedo recordar lo que dije. Uno se olvida de las cosas cuando duelen demasiado.

María Rosa hizo una pausa, se acercó al lavabo y dijo como una reflexión para sí misma:

—Si me hubiera escuchado en lugar de estar revolcándose en su propia cagada...

Le sirvió la tortilla de huevos con papas. «Es mi versión de la tortilla española», dijo, mientras se enjugaba los ojos con el delantal. *Qué insolencia*, pensó el cura. *Todo esto es una comedia y sería más divertida si al final el payaso de veras se muriera de risa. La ironía de lo tragicómico.*

***

¡Cómo habían volado los años desde aquella aciaga conversación con la señora de la iglesia de El Sagrario! Si tan solamente hubiera entendido a María Rosa y se hubiera percatado que la originalidad con frecuencia es juzgada como extravagancia. O a lo mejor hubiera tenido la claridad para dejar esos ambientes y arriesgarse a buscar su propio destino, «contra viento y marea». No, no fue así. Prefirió la seguridad de la carrera pre ordenada a riesgo de ser auténtico y seguir sus impulsos artísticos. Y ahora está Dolores. Jovencita, tal vez veinticinco años, no muchos más, casada a la fuerza con Amaluisa, hombre fuerte, noble y manso como un buey de labranza. Sintió el mordisco de la culpabilidad. ¿No había sido él mismo el causante de ese matrimonio? ¿No fue su plan mantener a Dolores trabajando en la parroquia: primero, porque Amaluisa haría lo que el cura dijera y, segundo, porque como cura, había chantajeado a Dolores con amenazas en esta vida y en la otra? Sus ojos volvieron a divisar a Dolores irradiando más calor que el fogón mismo. Béliz Franco estudió sus propias manos y notó que sus dedos se contraían ansiosos por tocar cualquier cosa.

23

Todos la quedaban mirando y los mayorcitos al disimulo la espiaban como si tuviera las llaves de la puerta que da acceso al paraíso terrenal. Los más jóvenes hacían hasta novenas para poderse encontrar con ella en el vado del río. Dolores causaba estragos entre jóvenes y viejos y, como cocinera de la parroquia, había arrasado sin darse cuenta con una buena porción del voto de castidad del párroco. Ortiz de Huigra le decía al pasar: *airosa que caminas... al ritmo de tus caderas... aroma de mixturas que en tu pecho llevas.*

A los veinte y tantos años su risa llenaba de ecos el valle.

Por supuesto, Béliz Franco contaba con que el bueno, el buenazo de Amaluisa, hijo de una indígena, a pesar de que su frente estaba intervenida por dos enormes arcos oculares, ¿algo de Neanderthal?, de sus mandíbulas colosales con claro prognatismo, de su piel blanca y pecosa rezago de padre irlandés, no se desempeñaría y en consecuencia la joven seguiría eternamente disponible «para su servicio en la parroquia». Él como cura viviría esa tensión en el punto de equilibrio donde se da la exquisita tortura de Tántalo con la fruta prohibida tan cerca de sus manos y sin poder tocarla. Conocía cada uno de los barrotes de su reja de represiones. Hundió los dedos entre sus pelos como para asegurarse de que las placas de hueso no se estaban separando.

El cura encontró la oportunidad para forzar el matrimonio en una ocasión en que ella se bañaba en el río, como todos los martes al mediodía, con un camisón de lino que luego dejaba secar en las piedras mientras lavaba la ropa, sin preocuparse ni mucho ni poco por las ansiosas miradas de los jóvenes escondidos entre las chilcas de la rivera. Al ver a la chica, Amaluisa no tuvo dificultad alguna en entender los razonamientos del cura.

—Si te casas con esta joven tendrás todos los críos del mundo y un poquito del cielo en la tierra.

—Sí, su merced —contestaba Amaluisa con ambas manos frente a sus «pertenencias», como si fuera un futbolista frente a un tiro libre.

Béliz Franco se encargaría de convencerla. En efecto, el cura instruyó, ordenó y conminó a Dolores a que se casara con Amaluisa.

—Hija, si no te casas con Amaluisa yo no podré protegerte; es inevitable, te quedarás en cinta, tarde o temprano. ¿A dónde irías, tú, huérfana y sin hombre al lado y con el vientre lleno de *guagua*?

Ella se agachó, se agachó un poco más y finalmente, con la cabeza casi tocando las rodillas, murmuró: «Como usté diga, taita cura». En realidad nunca acabó de decir que sí. Cuando le notificaron que Amaluisa había aceptado el arreglo del cura, su risa murió y ya no se bañó en el río ni dejó que el sol secara su camisón. Siguió trabajando en la parroquia y se quedaba a dormir allí cuando su marido decía estar en el bosque o el cura lo demandaba.

***

Amador Amaluisa sin poder creer en su suerte y con la premonición de que tanta dicha no cae a un hombre como él, se había esforzado con su estética campesina por construir una casa que acogiera a Dolores como a una reina. Había pintado una cruz azul en el poste y crucero que sostenía el techo. Al pie de la misma rezaba y pedía, sin saber qué pedir, pero con la imagen de Dolores prendida en su mente.

24

Unas semanas después de la paliza que le propinara el teniente político, el cura, todavía con rastros verde amoratados alrededor de los ojos y con un *malgenio* que se le había hecho crónico desde aquel día, escuchó a Dolores:

—Padrecito, hoy le dejo todo a mano. No voy a poder darle de comer. Todo está listo. Es que mi marido me ha pedido que *le dé ayudando* con el arado.

—Qué raro —contestó el cura pensando en lo que habían quedado con Amador Amaluisa: que no se llevaría a la joven sin avisarle a él primero. Que se quedaría inclusive a dormir en la parroquia, dependiendo de lo que tuviera que hacer. El cura giró los ojos y los clavó en la muchacha: *Boquita de caramelo, cutis de seda...*

—Sí, va a ser todos los viernes. Hay que bajar el rejo también —dijo la joven sin que el cura le pidiera explicaciones. La siguió mirando sin decir nada.

Dolores hizo una venia y salió apurada.

—Supongo que sí —dijo el cura. *Magnolia escapada de la alameda.* Sintió una amargura familiar subirle por la garganta mientras estiraba las piernas, se resbalaba en su asiento y dejaba colgar sus brazos. Sus ojos seguían fijos en la puerta por donde Dolores había desaparecido.

A Dolores todavía le abrasaba en el cuello y en el espinazo el mordisco del teniente político. Su esposo estaría en el campo hasta quién sabe qué hora. Tenía tiempo para ir a casa del teniente político. *Solo quiero preguntarle por qué me mordió.* Comenzó a llorar mientras veía que sus pies se apresuraban más. Llegó a la casa de un andar, a no más de cuatro cuadras de la plaza. Con un sombrero tipo cordobés, pantalones ajustados de lino satinado, todo de color negro, botas de cuero de lagarto, camisa de seda con el cuello abierto y dos o tres botones desabrochados dejando ver el pecho liso con su cruz de madera, él estaba parado a la entrada. Descansaba con un codo en el pasamano mientras dejaba quemar entre sus labios un cigarrillo. La joven se detuvo con la boca abierta. Nunca había visto a un hombre tan bien plantado. *O, tal vez, es maricón y por eso se viste así con lo de las guapezas y todo. O ¿qué mismamente es? Yo solo tengo ganas de aclarar algo con él y de tocar su ropa para saber si es seda o qué.* Se acercó a la grada, levantó la cabeza, distendió sus labios, descubrió sus dientes.

—¿Por qué me mordió en el cuello, señor? Usted sabe que eso no está bien. Y menos delante del señor cura, yo soy una mujer decente, yo soy una mujer casada. Y hasta ahora me hace de doler y me da de comezones. ¡¡No lo vuelva a hacer!! —se llevó la mano al cuello en donde aparecía la marca del mordisco.

Ortiz de Huigra se acercó, dejó caer el cigarrillo, le extendió la mano y la atrajo hacia sí como lo hace un bailarín de tango.

—Que no está bien —dijo ella con los labios partidos—, no está bien —volvió a repetir con el aliento entrecortado.

Ortiz de Huigra le puso el dedo sobre la boca y le mordisqueó debajo del oído.

—No está bien —trató de decir la joven, pero el teniente le ahogó las palabras con sus propios labios.

Girando con el señor entró a la casa y se perdieron en la penumbra hasta que tropezaron con la cama. Entonces Dolores preguntó: «¿Qué hace, señor teniente?», mientras recorría con sus manos labradoras los pectorales escondidos debajo de la seda. Cayó sobre sus rodillas, deslizó los dedos por el torso y más allá sobre su abdomen, desabrochó desesperada el cinturón de cuero y plata. Ortiz de Huigra se entregó a las ondulaciones y lanzamientos que su cuerpo demandaba hasta que creyó que una luz explosiva se iniciaba en la mitad de su cerebro. Se abrió la camisa y con el aliento agitado hizo incorporar a Dolores, procedió a quitarle la falda y la ropa interior y la arrojó sobre la cama con la cara entre las sábanas. Dolores sintió que se hacía líquida y, arrasada de deseo y de un gozo nunca sentido, vio su voluntad rodar aguas abajo.

—*Partime* en dos, *atravesame, dejá* matando de una vez —gritaba desquiciada.

Él comenzó a besarla por la frente, a decirle cosas en los oídos, a susurrarle que era una vacona en celo, un animal sin control, su esclava y él su dueño. Ella gritaba y aullaba sin poder articular lo que hubiera querido decir: sí, eres mi dueño, *matame, destrozame* con tus colmillos. *Pegame* hasta que acabe de entender que soy tu esclava. *Clavate, ahogame, asfixiame, deshaceme, ensartame* con puñal de hielo para bajar un poquito mi candela. Me he de consumir *nomás* y vos tirarás cenizas al río.

Al teniente se le ocurrió por un instante absurdo que la muchacha se incendiaría y consumiría sin que él hiciera otra cosa que soplarle donde quiera.

—Mal amo, cruel, si no me matas no eres mi dueño. Azotame, dame con el *cabresto. Hacé lo* que te estoy bien mandando.

El otro, «bien mandado», lo hizo. Se deslizó con brusquedad pero no encontró resistencia porque ella era una gruta inundada. «¡Arre!» –gritó la chica– «que eres mi montura, mi jinete». «¡Arre!«», y se deshacía en llanto. «¡Dame más!», decía, entre sollozos y risas. «¡Dame!, que no está bien, que no está bien. ¡Dame que soy esposa decente! Arre, arre, ¡Clímaco, no tengas piedad que soy esposa decente! ¡Clímaco, Clímaco, Clímaco!», gritó con tanta fuerza y agonía que Clímaco sintió que el mundo se le daba un vuelco, vio una luz brillante en la mitad de su cerebro y perdió el conocimiento por fracciones de segundo.

Horas más tarde se miraron y entendieron que apenas habían entrado en la antesala de sus posibilidades.

A las ocho y media de la noche, Dolores, arrebolada y con los pelos enredados, salió de aquel fatídico lugar. Tan pronto como bajó la grada, comenzó a correr como una loca. «No está bien, no está bien», repetía en el camino. Tenía que llegar a su casa antes que su marido. Pero en lugar de correr hacia su estancia, corrió hacia el río. Sus pies se hundieron en el fango y la arena de la orilla. Tropezó en una piedra, cayó al agua y se dejó llevar por la correntada. Unas cinco cuadras río abajo se agarró de una rama de un sauce llorón. Se izó a la rivera chorreando agua, lodo, hojas e insectos muertos. Su blusa rota, sus pezones duros de frío, su falda rasgada y sus pantorrillas lastimadas. Calculó el tiempo y concluyó que habían pasado horas sin que ella se diera cuenta. Amaluisa ya estaría en casa rezando las oraciones del libro que le había regalado el cura. El despecho, la humillación y las alucinaciones de placer de aquel contacto físico con el joven teniente la envolvían en una neblina de sonámbula de tal suerte que, sin saber cómo, se encontró abriendo la puerta de su casa que fue construida ladrillo por ladrillo para «la reina». Él estaba sentado en la silla de mimbre, con la cara ajada y agarrándose la mano izquierda con la derecha una y otra vez. Los ojos debajo de los arcos orbitales de orangután se abrieron de par en par:

—*Quisbis*, hijita, ¿!qué te ha pasado?! —gritó y se levantó de un brinco a socorrerla. Ella le contestó:

—Me caí al río, qué, ¿no ves?

—Pobrecita, pobrecita...

Se la llevó para la tina, calentó agua y la sumergió dejando su cabeza apoyada sobre el filo de ladrillo. Allí se durmió la joven mientras su marido esperaba detrás de la puerta porque quería respetar «su virtud» según rezaban las instrucciones del párroco del lugar.

***

Ortiz de Huigra con el sombrero puesto encendió otro cigarrillo en la oscuridad del pórtico de su casa. Al hacerlo, su rostro se iluminó con un tono anaranjado. Sonrió, tiró el cigarrillo al suelo y lo apagó con la punta de la bota. «No está del todo mal: me la gané con un mordisco». Pero, a pesar de su autoconfianza de macho, sintió una cierta alarma al darse cuenta de que aquel chispazo dentro de su cerebro, cuando hacían el amor, había detonado emociones nunca sentidas. Con aún más alarma se preguntó: «¿No será que se ha tomado de plano mi corazón y quién sabe si otros órganos, a lo mejor mis 'pertenencias'. *Hijo, el corazón necesita disciplina, sin disciplina no hay honor y sin honor es mejor no existir*. No, no señores, de ninguna manera, ¡yo sigo en total control, carajo!»

***

Al día siguiente, cuando Dolores servía la cena al cura, por primera vez se le derramó la leche en el fogón y se le quemaron los plátanos fritos. Béliz Franco la miró y la pelambrera de sus cejas se cerró aún más. Se dobló sobre la mesa y no se movió hasta que la joven le sirvió el chocolate caliente. Levantó el rostro sin mirarla. Ella tampoco intentó establecer contacto.

Dolores se perdió en la cocina.

A los veinte minutos, el párroco oteó el ambiente como lo hacen los gallos de cogote desplumado cuando creen haber oído al chucuri. «Esta sabandija viene a robármela». De la cocina no salía ninguno de los ruidos de costumbre. Se levantó. Las hornillas estaban apagadas. Abrió la compuerta de hierro enlosado de la estufa y allí solo había rescoldos blancos y grises. Miró alrededor, la cocina y el cuarto despensa estaban vacíos. La gallina que debía haber sido sacrificada caminaba picoteando en los rincones.

Goterones de celos le nublaron la vista. Entretuvo la idea de buscarla donde Amaluisa para calmar sus sospechas, o donde Ortiz de Huigra, pero las consecuencias de no encontrarla o encontrarla le parecían demasiado penosas. Remordió sus mandíbulas para controlar el pánico que sentía. Se sentó a la cabecera de la mesa, sacó el cuchillo de pelar papas que escondía debajo de la mesa y se aplicó furioso a su obra de anti arte, como llamaba a sus laberintos. En los días y semanas que habían pasado desde que comenzó a arañar la madera, la figura de un desnudo femenino rodeado de flores fantásticas en el estilo de Henri Rousseau, pero con los temas del del páramo, había aparecido. Parpadeó, continuó escarbando. Levantó la cuchilla y la enterró en la mitad del pulgar izquierdo hasta penetrar la madera. Dejó que la sangre llenara los surcos de sus esculpidos.

Cruzó el patio de la Virgen de piedra bajo una cascada de agua. *Se cae el cielo otra vez. En este páramo de garúas, como si faltara agua, ahí te van las tormentas.* No le importó, se dejó bañar y entró en la iglesia. Cayó de rodillas en la primera banca y se volvió a encomendar a ese Dios que él mismo había atrapado en una hostia esa mañana. «Dios en quien no creo, te ruego que creas en mi». Sonrió. Cruzó los dedos y con vehemencia se dijo: «Voy a luchar con el demonio que vive en la damajuana. Este vidrio contiene algo sensual, suave, liso, como la escultura de la Crista de mi amigo. ¡La Crista! ¿Me imaginé todo, tal vez?» Se percató entonces del dolor intenso en su pulgar amarrado con un trapo sanguinolento y decidió que debía tomar un calmante. «¿Dónde pone la aspirina Dolores? Sí, claro, en el aparador de palo del comedor». Sintió un extraño recelo de regresar y ver sus esculpidos inundados con su propia sangre. En el piso, debajo de sus rodillas, su ropa había chorreado y hecho un pequeño lago. Más allá, a unos pocos pasos, había otros lagos. Levantó la vista y entre los escarchados del techo pudo distinguir los carrizos y hasta luz. ¿¡Luz?! Este techo necesita mantenimiento. Con las míseras limosnas y con lo que el vino desaparece tan rápido no alcanza para nada. Un estruendo en la parte del coro le hizo saltar. El cielo raso estaba desgarrado y entre carrizos y tierra vio caer dos o tres tejas encima del melodio. El cura podía estar cierto que José Onésimo lo atormentaría reclamándole que hiciera refaccionar la casa del Señor. Se miró las manos, convulsivamente se tocó el pecho, como si estuviera verificando que él llevaba más averías que su iglesia parroquial.

25

Mientras Amaluisa estaba en la era del cerro, su mujer se alistaba para administrarse su «droga», como llamaba a sus relaciones con el joven teniente político. A pesar de haberse bañado en el río, la joven notó que persistía ligeramente el tufo de su esposo: sahumerio. Ortiz de Huigra la esperaba no en el lugar habitual sino en su alcoba con su vestidura de Cyrano y el látigo del Zorro. Inclusive había considerado ponerse un casco hecho de coco con una punta de penco con la esperanza de que al parecer nórdico tendría más poder para manejar a la joven. Dolores llegó espiando para asegurarse de que nadie la seguía. «¿Cómo es posible que esté alborotada más que la primera vez? Después de hacerme de endrogar la vez anterior, yo esperaba que el alivio de mis ansias hubiera durado un poco más. Y lo que es peor, ni me ha hecho nada y ya estoy con las comezones que me matan..., y peor más me alboroto si me toca. Sí, hasta quisiera que me desnuque. Ojalá no me diga cosas al oído, que eso me marea. Que no me hable en la oreja, Virgen bendita, que soy mujer casada, mujer decente. Sobre todo que no me diga puta, tú eres mi puta, porque entonces sí, por las mismas, me convierto en la puta más grande de las putas».

Se descorazonó cuando no vio a Ortiz de Huigra en su habitual lugar: arrimado en un codo con su vestimenta de as de corazones negros. Rodeó la casa. El perro, don Braulio Labrador, batió la cola.

Hizo girar la perilla de la puerta de atrás. Se abrió sin ruido. ¿No había notado un cierto decline en el ardor del joven teniente político? Se restregó los ojos. «No. Me ama, lo amo. Nos amamos».

El macho arrimado a la pared, una bota contra la misma, agachado bajo el sombrero cordobés, encendía un cigarrillo cubriendo el fósforo con las dos manos. Junto a él estaba el látigo de cuero. El breve crepitar de la llama iluminó el bigotito del joven. Ella dio un paso tentativo, y otro más como si quisiera compartir el humo del cigarrillo y partió sus labios para hacer contacto. Se detuvo al notar la explícita indiferencia del hombre deseado quien ni siquiera parecía haberla visto. Se apretó el pecho hasta casi extraer sangre con sus uñas.

—¿Qué pasa, amor? ¿Del mal lado levantaste? ¿Bravo estáis? ¿Qué a vos mismo te *pasabs ve?*

El teniente político dejó caer el cigarrillo al suelo y, como era su estilo, lo apagó con la punta de su bota. Dolores iba a acercarse más pero Ortiz de Huigra levantó la palma de la mano. Esta vez la miró hasta que Dolores se sintió desnuda. El joven tomó el látigo con la mano derecha y se golpeaba con él la palma abierta de la izquierda.

La joven perdió su compostura.

—¡Elé! Aquí estoy para vos. ¿*Querís* tantear, *querís* coger? ¡*Trancá* puerta! Y *hacé nomás* de picotear como vos a *longa sabís* hacer.

Era más una súplica que un pedido.

Ortiz de Huigra bostezó al embonar la puerta.

Dolores se sobresaltó: «¿Es esto teatro, puro juego?» En cualquier caso la muchacha decidió huir ese mismo momento. Sin embargo, en lugar de girar y salir corriendo no pudo moverse.

El joven se alejó dos pasos y de improviso dio un salto y agarró a Dolores y la comenzó a hociquear. Ella, en el acto comprobó que su parálisis desaparecía. Como gatos de zaguán se entregaron. Rodaron por el piso y, una vez más, Ortiz de Huigra sintió como si el cuerpo de la muchacha fuera una tabla flotante en el río de la que se agarraba aunque sabía que inexorablemente terminaría en los rápidos de la catarata. Otra vez desapareció en el cuerpo de la joven, en la risa de la joven, en ese no sé qué que Dolores poseía y que había hechizado a comarca y media. Te amo Dolores, se escuchó a sí mismo decir y ella le dio mordiscos en el pecho y, una vez más, le hizo perder el conocimiento con la explosión de colores en la cabeza y la columna vertebral. Se durmieron entrelazados. Cuando se despertaron, el teniente la miró a la cara y preguntó: «¿Qué ocurre, perra?» Ella le contestó: «¡Guau!, ¡guau!», lo que degeneró en una orgía de risas y espumas. Recordó una carta de su madre: *No pierdas el control que te pierdes a ti mismo.* Cerró los ojos una vez más y se dejó llevar por los ladridos locos de la joven.

Cuando Dolores salió, ya en la madrugada, Ortiz de Huigra le dijo que ahuyentaría a Amaluisa, que se haría hortelano, que haría lo que ella dijera porque su amor era eterno, arremetedor y, por más señas, imparable, inagotable, que no era posible para otros sentir lo que él había sentido. Ella lo besó en la boca sosteniéndole la cabeza con sus manos y le dijo que todo se resolvería. Una hora más tarde Ortiz de Huigra se percató de la enormidad de lo que había dicho y hecho. «Esto no puede seguir así».

Sin embargo, varios encuentros más ocurrieron y Ortiz de Huigra no pudo escapar «del remolino», como lo llamaba él, o «la droga», como lo llamaba ella. La palabra *felicidad* se le ocurrió al pensar en Dolores y se sintió abatido. «¿He perdido la batalla conmigo mismo?»

Cuando comprobó que después de varias semanas con Dolores sus venganzas y desquites comenzaron a perder fuerza y relevancia, su abatimiento comenzó a nublar su buen juicio. Volvió a dejar de escribir a su madre porque temía ser reprochado por su debilidad.

«Yo no soy débil, madre, te prometo que *no* amo a Dolores». Después de esta nota a su madre, recibió una respuesta críptica: *La mantis religiosa atrae al macho con sus esencias y cuando el macho afortunado la monta, la mantis simplemente le arranca la cabeza. Te amo, hijo mío.*

Se echó a temblar. Conjuró todos sus resentimientos. Jamás sería un macho emasculado y menos un insecto descabezado. «Si alguna vez me rejunto, como dice la *guambra*, no será para ser marido sino para ser 'el amo y señor'». Se embarcó en un plan de rechazo a la joven y, con cada detalle que añadía, paradójicamente, pensó que sus órganos comenzaban a fallar. «Cumpliré mis objetivos, contra el cura, la bruja y, algún día contra la madre María del Carmelo, diga lo que digan mis pasiones o mi cuerpo, querida madre».

Su primera estratagema fue dejarla plantada al pie de la escalera de su casa. A raíz de ello, Dolores, con el orgullo herido y el corazón inquieto, decidió que no se dejaría tratar mal. No le importaba que su pasión se convulsionara al encerrarla en una pretendida indiferencia. *Ni siquiera el teniente me puede tratar mal.* De todas formas, estaba aturdida porque su corazón le decía que Ortiz de Huigra había perdido la razón por ella. Lo que no acababa de entender era el por qué del cambio repentino. No tenía sentido.

26

Boca arriba, sobre la cama de pino hecha por su marido, Dolores hacía un recuento de su desdicha. *¿Cómo podía haber un cambio tan súbito, qué pasó? El teniente no me quiere. No hay más. Pensándolo bien, lo que le gusta es el peligro, el alboroto de andar con mujer ajena, la conquista. Ya me hizo de agarrar, ya perdido el interés creo que está.* Volvió a pensar en los momentos de pasión, los acercamientos a ese cuerpo liso de músculos duros. De súbito, las ansias de volver a buscarlo y drogarse la volvieron a asaltar.

«Estoy loca de remate, aunque creo que, en el corazón de su corazón, en el *shungo* de los *shungos*, el teniente me ama» murmuró.

Como mujer atractiva y con conciencia plena de ello, decidió volverse difícil. Ella tomaría la iniciativa. Ella sería la indiferente. Sí, el macho se sentiría ignorado e iniciaría la reconquista. Clímaco regresaría, era cuestión de tiempo.

Calladamente, el esposo Amador Amaluisa comía con una cuchara de palo al otro lado de la mesa. Amontonaba todo, el arroz en la sopa de papas y la carne encima. Masticaba con absoluta concentración pensando en absolutamente nada. El irritante ¡clic! de sus mandíbulas, marcaba el progreso de su digerir. Su esposa, con los codos sobre la mesa y con la cuchara entre los dedos escuchando las enormes mandíbulas, lo estudiaba clínicamente: *un hombre bueno, pero sin gracia. Un hombre sólido, pero sin agilidad. Un hombre de virtud, pero sin salsa. En fin, un hombre bueno porque no podía ser malo. La fórmula perfecta para que él alcance el cielo* —pensó la joven— *y yo termine en el infierno del eterno aburrimiento.*

Continuaba yendo a la parroquia y, a pesar del silencio tenso que reinaba con el cura, no podía dejar de notar que el hombre parecía cada vez más derruido. *Bebe demás, de eso estoy cierta.* Dos semanas más tarde, sintió una punzada en el costado y sobre su cuerpo los dedos finos del teniente. De pronto, su estudiada indiferencia se convirtió en una añoranza insoportable. Se quitó la ropa, se quedó desnuda, se envolvió en una sábana, se fue por los caminos vecinales sin rumbo cierto, con su añoranza. Arrancaba brazadas de hojas de menta y se las frotaba por debajo de los brazos, sobre sus pechos, entre las piernas y luego las masticaba.

Ya estaba en frente de la casa del teniente político. La invadió el terror. Allí se quedó en su sábana tiritando de frío. Pasaron los minutos. Se convirtieron en una hora y más. Decidió que no había caso, que no tenía sentido esperar y se incorporó para regresar a su casa. No lo pudo hacer porque el teniente apareció en la puerta como por arte de magia. «Está claro que *el supay* le sopla ónde ando yo».

Ortiz de Huigra llevaba su sombrero de fieltro negro y el resto de su atuendo. Se detuvo contemplándola de pies a cabeza hasta que explosionó en carcajadas que a ella le parecieron falsas. Salió corriendo y regresó con el látigo en mano. El latigazo y la risa del teniente le cortaron la piel dejando un trazo de fuego desde la cabeza hasta las nalgas, pero no pudo huir porque un delirio de placer la hizo derrumbarse contra el suelo. Creyó ver al teniente, convertido en gallinazo, cerrar sus alas alrededor de ella. «¡*Pisame,* pájaro de buen y mal agüero, *pisame* hasta quebrarme las alas, *pisame* hasta a picotazo limpio *rompé la uma*!». Con la mano le indicaba su coronilla.

Y él aleteó encima de ella y a picotazos le «quebró» la cabeza. De pronto el pájaro dio un salto como si estuviera huyendo de su propio éxtasis. Agarró el látigo de cuero y jadeando le ordenó: «¡Lárgate!, linda gallina *culeca*».

Clímaco no había tenido intención de llamarla linda.

—¿Quién eres? ¿Qué estoy haciendo aquí? —dijo Dolores sin comprender lo que ocurría. La joven se miró las manos, examinó la sábana que todavía la tenía aferrada a su mano, volvió a mirar a Ortiz de Huigra.

—Soy el teniente político, jefe civil de esta parroquia, señor Ortiz de Huigra para vos y para todo el pueblo.

Se le acercó con los ojos ennegrecidos y puntiagudos:

—No te atrevas a llamarme Clímaco.

Mostró sus dientes debajo del bigotito fino. Ella se levantó tratando de taparse. Con la saliva en espuma en las comisuras, sintió como si se despertara de una pesadilla. Empezó a hablar a borbotones.

—No sé qué hago aquí, me voy..., tú no eres un hombre *güeno*. Quién tan serás vos: ¡cari mal parido! Ni tan macho, te portas como cualquier perro aliviado. ¡Perro!, ¡sí!, perro hijo de perra, siete veces perra tu mama mal parida. Por eso eres botado porque hasta tu mama te hizo ascos.

El macho sonrió, aunque su sonrisa carecía del júbilo de la victoria. Fue más una mueca de tristeza.

—Pájara llena de plumas de... colores —no quiso decir plumas de colores—, lárgate porque te quiero fuera de mi gallinero —se detestó por usar la palabra gallinero.

Sin embargo, las palabras de la joven gritándole «hasta la mama tuya te hizo ascos» dieron en el blanco. Como en otras ocasiones, la voz helada de la monja catalana lo había herido. Se dio la vuelta y empuñó su látigo, pero su víctima había desaparecido.

Ortiz de Huigra encendió su *Lucky Strike*. Dejó escapar el humo de su boca, pasivamente, sin haber dado golpe. Contempló la lumbre de su cigarrillo y con sus dedos la trituró para apagarla. *¿Asqueado por mi madre? ¿Quién se cree esta longa? Me longueó siendo más longa que yo. Yo conozco a mi madre y por más señas me escribe.* Cerró los ojos, se sentó al filo de la grada y se cubrió la cara con las manos.

27

Pasaron casi dos meses sin que ninguno de los dos amantes enterrara el hacha o invitara al otro a fumar la pipa de la paz. En una noche de vela junto a su esposo, fragante en sus emanaciones de estiércol y sahumerio, Dolores cayó en cuenta de que el olor de su santo cónyuge bendito, prendido a su piel y ropa, quizás había atenuado las ansias del teniente político. A las cuatro de la mañana lavó y blanqueó todas sus ropas. Se tendió sobre la piedra de lavar y con el cáñamo de trapear se restregó cada centímetro de su piel. Sin embargo, no pudo lavar su fijación en Ortiz de Huigra y a pesar de sus esfuerzos creyó que todavía le quedaban rastros del sudor, el olor y la saliva del teniente mezclados con el horrible aroma del sahumerio. «Ahora sí que la *longa* está jodida», se dijo. Sintió que el estómago se le revolvía al pensar en el piadoso cónyuge. Así y todo —¡la confusión, el desbarajuste!—, le amargaba que ni siquiera su perfume de mujer joven pudiera hacer que el marido bote sus rosarios y se lance tras de ella.

—Y ¿cuándo llegaremos a los misterios gozosos...? —preguntaba exasperada. Él la miraba comprensivo y seguía orando, dejando las avemarías sesear entre sus labios quebrados por el sol ecuatorial.

Este hombre, este adobe, este tapial, cree en mí, me ama, se dijo la joven, mientras lo observaba rezar con los labios entreabiertos, con un gorgoriteo de garganta como que le faltara agua a una bomba. Se agarró del pecho y examinó más al rezador. Una hilacha de saliva había dejado un trazo de la boca a la base de la garganta. Se levantó de la cama y se refugió en el baño con unas tijeras de cuchilla rota y manchas de óxido. Comenzó a rasgarse la muñeca izquierda con la esperanza de abrirse una vena. Logró romperse la piel más que cortársela. En su afán tumbó un escobón arrimado a la pared que cayó al suelo llevándose un vaso lleno de agua. Allí, sentada en el suelo, afanándose sobre sus venas, con el agua derramada y los vidrios por todas partes, la encontró su marido. Dolores le mostró desafiante sus muñecas.

—*Huagra*, buey manso, *pinga* grande sin antojos, seso rezón, santucho. *Hacé* algo con esos brazotes, piernazas y *comportate* como lo que pareces, burro y toro padre, ahí mismo, ahí mismo. No *podís* coger parejo ni a tu propia *huarmi.*

Le lanzó una maceta que se estrelló contra la pared, cerca de la cabeza del atónito Amaluisa. Dolores, en la mitad de su propio griterío, calló de repente al darse cuenta de que en verdad había intentado quitarse la vida. Sin poder explicarlo sintió gratitud hacia su marido al mismo tiempo que notó, con mayor asco que nunca, la piel agreste, los dedos gruesos, la uñas irrompibles, torcidas y amarillas del labrador. Le puso las manos en la cabeza, en la pelambrera hecha de cerda de caballo y lo besó tiernamente: «Te detesto, fiero piojoso. Ojalá te fueras muriendo de unitas o me dieras matando del todo —le dijo—, que así al fin *juera* de esta cárcel me hallaría». Acto seguido lo agarró de la verga con la idea quizás de hacerla funcionar, pero desobligada abandonó el intento.

Comparó esta figura postrada con aquella de Ortiz de Huigra, joven, audaz e insaciable y se enteró entonces de que estaba poseída. Se cambió de perfume y se espolvoreó con aserrín de cedro, lo que podría eliminar el sahumerio. Se puso un picado de menta, ciprés, hierba luisa y toronjil en sus calzonarios. «Ya no oleré a palo santo al menos». No pudo menos que sonreír por su ocurrencia. Se tocó a sí misma, trémula, pretendiendo que sus dedos eran los de Clímaco y que la recorrían con aún más precisión y ternura. «Ah, esta resina mía va a atrapar al cóndor, al gallinazo, al que me pisa».

Se fue a buscar a Ortiz de Huigra y le ofreció su pungente aroma de ciprés, menta, hierba luisa, toronjil y jugos propios. Esto azuzó al teniente político; sin embargo, en su empecinamiento por no ser dominado sino dominar a la hembra, se mordió los labios hasta que sintió sabor a sangre y procedió con más calma a sacar un papelito en donde leyó: primero, látigo. Sacó pues el látigo y lo hizo restallar sobre las nalgas de la joven. Ella no se movió, pero con lágrimas que se evaporaban sobre las mejillas le dijo:

—Cabrón, capado como el mocho que tiene el Amaluisa, botado, hecho ascos, ¿no entiendes que si me dieras con el mismo *juete* con una pizca de cariño, más *juete* te pediría y, ahí sí, todo un siempre te querría?

Al notar la música de las palabras, Clímaco observó en un tonito chillón que él mismo aborrecía:

—Mira a la *longa* en esas fachas, mezcla de sahumerio y olor de establo, gallina despreciada por el gallo vibrador, si hasta habla en poesía.

Aplicó dos latigazos más y ella hizo como si no le dolieran. Le dio uno más y obtuvo el mismo resultado.

Frustrado, el joven arrojó el látigo, se fue para atrás de la casa, sacó su cigarrillo, lo encendió y lo dejó quemarse entre sus labios. Cuando regresó a la alcoba, la joven había huido. Salió otra vez por la puerta de atrás, se sentó en la escalera de tres peldaños, silbó a su perro. Con la cabeza apretada al cuello felpudo de su perro labrador, lloró subiendo y bajando los hombros como si se estuviera asfixiando.

Por los caminos vecinales, evitando a los perros y tratando de no ser vista por nadie, Dolores regresó a su casa arrastrando la pierna. La humillación le ardía en el rostro y en la boca del estómago con tanta intensidad que no le importaba el dolor que sentía sobre sus nalgas. Entró y se derrumbó en los brazos de Amaluisa. Solícito, sin decir nada, le puso unos emplastos de sebo para curarle los costurones. Desde ese momento, Dolores no podría dormir y, cada vez que lo intentaba, se le presentaba la visión de su vida junto a Amaluisa como un caminar entre arenales sin nunca encontrar, ¡nunca!, un camino ni un oasis para apagar su sed.

Pensó entonces en Ortiz de Huigra.

«¿Por qué no le detesto? ¿Por qué cada vez que trato de odiarle más hambres me *dientran*?» Se tiraba los pelos. Se quitaba la ropa. Se subía al cerro a la carrera y se sentaba a considerar su desdicha al filo de la quebrada que en esa época tenía poca agua y dejaba ver todas sus piedras. Una noche, cuando la necesidad de ver a Ortiz de Huigra ya la vencía, con la cara fulgurante y una azuela en la mano, ordenó a su marido:

—Ahora, a jalones, sin respetos, con tus manos arráncame la ropa a tirones, sin misericordia. Ahora vas a rezar tus misterios gozosos, cabrón.

La manaza de Amaluisa se enredó, el labriego estaba confundido al pensar que su mujer le pedía que rezara el rosario.

—*Aura* vas a ver, buey manso, cuál es la diferencia entre misterios gozosos y dolorosos.

La joven quedó desnuda mientras Amaluisa, atónito, descubría que tenía en sus manos el corpiño hecho jirones. Era la primera vez que veía a su mujer sin ropa.

—*Andá* al establo y trae *cabresto* para que hagas de amarrar contra el yugo. No lo laves. *Corré* a la acequia y *recogé* un manojo de ortigas. ¡*Largáte* que esto es como explicar el chiste, *caraju*!

Veinte minutos más tarde regresó con el cabestro trenzado, con su olor de majada intacto y un manojo de ortigas de las grandes que le comenzaban a quemar las manos. Como Amaluisa vacilara, ella le cruzó la cara con el cabestro lo que lo movió a la acción. Bufaba, pero en lugar de enardecerse parecía desorientado.

—*Trai* vela encendida. *Acercate* más. *Aura amarrá* manos y pies, hasta que corte circulación.

Amaluisa, en su nerviosismo se enredaba en las cuerdas.

—Pero hijita, si no quiero lastimarte, *cabresto* áspero, *ca*.

—Mierda, haz lo que se te ordena. *Hacé* cuenta que yegua en celo soy, *tumbame, ca*.

Al fin, pasó el primer cabo por la cintura de su esposa.

—Mierda, sigue que me entra frío. Por ahí entre las piernas. Bien. Ahora *pasame cabresto* alrededor, sí, así con varias vueltas... al poste.

Así lo hizo, apretando el cabestro hasta que se hundía en la carne. Le ordenó que la ortigara toda, la cara, los labios, los pechos, la barriga, por *onde* arde, por atrás, por delante. Que le chorreara la cera del cirio «toditico» que agarren fuego «las pertenencias».

—¡Ahora! ¡Ahora Amador! ¡Amador!

—¡Dios! Ten piedad de mí. ¡Se me alza el pensamiento!—gritó agónico el desgraciado. Así y todo levantó el cirio y le chorreó la cera. Pero no supo «qué mismo hacer con su pensamiento».

—¡Ahora!, ordenó ella. ¡Ahora!, chilló la joven.

El pedido congestionó los circuitos testículo-cerebrales de Amaluisa.

—Señor, ¡piedad! —clamó y perdió el conocimiento.

28

Semanas más tarde, un miércoles, cuando el cura esperaba que Dolores proclamara el anuncio horripilante de que saldría temprano una vez más, nada ocurrió. Todo lo contrario, llegaron las seis de la tarde y los ruidos en la cocina continuaron. Pasadas las siete, Dolores entró al pequeño comedor sin el delantal, con su falda azul y blusa blanca y demandó consultar con el párroco.

—Vos padre, taita curita, me vas a confesar aunque no me puedas absolver.

—Todo pecado tiene perdón si hay suficiente arrepentimiento.

—No me interesa su perdón, no tiene la autoridad para perdonarme nada, porque yo me perdono solita.

—Entonces ¿por qué vienes a mí?

—Porque, a pesar de todo, usted es la única persona que se callará del todo, no dirá nada a nadie y —dudó unos segundos— usted es la única persona que realmente me entiende.

—Te veré en el confesonario en unos minutos —dijo Béliz Franco restregándose las manos que se habían puesto húmedas. Examinó sus diseños sobre la mesa. Constató que algunas partes tenían el color café rojizo de sangre seca. «Dolores no limpió la sangre», murmuró.

Cuando Dolores se acercó al confesionario su olor a jazmines y especerías se metió por la rejilla. El cura se agarró de la garganta y se quitó el cuello clerical.

—Taita cura, no me he confesado desde que tenía siete años y esta va a ser la última vez que lo haga.

—Está bien, hija. El arrepentimiento de tu mala vida va a...

La voz de la penitente lo cortó:

—Taita, perdona, pero no me hables de mala vida, que ahí llevas las de perder, vos *callá* cura, yo soy la que decido qué es pecado y qué no, *ca*.

El cura se retiró al otro rincón y arrimó la cabeza contra la rejilla opuesta y oyó la voz de la joven más distante pero más íntima; una voz que le resultaba desconocida y perturbadora por su convicción.

—Vos, taita, no tienes autoridad conmigo, que tumbado en la cañería te he encontrado con hedor, ahí sí, a mala vida.

El sudor comenzó a aparecer en la frente del sacerdote. *Seguro que tienes razón, porque hago vida con la diabla del vino. Has venido a seguirme atormentando, a mí, yo que por tu amor me estoy matando.*

Béliz Franco se había puesto el dedo roto en la boca y comenzaba a arrancarse un par de cerdas de sus cejas.

La voz íntima atravesó la rejilla otra vez como adivinando sus pensamientos.

—Taita cura, yo sí le quiero, taita cura, taita es para mí. Por eso vengo a que ayude a india, longa; que no deje a hija sola sin *juerzas* para impedir que el hombre me siga dando y ya ve lo que yo ni quiero correrme del guambra, en lugar de eso, que más, más siga dando.

Béliz Franco notó su propia respiración agitada. La vio llena de antojos por el teniente; *carne y hueso joven,* pensó. Comenzó a visualizarla relamiéndose como puerca en la *papacara. El sueño de la razón produce monstruos.* Trató de parar sus imágenes aunque no pudo evitar el ver que un abismo lo separaba de Dolores.

—Taita, solo quiero que me des algún rezo o agua bendita mezclada con polvo de hostia... no sé, que *venga a dar* como un *contrariado* del veneno.

—Un antídoto querrás decir, yo solo tengo un *contrariado,* pero vive exclusivamente en la redoma de vino y solo puede ser convertido en la sangre de Cristo o en mi amante de rubí.

Y si fuera cierto, se preguntó el cura, estremeciéndose al notar que un retazo de fe agazapada inquietaba una vez más su presunto ateísmo. Una ola de pánico le sepultó: *¿Quién soy?, ¿qué es mi conciencia?, ¿quién está a cargo al fin? El sueño de la razón produce monstruos, me instruyó el teniente político.* Esta última reflexión lo ayudó a sobrevivir a la revolcada de terror, pero no a detener su vértigo.

Acto seguido la joven alcanzó a oír un ruido como si el hombrón se derrumbara. Se levantó, dio la vuelta, abrió la puerta del confesonario y encontró al cura despaturrado en el estrecho espacio.

—Vea, taita curita, ve curita, tan buey como mi marido.

Se abrió la blusa y le indicó los grandes costurones que dejó el látigo sobre sus pechos.

—Cúbrete, *longa* —el cura se tapó la cara con las manos—. Tienes razón, buey como tu marido, solo que él es honrado, no tiene ni malicia ni doblez.

Béliz Franco recordó su doblez cuando obligó a la muchacha a casarse con Amaluisa.

—Estos son los costurones de una drogadicta, ¿entiendes cura? Deme el antídoto porque con mi queredor no puedo.

«¿Mi queredor?»

—Tú no eres la Dolores que trabaja en la parroquia. La Dolores no hubiera dicho «queredor» —terminó Béliz Franco desde el piso.

—Cura, taita cura, levántese, le odio cuando se hace así...

El cura se incorporó, se sentó en la banca del confesonario.

—No puedo ayudarte. Tómate una jarra de agua bendita, qué sé yo, para que no te preñes...

—Sí, le he pedido que use tripa de chivo, pero el teniente chusco y reclama y quiere peladito.

Ninguno dijo nada por un rato que se fue alargando hasta que la tensión fue rota por Dolores.

—Está bien, si nada tiene el cura para mí, voy a la limpia que, según dicen, remojando hasta los huesos y haciendo de oír la música del rondador sí cura maleficio. Si urgencias me alcanzan antes de llegar a la choza de la que dicen que es curandera, entonces búsqueme por el lado del basural porque por allá ha de ir botando mis huesos esa fiera, esa ave de rapiña, curiquingue, gallinazo, cóndor, chucuri, zorrillo, raposa, gallo padre, que me pisa sin misericordia.

Y bien feliz que estás, pensó Béliz Franco, pero habló sin estar cierto de lo que decía:

—¿A limpia de cuentos, música y zumos? ¿Gallinazos, raposas, curiquingues? ¿De qué hablas?

—Sí, la nueva placera...

—Lárgate, piérdete, ¡desaparece ahora mismo! ¡Fuera!

—Yo le absuelvo, taita cura, del pecado de no tener la más puta idea de cómo es esto de vivir la vida.

29

En el quinto día desde su extraña confesión, Dolores sintió otra vez el hormigueo que anticipaba el despertar de su obsesión. Se quitó la blusa, vaciló. Se quitó el resto de la ropa y la dejó en el piso de ladrillo. Agarró la sábana que se ponía antes de que el veneno le borrara la mente. Repetía: «Como dije al cura, necesito la limpia de una bruja. Tengo que ir a oír cuentos de la bruja, su música y beberme todos los zumos que pueda. Necesito una brujería porque estoy brujeada». Salió envuelta en su sudario, pero esta vez, en lugar de irse rumbo a la casa del teniente, dobló hacia las afueras del pueblo por la ladera dónde decían vivía la vendedora de hierbas, la Caripiedra, la que tocaba el rondador al filo del mercado. A las ocho de la noche, con la algarabía de todas las criaturas del monte, se sentó a la entrada de la choza. No se atrevió a llamar por lo que esperó horas. Su pobre Amaluisa estaría frenético sin saber dónde se hallaba. A la una de la mañana, aterida de frío, se levantó y regresó no donde su esposo sino a la parroquia. Entró por la puerta lateral, se cambió, se tiró en su camastro, durmió sin sueños y, como siempre, a las seis de la mañana dio el desayuno al párroco.

El siguiente miércoles, el teniente político se preguntaba perplejo: «¿Dónde está esta condenada? ¿Por qué no viene para su castigo? Debía haber arribado ayer». Pasaron dos semanas más y no apareció. Se tomó dos aspirinas con la esperanza de aplacar el malestar general que lo embargaba. Lo alarmante era que en su afán por dominarla era como si *él* hubiera terminado comprometiéndose sin que ella resultara dominada. «No puedo perder el control. Sería como estar endrogado».

Dos miércoles más tarde, Dolores veía su capacidad de raciocinio diluirse. De sus malos momentos con el teniente político recordaba los latigazos de sangre por donde —en su alucinada memoria— se le metía el deseo. Estaba sentada en la cocina de la parroquia, acabando de limpiar todos los utensilios, cuando golpearon a la puerta. Al abrirla, una niña de carita redonda y piel enrojecida por el sol a pesar del tinte tan moreno —le pareció una manzanita silvestre— le trajo un recado: La niña curandera quiere verte.

Acabó de limpiar todo y sin hacer ruido cerró la puerta y siguió a la muchachita.

Una vez más se sentó fuera de la choza y pasó la noche sobre la hierba del pajonal. Con las primeras luces se abrió la portezuela de cuero y una mano la invitó a entrar. Dolores se sentó en una estera en un rincón de la choza. La placera no le habló por varios minutos. Cuando la olla en el fogón comenzó a hervir, la curandera le dijo: «Afuera hay un almácigo de borraja».

Todo el día estuvo desherbando el inmenso almácigo. Luego cortó varios manojos, los lavó y quitó las pocas hojas secas. Agotada, hambrienta, comenzaba a creer que fue un error haber ido; regresó cabizbaja a la choza. La Caripiedra le hizo pasar por un túnel a una caverna natural con varios cirios encendidos. En el piso de ladrillo, a ras del suelo, había un pequeño estanque del mismo material. Allí la invitó a meterse mientras que por un canal de piedra comenzaba a salir un chorro de agua hirviendo. El agua sulfurosa con la borraja la puso en un estado de somnolencia. No distinguía bien a la Caripiedra en el titilar de los cirios, pero sí un rondador en sus manos. Dolores notó que el cielo de la cueva estaba pintado de intricados diseños. Perdida en hilos melódicos se durmió. Cuando despertó estaba desnuda, echada sobre cueros y lanas, mientras la Caripiedra le masajeaba los pies y poco a poco todo el cuerpo. «Me derrito», suspiró.

Gabriela Farinango con lágrimas en sus ojos repetía: «Zoraida que estas sean como tus manos».

—No comprendo –musitó Dolores perdida en su relajamiento.

—No hay nada que comprender, lo que murmuro es un encantamiento para apaciguar tus penas. Sin embargo, hay una persona que tiene más penas que tú. Su esposo se murió hace unos meses y ella no ha podido ponerse en contacto con él y le sigue llamando a gritos desde la ladera de su choza.

Tomó un retazo de lino limpio.

—He limpiado tus latigazos.

***

Al día siguiente, emprendieron el camino. Cuando llegaron a la choza de los Caiza, el lugar estaba igual que cuando lo habían visitado el teniente político y el cura. Dolores llegó primero a la puerta. Tanteó la pared con la mano y con su pie rastreó el suelo de tierra apisonada. Cuando sus ojos se acostumbraron a la penumbra descubrió a la mujer: barría. No levantó la vista, siguió barriendo. Ni cuando la saludaron se conmovió. Barría en círculos, siempre agachada, una y otra vez.

—A ver, tócale, tócale.

Dolores trémula se acercó a la pobre mujer y la tocó en el hombro. Respondió cayendo al suelo como si sus huesos hubieran desaparecido de repente. La Caripiedra la recogió entre sus brazos y con cuidado le vertió en la boca abierta un líquido lechoso y humeante.

—¿Dolores, sabes que la María estaba muerta?

Dolores parecía desconcertada.

—Muerta para la vida. La ausencia completa de su razón de vivir.

La curandera acomodó a María Caiza en su catre. Con delicadeza la fue desvistiendo. La piel de la anciana se adhería a los huesos. La Caripiedra empezó a frotarla con un atado de hojas y fibra de cabuya empapadas en el mismo líquido, *ishpingo* y paico, que había usado como bebida un momento antes. De improviso se dio la vuelta y con el atado rezumante le indicó a Dolores que la imitara. La joven tuvo una idea que le pareció espantosa: *estamos resucitando algo muerto. ¡La piel, la piel! ¡Como las gallinas peladas!*. Se levantó, lanzó el atado y salió dando brincos, enredándose en su falda y gritando: «¡Qué asco!» Se escondió detrás de un penco y se enterró unas espinas en las manos.

La Caripiedra le puso la mano sobre el hombro.

—Dolores, harto tienes que aprender de muertos y de vivos, de duendes y no duendes, de música y de ruidos, de hierbas, de manos y de cuerpos y sobre todo de tu propio arte. Para comenzar, no dañes más tus manos.

La joven asintió sin comprender.

—Hoy la María descansa, pero en unos días más podrá actuar como siempre. Me mostró que le quedan unas docenas más de latidos. Volveremos.

Dolores sintió un temblor en todo su cuerpo. La Caripiedra continuó:

—Hace años tuve muchos miedos. Todavía los tengo —¿sonreía detrás del velo?—. Me prometieron que algún día se convertirán en música.

Se pararon y miraron a la distancia. Comenzaba el atardecer.

***

Dolores dio el primer paso dentro de la iglesia y su alegría desapareció. Su propio pensar la traicionaba: que la felicidad no estaba con la bruja, ni la vieja, ni las hierbas, sino única y exclusivamente con su droga y con aquel que la administraba. «Un beso, tan solo un beso más y le podré olvidar». Decidió ir a ver al teniente político, «solo para terminar la relación con un simple beso. Un simple beso de amigos». Pensó en su rutina de acicalarse, desnudarse, ponerse la sábana e ir por la trocha de los pencos. Sin embargo, esta vez no pudo dar el primer paso. La imagen de María Caiza parecía interponerse. «¿Sentarme a conversar con mis duendes en paz? ¿Consolar a otros que necesitan más consuelo que yo? ¿Encontrar mi arte?» Agarró una escoba y un cáñamo y se puso a limpiar la iglesia. Le tomaría años el entender a la Caripiedra.

30

Luego de la confesión de Dolores, Béliz Franco había llegado a la conclusión de que necesitaba huir de la diabla hecha líquido. «Es en realidad mi amante». Estaba claro que cuerpo a cuerpo, redoma a redoma, el demonio del alcohol ganaba todas las batallas. Tenía que alejarse de la voz seductora de la sacristía. Cambiar de ambientes y paisajes le daría un respiro para recuperar su templanza. Recorrería todos los confines de su parroquia y de otras que no tenían párroco permanente. Haría su ministerio como lo hacían los jesuitas de la Colonia, comiendo de un talego de maíz, tomando un poco de agua y recibiendo toda la inspiración y energía de su contacto directo con Dios. Como en realidad no creía en la divinidad y no se acordaba tampoco dónde había dejado su fe, decidió que, por dos semanas más, creería otra vez. Sería darle una oportunidad a su fe y darse una oportunidad a sí mismo. «Después, ya veremos».

Entró en un estado hiperactivo. Galopaba de Naulacucho a Llano Grande, de allí a El Cantarilla y Tira Larga, La Merced, Arrayán, pasando por la Rinconada, Teneríades, Calimbulo, Corralitos y otros anejos desperdigados por las estribaciones andinas, atendiendo a enfermos y agónicos, bautizando, casando, enterrando, bendiciendo y dando prédicas. Una tarde, en estado catatónico de tanto pregonar y tanto no dormir, creyó haber estado a punto de resucitar a un muerto. Cumplió su ministerio con tanto o mayor celo que el de los jesuitas.

Arrojado en los camellones, en la humedad del rocío vespertino, abrió los brazos y gritó: «¿Quién soy? ¿Qué quiero? ¿Quién soy de la gran putas?»

Se paró, se golpeó el pecho y gritó: «¡Soy, para comenzar, el que se bebe a su amante de rubí! Pero la he exorcizado de mi vida. Ya no tiene atractivo para mí. Yo la puedo o no beber, tocar sus labios de vidrio, extraer su jugo con mi lengua o simplemente dejarla añejar para siempre». Sintió el surgir de una energía nueva y se disparó hacia Naulacucho a galope tendido.

Antes de entrar a la parroquia escuchó en la distancia la música de la taberna. Se quedó mirando al suelo mientras en sus oídos hacían eco las palabras de una vieja canción: *por tu amor que tanto quiero y tanto extraño... que me pienso seriamente emborrachar.*

Cerró el portón detrás de sí para detener la música. Aspiró el olor medio mohoso de los interiores de la casa parroquial. Prosiguió hacia la iglesia. De pronto sintió algo así como un desgarramiento en la boca de su estómago, un agujero, por donde se le fugaba toda esa energía nueva que había sentido pocas horas antes. Se agarró ferozmente el estómago intentando reducir la fuga. La tela de la sotana se adhirió a la espalda como si soplaran corrientes de aire en el interior de la iglesia, pero el gran portón estaba cerrado. *¿Por dónde diablos entran estas brisas? Y ¿a dónde me empujan con tanta insistencia?* De rodillas recordó su fortaleza descubierta en esos últimos días y su habilidad de tocar o no tocar con su boca los labios de vidrio de la damajuana. Detrás de la maraña de cejas y de sus párpados semidormidos, sus ojos hundidos se desplazaron de abajo hacia arriba.

¡Paz!

Comenzó a llover.

El tamborilear del agua en el tejado lo puso en contacto con la naturaleza. Llovía libremente en algunos sitios de la iglesia y las gotas salpicaban al cura que se mantenía inmóvil.

¡Paz!

En el tapete bordado del altar leyó la famosa frase de Cristo: *Sinite parvulos venire at me.* «Iré a ver al Cristo de la sacristía con la inocencia y fortaleza de la niñez». Sin despedirse del Santísimo se dirigió hacia la puerta de arco que daba a la sacristía. Con una convicción nueva, la abrió. Miró al Extranjero de la cruz, abatió la vista y ya no se sintió tan niño. Las puertas rústicas de la alacena donde estaban las damajuanas de vino le parecieron más grandes, más rústicas, más bellas, más esenciales y tan cercanas. Las abrió. Destapó la que estaba más a la mano. Aspiró el *bouquet* como si se tratara del aliento preliminar que antecede al beso, la alzó. La volvió a meter en la alacena.

Se alejó un tanto, se dio la vuelta. Sonrío. ¡Podía resistir! Tal como lo había sospechado. Iba a partir satisfecho en el mismo momento en que, estupefacto, vio abrirse el escondite de su amada. Extendió los brazos y tomó la damajuana de vidrio verde. Con su boca cubrió los labios de vidrio y su lengua se bañó en el vino. Como si fuera la primera vez entre dos amantes, el contacto se convirtió en un chorro púrpura que inundó su boca. La desbordó y corriendo por sus carrillos empapó su cuello y se metió debajo de su sotana hasta llegarle al vientre. Unos momentos después, tascando el vidrio, se dirigió a su alcoba.

Dolores no había retornado a su casa con su marido el solitario Amaluisa, quien asumiría que el cura, de buena fe, retenía a su esposa. En su cuarto de la parroquia procuraba no pensar. La desaparición del cura por tantos días comenzó a inquietarla. Decidió esperar esa tarde antes de pedir ayuda y salir a buscarlo. Cuando el cura entró a la parroquia, Dolores en la cocina no lo oyó.

Dos horas más tarde, la joven comenzó a explorar. Cerró la puerta del comedor con cuidado. Apagó la luz. Fue cuando oyó el estruendo de un disparo en el patio. «¡La tormenta! ¡Rayos! ¿O fue un portazo?» Inclinó la cabeza y contuvo el aliento: el croar persistente de los sapos y el batir del viento impedían distinguir cualquier otro sonido. Se apretó contra la pared y se escurrió hacia la puerta del cuarto del cura. No oyó nada. Se arrimó otra vez a la pared y deslizó un pie primero y luego el otro hasta el final del corredor. A su derecha estaba el pasillo que conducía a la cocina y al comedor. Corrió. «¿Y si alguien se metió en mi cocina cuando salí del comedor? ¿Qué? ¿Eché llave o no? ¡Su llave!» Se palpó el cuello. Estaba allí. Le tomó una eternidad introducirla hasta que al fin produjo el ¡clic! Forcejeó inútilmente. ¡En lugar de abrirla la había cerrado! La cabeza contra la puerta, giró la llave en la otra dirección. La puerta cedió sin ruido. Temblaba de frío. Dio un primer paso. Al cruzar el umbral calculó mal la altura y su pie aterrizó violentamente sobre el entablado, pero no se cayó. Estaba ya en la oscuridad del comedor. La sorprendió otro disparo a sus espaldas. ¡No!, era el viento que cerró la puerta. Al fin corrió el pestillo, exhaló y bendijo al cielo. ¿Olía a cigarrillo? *¡Sal! ¡Sal de aquí, Dolores!*

Demasiado tarde. La garra se posó sobre su mano. Un grito hecho de silencio se ahogó en su garganta. Encendió la luz: el foco mortecino iluminó la cara de Ortiz de Huigra mientras una columna de humo se elevaba de su mano y tocaba apenas el ala de su sombrero cordobés.

¡Huir!, ¡escapar!

Sin parecer hacer el menor esfuerzo, de hecho con evidente dulzura, con una fuerza irresistible que desmentía su aparente delgadez, la atrajo hacia sí.

—Dolores, muchacha, ¡cálmate!, no te alarmes —lo dijo tan bajo que la chica tuvo que hacer un esfuerzo para oírlo—, no voy a hacerte daño alguno. Yo no daño a nadie. Al abandonarme, vos sí me hiciste daño. Tan solo quiero entender tu ausencia. Conversar.

—¿Conversar? ¿Conversar de qué, a medianoche, a escondidas en el comedor del cura? ¿Qué hace usted aquí? Váyase.

Examinaba las facciones del audaz intruso mientras sus piernas comenzaban a ceder. El teniente político la dejó ir y se apoyó en la puerta. Ella retrocedió hasta que chocó con la mesa.

—¿Por qué primero no pediste permiso al taita? Es su casa.

Dolores había cambiado a la forma familiar de trato. Ortiz de Huigra pareció relajarse aún más.

—Perdóname, permiso para entrar a la casa del borracho, o será ¿permiso para tomar lo que es mío? Yo solo vengo a llevarme lo que me ha quitado. Lo que es mío *nomás*.

—Yo rompí con vos, teniente sinvergüenza, porque ya ni me quisiste más. ¡Ya, lárgate!

—Qué bonito hablas desde que te metes con la bruja esa y te arrimas con el cura.

—¿Vos qué sabes de la bruja ni de mí? Ni nada sabes de arrimadas. Vos solo piensas en vos... fuera, ¡fuera!

—En realidad no sé nada, solo que te quiero —el teniente volvió a bajar la voz—, solo hablar, solo entender tu ausencia. Solo sé que llevas sabor a mí.

—*Andá* con letras de canciones con otras más sonsas que yo, longo memoriudo.

—Me voy con mi música a otra parte, solo concédeme el último bolero —dijo Ortiz de Huigra mientras se acercaba y la tomaba por el talle—. Tienes razón, así es... Soy un desmadre, pero tú eres la madreselva enredada en mi corazón. A cambio de tus atenciones te ofrezco hacer un nido entre tus ramas y allí me quedaré atrapado.

Una vez más se aborreció por su cursilería.

—Si la *longa* es la enredadera del corazón del teniente, mal puede el teniente hacer nido dentro de sí mismo. *¡Quis!* Dejar preñada a la longa: eso es lo que quiere hacer con tanto *apalabrearme*.

Las últimas palabras las dijo con sus labios casi rozando los del teniente. Ortiz de Huigra no pudo reprimir una sonrisa. Ella mantenía los labios entreabiertos y los ojos cerrados.

Cuidado, hijo, este es un momento muy delicado. Pisa sin asentar mucho porque el hielo está muy delgado.

—Me muero por ti, Dolores, y tanto me muero que si me muriera haría de tu nido el nicho para reposar mis huesos. Y aunque me pudriera, igual te amaría como te amé aun cuando tuve que darte latigazos por tu bien...

Se detuvo para escuchar mejor a su madre.

Hijo, no te olvides, todo es cuestión de ser oportuno, oportuno, oportuno. Ya estás diciendo pendejadas. ¡No seas tan bruto!

«¿Pendejadas? ¿Bruto? Mi madre no habla así».

Clímaco sintió en sus brazos el cimbrar de la muchacha.

—¿Estás hablando de muertos y podridos, teniente? ¿Latigazos sin amor, por mi bien?

En su mente chocaron los latigazos de Ortiz de Huigra con el atado de las cabuyas rezumantes que la Caripiedra usó con la anciana Caiza. El abrazo del teniente comenzó a sofocarla. Lo empujó con todas sus fuerzas de forma que Clímaco se fue contra la puerta. El cigarrillo cayó sobre la camisa de seda.

—Mierda, ¡mi camisa! Me has quemado la camisa —se palpó el quemado.

Dolores, resoplando como las terneras del cerro, se lanzó de cabeza contra el estómago del teniente político. La violencia del embiste lo estrelló otra vez contra la puerta y le hizo perder el equilibrio, por lo que terminó en el piso con la muchacha encima. Al caer, ella tiró la cabeza hacia atrás en el mismo momento que él bajaba la suya. La nuca de Dolores se estrelló contra la base de la nariz del teniente. Dolores se logró zafar y se paró con la agilidad de una fiera. Ortiz de Huigra comenzó a eructar sangre. Enardecida por su momentánea victoria, agarró una silla de mimbre y atacó. El primer silletazo se estrelló contra la puerta y el segundo contra el suelo. El teniente político permanecía ágil a pesar de su herida. La hemorragia corría entre sus dedos.

—Dolores, ¡me estoy desangrando! ¡Tengo la nariz rota! ¿¡Por favor?!, dame una oportunidad para que te explique, no traté de hacerte daño.

Se arrimó a la pared. Dolores se detuvo un segundo, agarró el pomo de la puerta y lo jaló. No cedió. ¡Por supuesto que no! *¡Corre el cerrojo, idiota, corre el cerrojo!*

Ortiz de Huigra absorbió ruidosamente sangre y mocos.

—Espera chica, te he traído un regalo, déjame al menos que te lo ofrezca.

De su bolsillo extrajo una cadena de rosas diminutas hechas por él mismo, con la asistencia de Andrés el mecánico, con pedacitos de hojalata e incrustadas con unas piedrecitas de color turmalina y amatista. Levantó la vista y descubrió que Dolores salía del comedor y cerraba la puerta detrás de sí. Ortiz de Huigra, habló como si ella estuviera todavía presente:

—¿Te gusta?

Esperó unos momentos más. Arrojó la cadena de rosas de lata al piso. Levantó otra vez la vista hacia la puerta cerrada.

—Dolores, ¿te gusto?

Conjuró la posibilidad de acusar a la bella Dolores de asalto y visualizó a todos los parroquianos riéndose a carcajadas. Salió por la portezuela de la cocina y al llegar a la tapia se encaramó porque la puerta de hierro estaba con candado. El despecho lo hizo vomitar entre las malas hierbas. Su cerebro, en medio de la ira, comenzó a movilizarse. Había que hacer planes. Había llegado la hora de vender su botín y lanzarse al siguiente paso, el momento propicio, como lo decía su madre en sus cartas. Llegó a su casa como si fuera uno de los tantos perros del pueblo atropellados por carretas y camiones. Fue para el baño, se sonó la nariz y la hemorragia se reanudó. Verificó que el corte en el labio superior no era muy serio. Hizo un emplasto de borraja y se tapó la herida y la nariz. Se quedó así tumbado por un par de horas hasta que comprobó que la hemorragia había cesado. Se levantó a tientas, sacó su única botella de aguardiente, se tomó un gran trago con dos aspirinas para calmar el dolor y regresó a su cuarto. Al paso tocó el cofre que contenía las cartas de su madre. «Mañana, mamá, mañana volveré a leer tus cartas. Te prometo escribir». Se tendió en su cama para dormir diez horas seguidas.

Despertó con la luz de las nueve de la mañana metiéndose por entre la persiana. Con cuidado se bajó de la cama y, manteniendo la cabeza enderezada para no sangrar, abrió la trampa del piso y sacó el saco de cáñamo con las joyas del convento. Con cuidado lo colocó sobre la mesita del comedor. Nunca había examinado sus piezas porque por algún esbozo de remordimiento creía que el verlas sería «malearlas de *ganita*». Ahora, ya pasado tanto tiempo, se arriesgaría porque tenía que venderlas. *Dolores, maldición, Dolores, quédate con tu cura y tu marido*. Volvió a tocarse la boca. Estaba hinchada, ya pasaría. Lo que no pasaría era ese líquido negro que se había filtrado por sus venas desde la vesícula hasta vaciarse en su cerebro. Con el dinero de la venta de las joyas más el que recibió después de la campaña por el Profeta, tenía fondos para ejecutar su revancha aunque sus planes permanecían un tanto nebulosos. Para su desquite, que ahora incluía hacer cuentas con Dolores y el cura, se le ocurrían numerosas estratagemas. Para comenzar podría darle otra paliza al cura. «¡Qué desobligo y qué pereza! No, tiene que ser algo mucho más refinado. ¿Qué busca el cura? ¿Qué busca un borracho? Olvido. Cuanto más trago, más olvido, menos relevante. No merece mi venganza y en consecuencia me voy quedando sin objetos de desquite». Chasqueó la lengua con el inusitado sabor de Dolores. «Cualesquiera que fueran mis planes, se dijo, este sabor de la *longa* constituye una advertencia de peligro inminente. Está metido en mis venas como si fuera mi plasma, mis glóbulos rojos, los blancos, toda mi sangre. ¿Para comenzar, con qué debo hacer gárgaras?. ¿Qué hacer para librarme del sabor de *longa*? Dicen que hacer mucho ejercicio ayuda: literalmente «sudarme» a la *longa*. Pero esto es algo mucho más serio: tengo que inyectarme algo directamente a la vena, de otra manera voy a quedar incapacitado. No, eso no, eso jamás».

Comenzó a abrir el cáñamo que contenía su botín, cuando notó que había otra bolsa en la que estaba prendida una esquela. «Un momento, ¿qué es esto?». Era una carta escrita con una letra menudita.

«Clímaco, Clímaco. Bello niño que vino a mi portal hace 16 años.

Claro, claro, cuando me miraron y clasificaron como longo, indeseable, incapaz, hediondo, rapaz y probablemente tarado —pensó el joven. Sus manos comenzaron a temblar. Se saltó un párrafo y luego otro.

»Si estás leyendo estas líneas quiere decir que has retornado para robarnos.

El papel en sus manos aleteaba. *Monja insulsa, te creías capaz de predecir mi pensamiento y lo que yo iba a hacer*. Pero la misma idea lo llenó de terror. La monja tenía un sexto sentido.

Se saltó varios párrafos más:

»(...) aquí tienes mi propuesta: ahora, en caso de que te llevaras estas joyas, te propongo que como te las has llevado, las devuelvas. Ni siquiera abras el saco que las contiene. Hacerlo demostraría interés en quedártelas. Entiéndeme bien, eso me ayudará a demostrar que todo fue, a lo sumo, una travesura. Devuélvelas pronto, mientras soy la superiora, más tarde no te podré proteger.

Miró en todas direcciones como si temiera que la superiora lo hubiera seguido. *Esto es imposible*, pensó. *Esto es una trampa. ¿Qué es esto?* Saltó líneas:

»(...) bello niño que vino a mi portal hace 16 años, (...) la confianza de que tu madre te habrá guiado y habrás encontrado el camino (...) Sor María Eugenia Inés de la Cruz, la monja cursi que solo quiso quererte.

»NB: te dejo algún dinero para cualquier emergencia. Espero volverte a ver algún día».

Ni la monja ni Ortiz de Huigra podían imaginarse que esas últimas palabras resultarían proféticas.

Congestionado, el joven teniente hizo una bola de la carta y la arrojó en un albañal abierto. *¿Qué ni siquiera mire las joyas? Se atrevió a leer las cartas de mi madre. Usurpadora, suplantadora. La monja modosita sugiriendo... No he abierto el cáñamo porque es mala suerte abrir el tesoro antes de todo esté bien para verlo... Pero, ahora sí, ha llegado la hora de cobrar mis desquites.* Contuvo el aliento y abrió el cáñamo. Sacó la primera pieza, un cáliz plomizo.

¿Latón?

Vació el saco dándolo vuelta. Rodaron las otras piezas, todas grises y todas con el típico retintín de latas.

Clímaco lanzó un alarido tan desgarrador que al día siguiente la gente comentaría que hasta la media noche se oyó la agonía de un puerco.

Agarró las piezas de latón y comenzó a dárselas contra el pecho. Se tiró al suelo dando pequeños gañidos y tratando de morder el piso. Extrajo el fajo de cartas, tomó una, de cualquier parte: *Cuida tus espaldas, siempre, que por allí entra el puñal de tu mejor amigo.* Febrilmente tomó su cuaderno y empezó a escribir. Rompió la punta de su lápiz. Lo arrojó a un lado. Extrajo dos más y continuó: *¡qué fracaso!, traicionado inclusive por aquellos que debían haberse dejado robar buenamente.* Puso la cuartilla con esas pocas palabras en un sobre, dibujó un sello postal, cerró el sobre y lo guardó con un ademán como si lo dejara en un buzón de correo. A pesar de eso, su madre no le contestó ni le escribió por mucho tiempo.

***

La noche anterior, cuando Ortiz de Huigra estaba a medio camino de su casa, Dolores corría de cuarto en cuarto en la parroquia buscando al cura. No sabía por qué lo buscaba, tal vez pura inquietud nacida de cariño, tenía que encontrarlo, el cura debía haber retornado. ¡Tengo que encontrarle! Lo encontró a las nueve y tantos de la noche tendido sobre los tablones de la sacristía. Lo tomó con todas sus fuerzas, pero las manos resbalosas del sacerdote se le escapaban como pescados. ¿Quizás por los pies? Le amarró un trapo alrededor de la cabeza para protegerla en el arrastre. Así lo sacó de la sacristía. La cabeza se golpeó contra los ladrillos al caer al corredor, pero ella siguió para no perder su ímpetu. De otra manera se rendiría. Ya en el cuarto, la cabeza se golpeó contra la cama. Trató de levantarlo tomándole por debajo de los hombros. Imposible. Se sentó en el suelo junto al borracho y acunó la cabeza desgreñada en su falda: la boca de labios gruesos, la lengua agarrotada y azulosa y llena de espumarajos secos en las comisuras. Con una voz aprendida entre acelgas y zanahorias comenzó a susurrar: Taita curita, ¿por qué emborrachas? Taita curita, no tener quien te quiera, taita curita, yo quererte. Taita curita, la sopa está caliente, cuyes y papas yo te he de dar, cuyes y papas, papas enteras yo te daré,, cuyes y papas, *ca*.

31

En su cuarto Béliz Franco se despertó en el piso donde lo había dejado Dolores. «¿Cómo llegué aquí?» Intentó incorporarse cuando una punzada en el brazo izquierdo lo paralizó: «¡Dolores! ¡Dolores!»

Tras unos momentos de espera, con impaciencia inyectada de furia, dio voces: «¡Dolores, que vengas!»

—Taita cura, ¡haga silencio! ¡Sígame! –ordenó Dolores y, con una firmeza que no sentía, ofreció su mano al cura para que se pudiera parar. Béliz Franco se palpó el pecho, la sotana abierta, la camiseta mugrienta y se pasó los dedos por el cabello empastado de vómito.

—Sígame. Quítese la sotana, quítese la ropa interior, quítese los zapatos y venga.

Con precaución, procurando ni siquiera rozarse la mano herida, obedeció. No se había hecho curar el dedo. Se sacó la sotana, la camisa, los pantalones orinados y defecados, las medias hechas un asco por sus propios jugos y hasta el escapulario. Tiritando de frío, con su pecho velludo y entrecano, sus músculos, que antaño tendrían firmeza, los brazos cubriendo sus vergüenzas, su sexo arrebujado entre sus piernas, siguió a Dolores. Pensando en los cuadros fantásticos de Jerónimo Bosch, se dijo en voz baja, «soy una criatura de calentura, un error garrafal del pincel». Al llegar a la piedra de lavar, ella lo hizo girar, tomó la manguera, abrió la llave y le estrelló el agua helada en la mitad del cuerpo, la espalda, las piernas. Le metió la manguera por entre las nalgas y lo hizo gritar cuando el chorro chocó contra sus intimidades. Lucía ridículo manteniendo todavía sus manos sobre sus genitales para protegerlos. Dolores le extendió un jabón. Béliz Franco la miró impotente cuando el jabón se le escapó de sus manos.

Se mordió la mano herida.

—Ese lastimado no va curarse solo, ya le curo. Todavía tiene músculos, taita cura, debajo de ese sebo.

La muchacha, jabón en mano, asaltó sus intimidades. Dolores se arrodilló y siguió por las laderas interiores de los muslos hasta llegar a los pies. Pocos minutos después estaba envuelto en espuma aunque el viento helado del amanecer se la llevaba en jirones. Entre el borrón de lágrimas, allá, en la puerta de la iglesia alcanzó a ver al maestro de capilla.

José Onésimo tenía la expresión de conejo atrapado por las luces intensas de una volqueta. «¿Qué rito del diablo celebra esta muchacha con el cura?», se preguntó al mismo tiempo que reculaba por el portón con una mezcla de asombro y de celos.

—Le voy a llevar con la curandera —indicó Dolores con convicción—. Alguien que le extinga la sed del vino.

Le agarró la mano, examinó el dedo inflamado y supurante, lo exprimió hasta que expulsó una materia amarillenta. Allí aplicó el chorro de la manguera hasta dejar la carne viva. Le acabó de lavar todo el cuerpo. Abandonó al cura junto a la piedra de lavar. Regresó con una botella de agua oxigenada para desinfectar la herida. Al final, Dolores examinó otra vez el dedo, volvió a bañarlo en agua oxigenada y lo amarró con un trapo limpio, después envolvió al señor cura en una cobija y lo guió a su cuarto. Allí le dio infusión de sauce llorón.

***

José Onésimo no dejó de compartir lo que había visto en la parroquia con los clientes del *Sumidero de las Penas*. Lo hizo porque quería compartir su asombro y admiración por la joven Dolores. Fue una idea nefasta: al día siguiente las placeras resentidas dijeron que, con sus malas artes, la bruja había seducido a los niños y ahora a Dolores y seduciría también al cura y la parroquia quedaría en su poder.

Tres días más tarde, a las seis de la mañana, cuando el cura al fin volvió a celebrar misa, salió Dolores para ver a Gabriela. A pesar de sus experiencias con el cura y el teniente, no sentía el deseo de regresar a su propia casa, la que «contenía» a Amaluisa, pero sí sentía que ahora era su oportunidad de asistir a la curandera.

***

Cuando por fin la Caripiedra la llamó, Dolores se refirió a María Caiza:

—¿No estaba medio muerta?

—No, no nos hubiera llamado. Estos días lo que ha hecho con la ayuda de algunos vecinos del páramo es trillar su trigo y dejar ya solo la paja. Quiere armar la parva.

—Y, ¿para qué quiere armar otra vez la parva, solo con paja? La parva se hace con el trigo todavía en sus espigas.

Como respuesta, Gabriela indicó que debían continuar. Caminaron por horas en silencio atravesando el frío con la protección de sus pañolones. Al cabo, al torcer una curva del camino bordado de pencos, llegaron al paraje de la choza de la viuda. Junto a la entrada pudieron distinguir la figura de una mujer ya mayor, cuyo pelo apenas entrecano tenía un nuevo revuelo en el viento. Dolores como una niña se dejó llevar y como una niña mismo abrazó a la anciana, como lo hacen las niñas con la abuelita desconocida.

—Trabajaremos por dos horas, rápido, rápido, que ya se nos viene el cielo encima—indicó María.

Gabriela asintió y miró a Dolores.

—Espéranos aquí un momentito.

Las dos mujeres recogieron los últimos atados de paja para armar el remate de la parva. Dolores en la distancia, con el picor de las barbas de trigo en la nariz, las veía cantar y gozar como un par de adolescentes mientras terminaban su labor. Sin embargo, a pesar de su fascinación, se quedó dormida. La luz rojiza amarillenta del distante amanecer la despertó. Miró en derredor y vio a las dos figuras terminando la pequeña parva.

De improviso, la Caripiedra fue saltando un centenar de pasos y gritó: «¡Chi, chi!»

Docenas de tórtolas despegaron del suelo y se alejaron en formación en un amplio círculo. La Caripiedra regresó, se subió a la parva y se quitó el pañolón. Contra el sol levante, Dolores vio en la cumbre la silueta de las dos mujeres agarradas de las manos y con los cuerpos entrelazados. María Caiza dejó caer su cabeza hacia atrás con su cuerpo sostenido por los brazos de Gabriela. Era una figura sin volumen ni sombreados contra la luz del amanecer. Dolores, con las manos desmenuzando espigas sin saber por qué, vio que Gabriela unía su boca a la de María. ¿Era una despedida, tal vez? Las tórtolas retornaron y completaron su círculo sobre la figura. El sol levante encendió el heno que envolvió todo en las enormes llamaradas del nuevo día.

Asombrada, Dolores contempló como en minutos la parva y la figura se convirtieron en humo blanco. Apenas restos de paja carbonizada quedaron sobre el suelo y, como lo habían esperado, se desplomó el cielo y lo apagó todo. Se frotó los ojos y, antes de que pudiera reponerse, Gabriela le tocó en el hombro. Al regresar a ver se encontró con la frente arrebolada y los ojos radiantes de la curandera. «¿Cómo será el resto de su cara?», se preguntó.

Desde el jardín lleno de malezas de la parroquia, perdida la mirada en la distancia de las lomas lluviosas, Dolores creyó distinguir la figura de una mujer agachada que con aparente dificultad subía el cerro hacia los distantes farallones. Se durmió en la cocina con la cabeza sobre el filo de ladrillos del fogón. Así la encontró el cura y no le dijo nada.

Más tarde, Béliz Franco agarró unas rodajas de pan y con ello tuvo su cena. Casi no había comido en tres días. «Dolores anda en otro planeta soñando con las musarañas y casi no hace nada por acá. Y yo, ¿qué tal? Perdido en la más absoluta inopia».

Camino de su cuarto decidió regresar a la iglesia y pedir asistencia para mantenerse sobrio ahora que ya había logrado tres días continuos sin tocar el vino. De hecho celebraba la misa con apenas gotas de vino. Se arrodilló en su lugar, volvió a ver los charcos de agua y se dijo que esta vez iba a trabajar con José Onésimo para reparar tanto daño. La lluvia había parado, pero las baldosas de todo el piso estaban brillantes y resbalosas. Recordó entonces que José Onésimo le había recordado que ya casi no había vino. En realidad era un ardid del maestro de capilla para reducir al máximo el gasto. El subsuelo de la iglesia mantenía una temperatura que oscilaba entre quince y veinte grados centígrados. Un lugar ideal donde don José Onésimo había escondido cinco damajuanas. Estaba dispuesto a mantener a raya, no importaba lo que ocurriera, el consumo excesivo y las borracheras del cura. Para mayor seguridad escondió la mayoría de los dineros que se recogían, por exigua que fuera la limosna, en un nicho del cementerio.

Entre tanto Béliz Franco decidió que era crítico el verificar las existencias de vino. En consecuencia, se levantó, cruzó el umbral de la sacristía, abrió el viejo aparador de palo y encontró una sola damajuana con dos terceras partes de vino y pegada una etiqueta que en letras de molde decía: ¡NO HAY MÁS! La tomó y, para asegurarse de tenerla a su lado en la mañana, se la llevó consigo al cuarto. «Aquí te protejo —le dijo— de cualquier atentado contra tu integridad».

32

Como por arte de magia, a las cuatro y media de la madrugada, Béliz Franco Romero abrió los ojos. Asustado buscó la damajuana de vino; allí estaba vacía junto a su cama. Se quiso parar, pero el cuarto se dio un vuelco. Arrojó un poco de líquido vinoso, cerró los ojos, invocó a Dolores, invocó al Dios en quien no creía y demandó que lo auxiliaran. «Voy a pelear de veras, aunque fuera calle por calle y casa por casa. Seré cura cumplidor, se decía, aunque fuera la última cosa que haga, mierda. Cura. Médico de almas. Contra viento y marea».

Así arribó a la iglesia y entró tropezando en el umbral dándose contra los marcos de la puerta. José Onésimo se encontraba sacando el alba y la casulla.

—Padre, parece que se terminó el vino —dijo todo contrito como si él fuera el culpable de la desaparición.

—Tráeme agua, arrayanes y capulíes. Consagraremos eso hoy. Maldita sea —respondió el sacerdote arrastrando las sílabas.

José Onésimo salió santiguándose. Se fue al patio de atrás, dio la vuelta a la iglesia y se acercó al arrayán. Con grandes esfuerzos logró coleccionar dos puñados de fruta. Regresó sudoroso a la casa y los molió. Añadió un poco de agua y logró un vaso de tinta morado—negra. Puso dos gotas de vino en la mezcla «para asegurarme que, aunque *chuya,* la consagración sea válida».

A las cinco y quince, se abrió la puerta de la sacristía y entró el cura con paso vacilante. Atrás seguía José Onésimo como sacristán.

—¿Cómo estoy caminando? —inquirió el párroco.

—Cuidado con la grada, agárrese del altar.

Avanzó con su peculiar deslizado hasta el pie del altar, se detuvo y miró confundido a su asistente. Observó a la concurrencia: a mano izquierda, las mismas beatas y semi—beatas de siempre; a la derecha, Basilio y su prole e, ¡increíble!, Dolores. No había rastros de Amaluisa. Hacia el centro de la nave estaban veinticinco niños y niñas indígenas y aquí y allá varios padres de familia.

—¿De dónde salen estos niños? —inquirió.

Don José Onésimo le explicó: «El mismo señor cura había inventado un acto, previo a la confirmación de la fe, para que los niños se acordaran que debían primero ser buenos chicos, buenos seres humanos y luego cualquier otra cosa».

Béliz Franco asintió como si comprendiera la información de su maestro de capilla.

—Taita cura, usted está celebrando la misa de cinco; ya va para una hora y no termina. No es necesario leer el evangelio tres veces ni bendecir por las puras a la concurrencia.

—Dime ahora mismo, ¿qué tengo que hacer? ¿Quiénes son estas gentes? Diles que se callen.

Desde el coro, la voz de un tenor, a quien le faltaba un par de teclas en su garganta, guiaba a todos a través de las peripecias de un *falsetto* que se elevaba hasta el techo y se salía por sus agujeros: Ave, ave, ave Marí-i-a-Ave-Ave.

Rompiendo el protocolo, Dolores subió las tres gradas del altar y gritó al párroco:

—Taita, dé la bendición y diga que la misa se ha terminado.

Béliz Franco Romero enfrentó a sus feligreses, levantó la mano, aquella con el dedo quebrado, para bendecir a todos. Hubo un murmullo general de alivio. Sus propios ojos guiados por sus dedos descubrieron que todavía a esa hora se podían ver las estrellas junto a algunas nubes dispersas. «¿Estrellas?», se preguntó.

***

Béliz Franco parpadeó varias veces y observó el foco de su cuarto todavía encendido y cubierto de cacas de moscas. Se sentó espantado. Vislumbró otra vez el techo de la iglesia abrirse de par en par. «¿Cuándo pasó eso? ¿Pasó eso? ¿Fue un sueño? Díganme que fue un sueño, ¡una pesadilla!», aulló el infeliz y se cayó de la cama. «Dios que no existes, ¡ten piedad de mí! Dios en quien no creo, di que fue un sueño, que todo fue un sueño». Se retorció como lombriz de tierra. Se frotó los ojos con los nudillos de los dedos, reenfocó la vista y se encontró con la cara estoica de don José.

—José Onésimo, mi venerable asistente, hijo, dime, dime, dime, ¡dime ya!, ¡de la gran puta!

José Onésimo se inclinó con los labios blancos y la quijada temblando.

—No taita, no fue un sueño. Hace más de un día y medio le ayudé a escapar de la iglesia que se nos venía encima. El coro mató al hijito del ebanista. Sí, al Pedrito. Once años. Han muerto trece feligreses, ocho niños y cinco ancianos y otros nueve están de gravedad, aunque el teniente político ya ha organizado para que les lleven a la ciudad. Muchos más han decidido quedarse e ir a ver a la curandera. Dolores estaba tan atenta a todo que logró sacar a la mayoría de los niños y a otros, al mismo tiempo que se derrumbaba el techo. La parte donde estábamos parados se demoró en caer y por eso no perecimos. Además, usted casi nos mata, porque en lugar de salir corriendo, se empecinó en que le explicáramos por qué razón habían caído raposas del cielo.

Aquel desastre era el peor en la historia conocida de la comarca. El desdichado párroco torció la vista y se dejó caer sobre la estera.

—Sí, José, sí... las raposas del cielo, el techo viniéndose abajo y ahora, los ojos desorbitados de niños y viejas brincan en mi conciencia.

***

El polvo del derrumbe se elevó blanco y espeso en una columna que superó las copas de los árboles hasta que quedó suspendida por varios días en la mitad del valle como un enorme pilar fúnebre. La Caripiedra la vio aparecer mientras su gato se acurrucaba en su falda. Pensó que se quedaría sin poder respirar y ya no podría tocar el rondador. *Estoy empanizada como la melcocha a la que se le pasó el punto*, reflexionó. Sin embargo, cuando buscó su rondador, se encontró con los ojos de topacio, con su fantasía de niña, su lagartijo de colores, su basilisco. Con él a su lado se abandonó a su música. «Zoraida amada, esto sí que es el epifenómeno mismísimo, sin una pizca de felpudo». Agachó su cabeza hasta apoyarla sobre sus rodillas. Era hora de ir a asistir a los heridos y a aquellos que tenían el espíritu quebrado.

***

Ortiz de Huigra, con la misma energía y claridad que lo llevó a conseguir veinticinco mil votos para el Profeta, organiza el salvamento e impide que cunda el pánico. José Onésimo, con la ayuda de Andrés el mecánico, lleva a los más graves a los hospitales de caridad en la capital. Si bien la Caripiedra asiste desde el comienzo con las destrezas de médico aprendidas al lado de Víctor, es en su papel de curadora del espíritu que toca la fibra más honda del pueblo. Hay momentos en que la gente hace colas de hasta un kilómetro para recibir atención en la choza de Gabriela. Si el teniente nota la extraña paradoja de estar dando auxilio a tantos, precisamente con aquella mujer que le ha robado a la *guambra* Dolores y que de alguna manera le roba el sueño, nunca lo comenta con nadie.

Tres semanas más tarde, Ortiz de Huigra observa el pueblo; la columna rabiosa de polvo, que marcaba el derrumbe de la iglesia parroquial, ha desaparecido. El continuo aguacero ha deformado las tapias caídas y las irá esculpiendo, en pocos meses, hasta convertirlas en pequeñas lomas. Con el tiempo, las chilcas, los hierbajos y el quicuyo acabarán por invadirlo todo y de la iglesia no quedará sino un montículo arrimado a una casa parroquial desvencijada.

En todo caso, es evidente que la gente saluda con mayor respeto al teniente y los parroquianos del *Sumidero de las Penas* acallan sus comentarios cuando entra el joven. «Ahora se ha ganado el puesto por prestigio», comenta en algún momento la Moscosito.

Béliz Franco comienza a salir de su habitación, se sienta en el filo de cemento junto a la Virgen de piedra, hasta se aventura por un lado de la iglesia y echa una mirada a la plaza del pueblo Una noche entre la bruma nocturna, recorre los escombros de la iglesia, acaricia la mitad de una cabeza de santo que sobresale entre vigas y carrizos y grita con voz muy ronca: «¡Este es el paisaje de mi vida!»

Regresa al patio de piedra y con los dedos índice y medio vuelve a tocar los labios de la escultura de piedra. «Murillo», murmura por lo bajo. Se despide de la Virgen que aunque impávida sigue bella. Se dirige a la cocina, mecánicamente toma un plátano de una fuente, sale por la puerta de atrás, recorre el jardín de hierbas malas y sale por la puerta de hierro que ha sido arrancada de sus bisagras. Con los ojos rojizos repta entre matorrales, chaquiñanes y caminos menos transitados. Va un tanto enajenado hablando para sí mismo. Se esconderá en la ciudad. Quizás la señora del Sagrario lo reciba. Pedirá misericordia. Sí, misericordia a las autoridades, a los antiguos amigos, al que se digne mirarle. *¿O sería mejor lanzarme bajo las ruedas del primer camión de basura que pase por aquí?* Desemboca en la carretera principal. Hace un par de amagos cuando dos camiones a diésel pasan cerca de él. Sus ojos se quedan fijos en las dobles llantas traseras, en los labrados, cuando trituran el plátano que había tomado en la cocina. Visiblemente se relaja, como si de pronto su destino le hubiera sido revelado.

***

Cuarenta y ocho horas más tarde, Dolores y José Onésimo se convencen de que el párroco ha huido y tal vez no tiene planes de regresar. Los dos abandonan la casa parroquial y Onésimo acompaña a la joven hasta la cercanía de la choza de la curandera.

33

Pocas semanas más tarde, aquellos que perdieron seres queridos se tragan su dolor y se van trabajar en las eras porque hay que preparar los terrenos para las siembras de abril.

Clímaco Ortiz Lejía, alias Ortiz de Huigra, se toca el labio que le duele todavía. No ha recibido cartas de su madre en mucho tiempo y él tampoco le ha escrito. Tiene la sensación de que sus propósitos de vida se han desvirtuado. Su intención de desquite se le ha difuminado aún más. Le queda la esperanza de que pueda encontrar una maniobra para demostrarse a sí mismo que es malo, «malo como Dios manda», a pesar de haber organizado tan bien el rescate del desastre y salvado a tantos. Un objetivo que le demostraría que es verdaderamente malo sería el arrancar a la fuerza a Dolores de las garras de la bruja. Hay un hecho insoslayable: las placeras, a pesar de lo que la bruja ha hecho por el pueblo, en el fondo de los trasfondos, le tienen tirria. Si bien de momento hay una onda de aprecio por todo lo que ha hecho, cuando vuelvan a sus rutinas y descubran que cada semana tienen menos dinero, que los hombres están más interesados en hacerse curar su hueso central con la bruja que estar con ellas, las placeras revivirán toda su cólera. La Caripiedra tendrá su Domingo de Ramos y su Viernes Santo. Ortiz de Huigra sonríe con amargura como si no pudiera manejar sus sentimientos encontrados. «La Caripiedra es una mujer buena», se le ocurre decir al viento. «¿Cómo puedo hacerle daño? Ella me robó mi *longa*», se arguye. Y encuentra solaz al sentir dentro de sí un desbordarse de anhelos incumplidos por la joven, mezclado con el recuerdo de esa noche en que Dolores le partió el labio. «¡Esa *longa* es, ha sido y será mía, contra todas las brujas del mundo!»

Béliz Franco se ha remontado lejos de la carretera principal. Tirado debajo de cualquier seto y sobre hierbajos, tiene pesadillas. Sueña con su director espiritual del seminario mayor, anciano y tísico, que lo persigue con un paraguas que se convierte en una astilla de acero con la intención de abrirle el pecho o ensartarle los testículos. Se despierta dando alaridos en el momento mismo en que el maestro lo alcanza y, antes de enterrarle el acero, le da un beso apasionado a través de la mascarilla que trasmina pus y sangre pulmonar.

Al fin sale a un camino vecinal terminado con piedra de río. Por allí pasan de vez en cuando buses que conectan poblados realmente perdidos en las breñas de los Andes. Se sube a uno que lo lleva hasta el norte de la capital. Ensimismado en su melodrama, no nota que alguien se sube detrás de él. *Pediré misericordia a mi superior, a las autoridades, me echaré a sus pies, solicitaré la asistencia del averno, me encanta esa palabra, tiene más poder que infierno, pediré a las potestades y denominaciones, al que quiera oírme, y al Dios mismo aunque tuviera que pasarle cuarenta monedas de plata al portero San Pedro.* Se ríe para sí con una risa sin júbilo. En la distancia ve las luces de la ciudad y las áreas negras de los puntos despoblados o partes de haciendas que todavía subsisten yuxtapuestas al centro urbano.

Dolores pide refugio donde la Caripiedra, quien la deja dormir afuera entre sus almácigos de hinojos y borrajas. No puede regresar con su esposo. Todo se le antoja absurdo, mientras permanece tirada en un terreno lejos de su casa. Su base de operaciones, escape y refugio contra la intemperie —la cocina, el comedor y su cuartito en la parroquia— está en ruinas. Intentando imitar a la Caripiedra trata de acostumbrarse a su austera soledad. Sin embargo, en sus noches más terribles añora los besos de fuego del «murciélago vampiro», que es el apodo que usa ahora y que lo ayuda a imaginar a Ortiz de Huigra: sus trajes de seda negra, su cuerpo musculoso y liso y el sombrero de ala ancha. El sombrero no tenía el ala del ancho que ella se imaginaba, ni el joven poseía una capa de Transilvania, pero igual, era como si los tuviera porque en las ráfagas de viento de sus memorias aleteaba la capa como la criatura sedienta de jugo de venas. Ah, y la espada, el cuchillo que podía hendirle el corazón. Se le ocurrían las alucinaciones obvias.

Con la Caripiedra vuelve a sus meditaciones inducidas por hierbas milagrosas, siempre dudando si puede, como esa bruja, desprenderse de todo y vivir dentro de ese mundo de música, olores, colores, masajes y contacto íntimo con la piel de los seres humanos y la tierra.

***

Amaluisa decide arrodillarse y pedir luces a Dios. Se ve a sí mismo, se toca los músculos de los brazos, su cuello de buey. *Me parezco a las bestias que arrastran el arado, piensa y resopla.* Y su esposa, Dolores ¿qué? Amaluisa siente que algo le sube por los pies, le entra a los genitales y de allí se expande e irradia por toda la espalda, el estómago y se abre paso en su cerebro como una alimaña rebosando una miel ácida. Las imágenes de Dolores, su mujer, pidiendo látigo y ortiga a voces, lo estremecen. Además, el recuerdo de su propio aturdimiento, su incompetencia, le roe sus entrañas. Deambula por los arados y sin saber cómo, termina en el *Sumidero de las Penas*. «Cachudo», es lo primero que escucha al franquear el umbral. Se sonríe con una mueca que enseña los dientes que parecen puras muelas. Se pasea entre las mesas sin saludar con nadie, brama como sus bueyes y sale sin despedirse. La mesonera tiene un presentimiento, pero está tan ocupada con los parroquianos que lo deja pasar.

La Caripiedra, amada por los niños, nota el creciente aislamiento en que la dejan las placeras resentidas, a pesar de que ha curado a hijos y maridos y a ellas mismas. Tiene la congoja de haber visto a tantos niños muertos bajo las ruinas de la iglesia. Percibe además la envidia de ciertos curanderos y chamanes que, por ser mujer y por andar «sin permiso», la resienten. Tiene ansias de huir, ¿retornar a su vida de nómada? El recuerdo de las garzas aplaca su espíritu de fuga. *Naulacucho es mi lugar. Solo necesito un respiro.*

Deja la choza y la cueva en las manos de Dolores y, por caminos similares a los que siguiera el párroco prófugo, se va para la ciudad capital y para el convento con su maestra, sus libros y su música.

Allí, en la paz de la cripta duerme, come galletas de sal y toma agua con jugo de limón. Solo toca el rondador y aunque a veces intenta tocar las copas como lo hacía la madre de Las Siete Espinas, sus brazos y manos se niegan a obedecerla. Periódicamente encuentra notas de la nueva superiora, madre María del Carmelo, quien desde el principio le asevera que protegerá su secreto porque así se había comprometido con la superiora anterior. Por ser un acto enteramente irregular y contra la «gravitas» del convento, tendría que pagar su protección y penitencia con composiciones musicales que deben ser entregadas, «al menos dos veces al año, y tiene que incluir aquel sonido con la capacidad de transfigurar a las postulantes más sordas».

A pesar de que en la cripta Gabriela, con alguna frecuencia, alcanza a percibir el olor de aquel inolvidable perfume casero que le recordaba tan vívidamente a Zoraida, estaba cierta que el reencuentro con su amada no ocurriría sino cuando Zoraida alcanzara a escuchar el mugido del cuerno o el canto del rondador. En cada visita verifica si el sobre con el dinero sigue en su puesto. Siempre es así, allí está intacto. En los años transcurridos —tantísimos años— el dinero de don Liborio se ha agotado. La imagen del caballero aquel trae ráfagas, oleadas, tormentas de recuerdos de su amiga, su risa fácil, su cuerpo de palmera, su hablado costanero y esos ojos verdes tan listos, tan inteligentes y tan querendones. Toca su rondador hasta que todas sus nostalgias, ansiedades, angustias, lastimados, recuerdos, reveses y sustos, se ordenan un poco y la dejan dormir.

Ella sabe que tiene un permiso abierto mientras siga las instrucciones de la madre de Las Siete Espinas: «Tu música es tu permiso, tu salvoconducto y tu garantía». La organista del claustro había observado que esas piezas eran armadas «todo enteras y sin costuras». «¡Como la túnica de Nuestro Señor Jesucristo!», habían exclamado las otras monjas arrobadas de tener un milagro equivalente en el claustro. Es que eran frases tan delicadas y perfectas que muchas monjas, abierta o secretamente, dejaban de rezar sus rezos y al disimulo se entregaban a la música y al éxtasis que siempre buscaron. La madre de Las Siete Espinas le había dicho que la madre María del Carmelo sería estrictísima, pero que era de una gran inteligencia y reconocería su talento a kilómetros. «Serás así siempre silvestre; tráenos el ruido del campo en tu rondador», rezaba uno de los mensajes de la bella catalana. De esta forma, paradójicamente, en la confluencia de las reglas de la catalana con su arte, Gabriela encontró en la cripta la paz que le permitió renovarse para regresar a Naulacucho.

***

Don José Onésimo, el enamorado de los cuentos de la bruja, el enamorado de la imagen que se ha hecho de aquella mujer, hace vigilia sin contar las noches, espera. Un viernes ya tarde, sin viento, sin frío, sin las golondrinas ni las alondras, una pequeña luz parpadea dentro de la choza. ¡La bruja ha retornado!, aunque no la ve por muchos días. En efecto, *en pasadas* la medianoche de un jueves de frío, puede observar desde su intemperie, que la Caripiedra se desliza, sube por los riscos de piedra que bordean el pueblo, hasta la cumbre. Por encima de las rocas extiende esas manos absurdamente delicadas y maneja su gran cuerno. Con ese instrumento en los labios, aquella que él imagina delicada, cierra el día con un mugido como si fuera la voz del animal que donó su cuerno.

José no sabe que llama a Zoraida.

34

En la taberna de la Moscoso, Ortiz de Huigra, cuya herida en el labio había dejado una cicatriz no muy visible, inspeccionaba a sus cuatro contertulios:

—Aquí el cojudo principal es el Amaluisa. Deja que Dolores se mande a cambiar sin permiso. ¡Se imaginan!, el *huagra* buey permite que su mujer se convierta en aprendiz de bruja.

—Tampoco te pidió permiso a vos, teniente —enfatizó Lucho. Los parroquianos se rieron a coro.

Hijo mío, cualquier comentario humillante, por inocente que parezca, disminuye tu prestigio.

—A ver, ¿qué dijiste, Luchito *cojudito?* —dijo el teniente con una sonrisa en su tono «oficial».

—Ya lo oíste, teniente. Si duele a lo mejor verdad, *ca,* es —dijo Lucho mirando al suelo.

Ortiz de Huigra sonrió.

—Tienes razón, ella debió pedirme permiso a mí primero, ¿no es así, Lucho?

Lucho sonrió. Ortiz de Huigra se levantó, se acercó y le puso la mano en el hombro. Sacó el revólver de servicio y le dio un golpe sesgado con la cacha lo cual tiró a Lucho por el suelo.

—No te sientas mal, Lucho, a mí *sí* me gusta que me digan las cosas a la cara.

Guardó el arma en su funda de cuero crudo.

—Como decíamos —continuó Ortiz de Huigra—, Amaluisa tiene que hacerse valer. ¿No les parece? No es solo cosa de ser bueno y fuerte, se trata de parecer bueno y *sobre todo* fuerte. Hay algo más, compañeros: se trata de saber demostrar y usar esa fuerza.

Nadie dijo nada porque miraban ansiosamente al caído. Ortiz de Huigra con un breve gesto dio permiso para que «le den haciendo socorros».

Llevaron a Lucho a la bodega de la fonda donde la Moscosito terminaba por curar a todos los que caían en las reyertas de los viernes.

«Este teniente es capaz de matar por un quítame las pajas», se dijeron entre sí los bebedores. Ortiz de Huigra salió de la fonda sin que nadie se atreviera a retarlo. Se metió por un callejón lateral y saltó la tapia. Estaba en el terreno de atrás de la fonda. Por allí se deslizó y esperó. Lucho asomó al fin, todavía medio aturdido.

—No tenías que pegarme tan duro, teniente.

—Se me fue la mano, perdona.

Antes de que la Moscosito llegara, los dos hombres salieron por la parte de atrás del pueblo y desparecieron. Dos minutos más tarde llegaba la Moscosito buscando a su presunto paciente. Se quedó mirando el catre vacío.

Al llegar a su casa, Ortiz de Huigra entabló los términos del futuro inmediato.

—Escucha, pendejo —dijo el teniente con una sonrisa—, este es el plan: la iglesia se cayó encima de todo. Debajo de esos escombros debe haber tesoros...

—No había pensado en eso, *patrún* –dijo Lucho rascándose la cabeza donde todavía le ardía el *golparrón*.

—Bueno, ponte atento, cojudo —y Ortiz de Huigra le explicó su plan.

Dos días más tarde, el teniente político le dijo a la Moscoso que había llevado al Lucho a la ciudad para que sea atendido por un médico conocido. Que regresaría en pocas semanas, tan pronto como se le aliviara la hemorragia.

—¿La hemorragia?

La Moscosito estaba perpleja.

—Sí, el golpe que le di —se me fue un poco la mano— le causó una hemorragia debajo del hueso y, con un taladro, han tenido que hacerle un agujero en la calavera para sacarle la sangre estancada. Nada serio.

—¡No! —dijeron a coro los otros de la barra.

La Moscosito sonrió chueca.

—Y yo tengo que creerle, ¿no es así teniente? Esto me huele a conchabados. Lo que me dice de la calavera parece gravísimo... Ni qué me va a decir a mí.

—Ningunos conchabados, su merced —dijo Ortiz de Huigra imitando el tono del grupo—. Es absurdo que alguien se ofrezca a tener un derrame cerebral para lograr algo.

—Salud, teniente, que usted es de los bien machos y también de los bien caritativos y, para remate, todavía más de los bien «creativos». Hasta le he visto cuidar de perros malheridos.

Como en este punto nadie entendía de qué hablaban la Moscoso y el teniente regresaron a sus tragos.

Naturalmente, el evento elevó el prestigio del teniente.

Una semana más tarde, en la casa del teniente político, se presentó un hombrón de cejas gruesas, pelambrera deshilachada con tonos de óxido, pómulos saltantes, fornido como un buey, con voz como una garganta con carraspera y tez blanca con pecas, pero de facciones definitivamente indígenas.

Se detuvo, se inclinó ligeramente hacia atrás y apoyándose en su hacha gruñó.

—Teniente —dijo Amaluisa—, vos me has faltado, chuta cabrón, chapa 'e mierda.

Ortiz de Huigra, delgado y ágil como siempre, sonrió como diciendo «¿qué chucha traes?»

—Y ¿qué quieres, cojudo?

—Usted dirá, *patrún*.

El teniente político se inclinó hacia un lado y lo examinó.

—Pendejo, *pensá* bien, ¿quién armó todo el lío? ¿Quién te obligó a casarte con esa *guambra* que pertenece a una categoría para la que vos no calificas? ¿Y quién, al fin de cuentas, soliviantó su amor para quedarse con ella? *Pensábs*, *usá* el *coco*: ¿sabes quién es el cura párroco? ¿Sabes de lo que es capaz? ¿Te miento? Él, y solo él es el que a vos te engañó, a ti, a la Dolores y a mí también. ¿No has notado que tu esposa ya no se asoma por tu casa y vive entre la parroquia y la choza de la bruja?

Amaluisa parpadeó. Las palabras del teniente político tenían el timbre de la autoridad aunque su significado se le escapaba.

—A mí, teniente, hábleme de estiércol y de yuntas, y de cuándo mismo hay que recoger el trigo. Yo sé lo que es mío,

¿sabe el teniente lo que no es suyo? Eso tiene que pensar harto el teniente.

—Ve, *churretero*, el cura es el culpable de todo. Pégate con él. Después ándate con la bruja quien creo, para hablarte clarito, se le arrejunta.

Ortiz de Huigra escupió insolente.

—Yo no quiero a Dolores para mí, churretas, tú crees que una muchacha tan bella, por más que me quite el aliento, pueda interesarme a mí cuando sé que es la esposa de mi respetado amigo don Amador Amaluisa. ¿Qué te has figurado? No tienes evidencia de que la hubiera deseado. Ni de pensamiento, palabra y obra. Eso sí, te advierto, si tú eres su gallo tú deberías pisar a tu gallina. El chucuri ronda.

Hijo protestas demasiado tu desamor. «Madre te entiendo cada vez menos».

El teniente se despejó la frente con la mano como si algún insecto se le hubiera posado. Había comenzado a sudar.

Amaluisa notó el sudor.

—Calle *caraju*, *patrún* teniente, que solitos mis cojones me están diciendo que por aquí ronda mentiroso el traicionero. De repente le encuentran al teniente en la acequia, ya pudriendo y con harta majada en la boca y una tusa de tapón en el culo. Yo digo que ya no es culpa si uno pierde paciencia.

Solo entonces el teniente político notó que Amaluisa se apoyaba en un hacha.

—Amaluisa, tengo un plan para devolverte a Dolores, pero tienes que ayudarme, o al menos no interferir. El secreto está en derrotar a la Caripiedra. En hacer huir al cura.

—Aah... ¿quién? Sí... la Rumiñahui, pero si ella me aflojó el hombro que lo traía atrancado. Lueguito, rodillas me volvieron a funcionar con sus emplastos y sobadas. Teniente cojudo hablando cojudeces, calle *nomás*, porque ya menos paciencia queda.

—Mierda, Amaluisa. Ella te robó tu mujer. Ella es la que se esconde en los matorrales para tener sexo con los conejos.

Amaluisa acarició el mango del hacha.

—Chismes, Conejo, muy chico. Conque vos dejas de joder a la longuita, yo no quiero nada más.

Amaluisa se puso el hacha al hombro y desapareció en la noche. De todos los parroquianos era el único que con su energía animal infundía respeto al teniente político. Había algo elemental en aquel hombre. Algo instintivo, arcaico, que resonaba con los miedos que Ortiz de Huigra había desarrollado en las calles.

Necesitaba un descanso. Necesitaba perspectiva. *Hijo, ya sabes: regálate un tiempo para contemplar quién crees que eres, qué anhelas de verdad, dónde está tu hogar, qué te hace feliz. Ya sabes que lo que crees de ti, no lo que eres, será tu destino.*

De momento lo que podía hacer era continuar con el Lucho y conseguir las joyas enterradas de la parroquia. Saldría para el norte, ya se le ocurrirían ardides y detalles y a lo mejor encontraría algún momento para reflexionar. Para empezar tendría que vender las joyas, ganar dinero y, a su retorno, organizar y soliviantar a las placeras contra la Caripiedra y asegurarse «de los favores de la hembrita». Pero, para su sorpresa, la mera idea de irse contra la Caripiedra en lugar de darle nuevo ímpetu a sus anhelos de desquite, lo dejó con la sensación de no poder respirar correctamente.

Dirigió la atención a otro personaje de su drama. ¿Linchar al cura? No, tampoco. ¿Espantar al cura hasta que se cague del susto? Ésa sería la idea. ¿Con qué fin? El pobre ya está cagado.

35

En una madrugada particularmente fría, porque toda la cordillera estaba nevada, Béliz Franco se tiró en la hierba y se quedó dormido en el acto. Ha estado huyendo de la catástrofe de su iglesia por casi diez días, vagando en los alrededores de la capital.

—¡Despierta cura pendejo!

Alguien le orinaba en la cara. El chorro caliente le resultó por un momento reconfortante. Parpadeó, escupió. Cobró conciencia de dónde estaba y rodó para alejarse del baño que le daba el desconocido con la bragueta abierta.

—¡Mierda, carajo! ¡Párale maricón!

Le dolía todo el cuerpo. Sin embargo no había desposte ni corazón expuesto, ni anciano diabólico, ni ninguna de las imágenes de sus pesadillas. Miró a su alrededor.

—Tenías una pesadilla de beodo, cura.

—¿Cómo sabes que soy cura? Me measte, *ijuepuctas*!

—No te queda decir malas palabras y porque llevas zapatos de cura y ese aliento agridulce del estreñido emocional. Que ahora que lo pienso, ¿cómo puedes ser estreñido y estar cagado al mismo tiempo?

Se rió a carcajadas.

Béliz Franco notó el peso en su trasero. Corrió al baño público, con las piernas separadas, mientras gritaba.

—Y ¿cómo sabes que soy estreñido emocional?

El desconocido se quedó justo afuera del apestoso baño público.

—¿Qué? ¿No me reconoces? En todo caso, soy ingeniero. Mido cosas, tomo datos, reto las suposiciones. Hago inferencias de cosas enteramente observables.

Béliz Franco trató de limpiarse con un periódico abandonado. No tuvo sino un éxito parcial que dejó estrías de tinta y heces en sus nalgas. No escuchó nada de lo que dijo el otro. El desconocido lo llevó unos cien pasos donde había un grifo municipal y haciendo un cuenco con la mano empezó a rociar al cura. El agua fría lo refrescó. Con los pantalones caídos sobre sus zapatos, se quitó la camisa, la empapó, se frotó con ella y acabó de desechar sus pantalones. Se acercó más al grifo. El desconocido apretó la mano un poco más y roció con fuerza al cura hasta que todo trazo de excremento había desaparecido. Solo entonces Béliz Franco se percató de que no se había quitado los zapatos de cura. Se los quitó y tuvo que lavarlos junto con los calcetines y pantalones, porque habían recibido trozos de distintos colores cuando se lavó el trasero.

—Todavía hueles agrio. Estreñido y con diarrea. ¡Una paradoja!

Béliz Franco no entendió si se trataba de un chiste o qué. ¡Esa voz! La conocía. Entre las barbas casi blancas, Béliz Franco al fin se puso al tanto de su derredor y gritó:

—¡Nicanor Altagracia!

Estupefacto retrocedió un poco y luego un poco más.

—¡No puede ser! Te enterré yo personalmente.

—Nunca abriste la caja...

—Verifiqué que estabas muerto.

—Verificaste que no me movía. No entiendes el efecto paralizador del shock eléctrico.

—¡El rayo te partió! Lo vi con mis propios ojos.

—Si hubieras puesto atención, habrías determinado que no había en realidad en mi cuerpo el punto de entrada y el de salida del rayo. Técnicamente, el rayo no me cayó. Cayó en el pararrayos del árbol y una centella mínima fue desviada hacia mi espalda donde tenía un aparato receptor aislante y una antena. Te repito, lo que yo había aceptado de antemano era la posibilidad de que me muriera instantáneamente por las razones que te he dado.

—Pero, y ¿el certificado de defunción?

—Ortiz de Huigra te puede hacer cualquier certificado en menos de una hora.

Meneando la cabeza, todavía incrédulo, Béliz Franco preguntó:

—Amigo Altagracia, ¿cómo me encontraste?

—Te seguí.

—¿Me seguiste?

—Me ordenó que te llevara al pueblo. Fue todo una arriesgada farsa: la mente fértil del teniente político armó el *show* como parte de sus planes. Ya te explico.

—¿Y tú, te prestaste para eso? Tú, una persona que parece tan seria, tan ética, a pesar de ser ateo... ¿con qué fin?

—Perdón, curita, ético precisamente por ser ateo. Pero antes de la ética, al menos para mí, viene la supervivencia. Cuando entra el hambre por la puerta sale la moral por la ventana.

Béliz Franco se quedó callado. Miró a su alrededor.

—A propósito, tengo hambre.

—Al filo del parque hay una cuantas concesiones de comidas. Voy a escarbar en sus basureros.

Veinte minutos más tarde Altagracia retornó.

—No estuvo muy copiosa la rebuscada —dijo examinando unos panes que había encontrado. Entregó uno al cura que comenzó a roerlo. Levantó la cara del pan rancio.

—¿Todas estas maquinaciones nacieron de la mente de Ortiz de Huigra?

—Querido cura, mi querido Béliz Franco Romero, Ortiz de Huigra tiene un gran plan de recuperación de la Dolores y un no—sé—qué asunto de desquitarse de todos los que le han ofendido.

Pasaron varios minutos. Terminaron los mendrugos. Béliz Franco anotó:

—Tal vez te entiendo, no sé. ¿Te ofreció dinero?

—No te adelantes, déjame que te explique todo. Para empezar, ¿te dije que soy ingeniero? ¿Verdad? Profesor universitario, expulsado cuando me negué a enseñar la cátedra de *Trigonometría Marxista*. Pero —bajó la voz— «licenciado» está bien. Ya te imaginarás, a estas alturas de mi vida, sin sueldo ni pensión: en la calle. Estaba totalmente en paz con la posibilidad de matarme ¿Ves? Por otra parte, Ortiz de Huigra odia a dos personas: a ti en razón de la Dolores y a la curandera en razón de la Dolores.

—Pero yo ya me di a la fuga, no entiendo. Ya me eliminé.

—Precisamente, eso para él es muy frustrante. No le diste el placer de su desquite. «Le diste desquitando» como se dice por aquí.

—Sigo sin entender.

—A ver, te explico. Su plan era sencillo: crear un ambiente «sobrenatural» donde todos los prodigios bíblicos y terrores pudieran ocurrir. Si Dios me partía, el demonio podía contraatacar, ¿por qué no?

—Bueno, lograste aterrar a todo el mundo.

—Sí, con el «show» del rayo. Con eso el pueblo está listo para creer cualquier embuste. Ortiz de Huigra quiere demostrar a las placeras, que ya están resentidas, que el *supay* y la curandera son aliados.

Se quitó el saco y luego la camisa. Su espalda exhibía dos enormes costurones de burbujas secas en cada lado de su columna vertebral.

—El rastro del rayo a pesar del material aislante. Después del rayo creerán todo. Será fácil organizarlos para que amenacen a la Caripiedra.

Mientras el ingeniero se arreglaba la ropa y se alisaba el pelo, el expárroco se abrazaba a sí mismo estrechamente.

—Ya entiendo. Lo que el teniente quiere es demostrarme su poder sobre la bruja y quitarme a la Dolores. Ese es su desquite conmigo y, para remate, se puede inventar cualquier excusa para arrestarme y sanseacabó.

Altagracia se sonrió irónicamente.

—¡Exacto curita! Y ¿sabes qué?, por el papel de *supay* que me toca en su plan, el teniente me ha ofrecido una cantidad sustancial de dinero.

—Y ¿no tienes escrúpulos de que linche a la curandera? Así, ¿a sangre fría? No, no me contestes, entiendo: «cuando entra el hambre por la puerta sale la moral por la ventana». ¿Qué tomas?

—Trago, curita –le ofreció la caminera—, es el mejor aguardiente de la región. Tengo la sensación de que el teniente político es más un dramaturgo que un realizador de fechorías. Estoy seguro de que cree que puede controlar a la turbamulta y, si trataran *de veras* de atacar a la bruja, él no lo va a permitir. Además, se pondría en el papel de héroe y salvaría a la curandera. Ganaría puntos con todos y sobre todo con la Dolores. Lleva las de ganar, no importa por dónde lo veas.

—Qué tal si no regreso, fugo de ti, fugo de aquí.

—Esa opción no existe para ti. Te será fácil comprender que, luego de lo que te he contado, estoy dispuesto a *todo*. Cuando entra el hambre por la puerta... yo quiero mi dinero y no lo voy a conseguir si no te entrego.

Hicieron una venia y una misma mueca.

En este punto se despidieron. El ingeniero le arrojó la botella caminera.

Béliz Franco intentó regresar a El Sagrario, pero el cuidador no le dejó entrar. Además, le dijo que la señora que servía a los curas se había jubilado. No, no sabía su paradero. Indagó por el director espiritual Santiago Álvarez Raposillas y le explicaron que desconocían quién era. Intentó ponerse en contacto con amigos del seminario, desgraciadamente, todos tenían compromisos anteriores que les impedían verse con él. Además, ya se conocían los incidentes de Naulacucho.

Recordó entonces el último reporte de su superior que fue sobreseído por las autoridades eclesiásticas más altas: «El sacerdote Béliz Franco Romero es, en resumen, tal vez, la peor inversión que ha hecho la curia en su propósito de preparar nuevos líderes. Que ya hizo bastante con ser excéntrico, etcétera, etcétera», murmuró Béliz Franco. Se sabía de memoria el informe: «...hereje... aberrante propuesta de que se declare a la Virgen diosa en paridad con su Hijo...si los cargos no fueran tan serios todo podría considerarse una comedia, comenzando con el ridículo nombre: Béliz. Un nombre que debería ser prohibido por la Real Academia de la Lengua».

Una vez más en el parque, con la esperanza de encontrarse con el ingeniero Altagracia, entre las siete de la noche, se sentó más o menos en el mismo lugar donde lo orinó. Cuando la luna cruzó el cenit encontró la botella caminera. A los pocos minutos yacía con los brazos en cruz y las piernas abiertas como si fuera el hombre de Vitruvio. Durmió catorce horas seguidas y se despertó sobresaltado al sentir el calor líquido de un perro de raza indefinida: tal vez un tanto pastor alemán, tal vez *husky* —por tener un ojo azul y el otro café— y otro tanto de *runa* local, que le orinaba con entusiasmo en la pierna.

—¡Ey!, párale, no me mees —le dijo. Esperó que el perrito se desocupara. «Debe ser el que le enseñó a Altagracia». Comenzó en ese momento una bella amistad.

Con el pantalón orinado, seguido del perrito que no se quería ir, compartiendo mendrugos, emprendieron su retorno a Naulacucho.

—Te voy a llamar Bonborfos, solo porque me gusta decirte esa palabra, que no es sino la expresión oral de lo que siento por ti. Me comprendes, ¿perro? Eres mi Bonborfos, Barfudos, Billudos, Fillois.

Bonborfos lo miraba con una oreja en alto y la otra gacha. Muchas horas después llegaron a las estribaciones de las montañas intermedias, casi al filo del chaparro. Al día siguiente habían cruzado hacia los valles laterales a más de dos mil ochocientos metros de altura. Al tercer día llegaron a ver las luces ralas de Naulacucho y, en la mitad, un espacio negro escondiendo las ruinas de su parroquia. «Todo criminal regresa a la escena de su crimen», se dijo.

36

Con lo que no contaba Béliz Franco, a su retorno a la parroquia de Naulacucho, era con la lealtad a la Iglesia —y a él también— del noble maestro de capilla, José Onésimo, quien visitaba los escombros de la iglesia como si las ruinas fueran un finado al que debía visitas periódicas. Patrullaba todo el perímetro para asegurarse de que nadie más intentara profanar el sitio sagrado. Habría impedido la desaparición del copón, la custodia y el cáliz, si hubiera podido anticipar que se podía cavar un socavón. Don José Onésimo, aunque vagamente esperaba volver a ver al cura entre los escombros, no pudo menos que asombrarse al notar el arribo del famélico sujeto de la barba hirsuta acompañado por un perro *runa*. No lo reconoció sino hasta cuando el desconocido compartió un pedazo de pan con el animalito. Fue exacto como el gesto de dar de comulgar a una persona en estado de gracia. No lo habría podido confundir jamás.

Prudente hasta el extremo, el maestro de capilla guardó su distancia. Sentía que era esencial preservar el espacio privado del personaje aquel. No dijo nada a nadie.

Béliz Franco Romero tomó posesión de una oquedad entre los escombros de la iglesia. Salía al monte con Bonborfos, cazaba conejos a los cuales los despellejaba con los dientes y los tostaba en una fogata. Como el perro no tenía paciencia para esperar, compartían la cena medio cruda. En alguna ocasión, escurriéndose entre matorrales, también robó un par de gallinas de la casa de Amaluisa; y con la curiosidad despertada por Altagracia, en un exceso de audacia y con la esperanza de descubrir el plan del teniente político, se metió al patio de atrás de su casa. Afortunadamente, no había gallinas. Se quedó contemplando el recinto, consciente de que si el teniente se despertaba lo mataría de un balazo. Examinó el lugar cobrando conciencia de que en algún cuarto interior o en la cocina misma, sobre el mesón, Ortiz de Huigra habría desnucado de placer a la esposa de Amaluisa, «a mi Dolores». Se imaginó que el extraño sabor que apareció en su lengua debía ser como el de la herrumbre.

Decidió deslizarse por la ventana. Adentro había luz que salía de otro cuarto. Podía ver que el cuarto estaba lleno de libros. Libros antiguos, ediciones de cuero, manoseadas y desgastadas por el uso. Alcanzó a ver unos títulos: *El Príncipe, Defensa personal, La mente del Ninja.* En una de las primeras páginas decía: *Ex Libris,* Convento de San Miguel Arcángel. Algunos los habrá comprado él mismo, no me puedo imaginar a las monjas practicando Karate, reflexionó. No le llamó mucho la atención. La articulación del lenguaje del teniente político desmentía su apariencia de «gente de pueblo» con los estereotipos de ignorancia. Parpadeó varias veces.

Un gruñido sordo salió de la dirección de la cama. Parado en cuatro estaba el labrador. Béliz Franco extendió la mano y el animal la lamió. Ya no se preocupó más del intruso y se metió otra vez al cuarto del teniente.

Béliz Franco se perdió en su sabor de herrumbre: acá la habrá arrancado el corpiño y ella desabotonado la camisa y desabrochado el cinturón. Acá el macho se habrá encabritado más, tal como los caballos de La Heredad. Se odió cuando percibió su propia excitación. Encontró una caja de madera tallada. Artesanías nacionales. La abrió con cuidado y distinguió un fajo de cartas envuelto con un lazo de terciopelo. Se lo metió detrás entre el cinturón y la cintura. Se dio la vuelta. En la entrada del otro cuarto, pistola en mano, apareció el teniente.

Estalló una luz que para Béliz Franco no tenía trueno.

Saltó por la ventana, alcanzó la tapia en el mismo instante en que el perro tascaba en la basta. Afortunadamente el pantalón se desgarró. El perro se quedó con parte del pantalón sacudiéndola y gruñendo enérgicamente. Salvó la tapia y cayó para el otro lado. Se incorporó con el corazón saltándole por la boca y echó a correr. Algo explotó en la tapia de adobe dejándole pequeñas partículas de barro bajo los ojos. No se detuvo. Un segundo disparo levantó polvo entre sus piernas. ¡Terror! Una vez que agotó toda la adrenalina, la falta de ejercicio se le hizo patente. El tercer disparo le alcanzó en el hombro apenas rozándole, pero fue suficiente para hacerlo girar de dolor y caer de bruces. Antes de que pudiera levantar la cabeza sintió la bota del teniente en el pescuezo.

—¡Mierda!, pordiosero, la próxima te mato.

Le tiró un par de monedas por la espalda, se limpió la bota con su pañuelo y se marchó para su casa.

¡El teniente político no lo había reconocido! «Tal vez, la flacura. Tal vez, la barba hirsuta. ¿Haber ido?, ¡qué idiotez!» Se incorporó, se agarró el hombro herido y notó que tenía la camisa empapada en sangre.

Recogió las dos monedas.

Comenzó a llover.

Se palpó la cintura, todavía tenía las cartas. Estaba claro, el teniente no le había matado porque no quiso. «Tiene un lado bueno o débil este teniente».

Cuando entró a su refugio de las ruinas, Bonborfos, de ojos impares, lo interrogó con ellos. «¿Hay algo detrás de tus ojos desiguales? ¿Aparte de amor? Sí, siento tu reproche pero es por ayudarme, claro». Levantó la cabeza y miró en su derredor.

Compartió su saco con su perro. El pelo de ambos estaba apelmazado. Enceguecido por el aguacero trató de mirar al cielo. Miró a su perro: él retornó la mirada. Se imaginó entonces que si el perro fuera artista le podría dibujar su rostro desde abajo, mirando hacia su quijada. «Difícil escorzo, quizás con muchos ensayos». Acarició la melena empapada.

Escampó.

Bonborfos tenía la manía de arrimársele al hombro y ponerle el hocico contra el cuello. Béliz Franco Romero, a modo de primeros auxilios, le rogó que le lamiera la herida del hombro. En esto estaban cuando el perro se detuvo y levantó las orejas. Béliz Franco, no muy seguro al principio, en seguida con mayor certeza, oyó el ruido típico de un pico y de una pala, horadando del otro lado de las ruinas.

Hizo una venda con tiras de la camisa que había escamoteado de alguna lavandería junto al río. La herida lucía limpia. Salió afuera y entre los matorrales, gracias a la luna, pudo ver resplandeciente el rocío en una tela de araña perfecta. La araña estaba todavía en su centro, negra como una frutilla malévola, esperando a algún insecto. Se sintió brutal rompiendo la filigrana y arrojando lejos a la araña. Con la tela hizo una especie de almohadilla que se aplicó a manera de emplasto en la herida. Eso, le había explicado Dolores, era lo que hacía la Caripiedra. «Seguro que esa mujer no despachó a la araña. En fin. La influencia de esa mujer está por todas partes».

***

Esa misma tarde, Ortiz de Huigra sacó la camioneta del taller de Andrés Vinueza luego de pagar al mecánico una suma que le pareció exagerada. ¿Por solo haber limpiado los *chiclores* y dado una enderezadita a las latas? Andrés notó la mueca y se sonrió socarronamente mientras con sus manos protegía el fósforo para prender su cigarrillo.

Ortiz de Huigra arrojó detrás del asiento un saco de cáñamo con sus «tesoros» de latón y partió hacia el norte. «Los vecinos del norte tienen plata», se dijo. Salió del pueblo, pasó por el puente que estaba rebosando de agua con los recientes diluvios. Pensó en la caída de la iglesia y las crecientes del río que periódicamente se llevaban a gentes y a los otros animales.

Recorría con su lengua el perímetro de su boca y carraspeaba por la sequedad de la garganta. Se acordó de la bella española: *María del Carmelo hubiera ordenado que me tatuaran un número en el brazo para no verme la cara.* Conforme se aclaraba el día su ánimo se ensombrecía. Cada desquite sería perfecto. Lástima, el cura había sido derrotado por los elementos y por el trago. Comenzó a morder distraídamente la reata de cuero de donde colgaba el crucifijo.

***

Béliz Franco se encontraba al otro lado de las ruinas. La luna hacía al boquerón aún más retinto. Ahora podía oír claramente: ¡rasp, rasp, rasp! De hecho la obra ya tenía algún tiempo dada la profundidad del túnel. Entonces todo se le hizo muy claro: *¡Las joyas enterradas! Las están buscando.* Desde el derrumbe de la parroquia nadie se había atrevido a semejante desacato porque el miedo al desquite divino, ilustrado con la muerte del licenciado Altagracia partido por el rayo, disuadía a cualquier ratero de intentar el latrocinio. Alguien, aparentemente con cero miedo a la divinidad, cavaba con una premura y, aparentemente, cero miedo a la divinidad. Se le vino la imagen de Ortiz de Huigra. En ese mismo momento, un hombre medio agachado salió corriendo de la cueva y, antes de que pudiera reaccionar, lo atropelló dejándolo sin aire tendido en el suelo. El intruso desapareció detrás de la tapia hacia el cementerio. Cuando el cura finalmente empujó la puerta herrumbrosa, la luna destacaba todas las cruces aunque la neblina comenzaba a deslizarse entre ellas. No quedaba rastro del presunto ladrón. Regresó a la entrada del socavón con un fuerte temblor en sus tripas. El jalón sutil de una sed conocida, de una invitación que parecía ser sin compromiso, lo incitó a dar el primer paso hacia la sacristía sepultada con las joyas y las damajuanas de vino.

A las ocho de la mañana, con el pueblo ya perdido en la distancia, junto al Mierdero como llamaban al lugar por sus continuos deslaves de fango azufroso, Ortiz de Huigra detuvo la camioneta. Del matorral en la orilla del camino salió Lucho con la ropa hecha jirones, cubierto de lacras de suciedad en los pies y en las manos, con estrías de sal de tanto sudar y haber cavado tantas noches hasta llegar a la sacristía. Le extendió el saco de yute y se quedó esperando. Ortiz de Huigra abrió el saco y comprobó con satisfacción que en efecto contenía el copón, el cáliz y la custodia de la iglesia.

—¿Y qué hiciste con las hostias?

—Mi mujer y yo nos comimos cerrando los ojos, ¿no ve?

—Bien, ¿entiendes que al comerte el cuerpo de Cristo quedas automáticamente incorporado al cuerpo místico del Señor? —se mordió el labio para no reírse.

—¿Qué es místico, *patrún*?

—Quiere decir que por artes ocultas, sin que puedas ver ni sentir ni tocar ni saborear ni nada, contra toda razón o evidencia... ¡olvídate! Vamos a lo nuestro. Bien, ahora lo que tienes que hacer es limpiarte, bañarte, regresar al pueblo, decir que vuelves del hospital y que ya puedes trabajar en tu *llacta*. ¿De acuerdo?

—De acuerdo, *patrún. Patrún, quia diacer,* la paga vea.

—Ya te dije, salgo a una gran ciudad al norte y allí vendo estas joyas y te entrego el diez por ciento, contante y sonante.

—Ni le entiendo ¿cuánto será? ¿Mil, dos mil?

—Carajo, no te pongas impaciente, roscón. Vendo las piezas, te pago y asunto terminado. Será harto.

—No me alcanza —dijo Lucho.

Por primera vez levantó la cabeza y miró al teniente político casi sin parpadear. Ortiz de Huigra dio un salto, encendió la camioneta y arrancó. El Lucho era ágil y joven y alcanzó a agarrarse del cajón, pero en la primera vuelta del camino se encontró con un árbol de guaba y allí quedó colgado, con la casi certeza de que nunca vería su paga. No podía ni siquiera denunciar al teniente: él, Lucho, había sido el ladrón. Esa combinación de elementos le provocó un sentimiento nuevo: se paró en la mitad del camino, rodeado de madreselvas, chilcas y zagalitas en flor. Se revisó los huesos del pecho, de la cara, de la garganta y lanzó su proclama: «¡Me pagarás, cabrón!».

37

Ortiz De Huigra necesitaba alejarse de todo y en particular de sus mortificantes fracasos. Quizás podría birlarle a alguien su dinero para financiar mejor un posible escarmiento de la bruja y recuperar a su amada. Intentó luchar contra la palabra «amada» *—yo no caigo en esta trampa de amar a nadie—*, negar esa añoranza que le roía el seso. Descubrió que su ánimo ya no tenía más «juerzas» para luchar contra ella. Apretó el acelerador contra el piso. A más de docientos kilómetros en territorio extranjero, encontró una caseta de un tal Don Braulio Cucalón con el inevitable letrero: *Tome Coca—Cola bien helada.*

Se presentó con una gran sonrisa indicando su nombre y su necesidad de aprovisionarse de gasolina.

—Cómo ha dicho que se llama —inquirió don Braulio—. ¿Clímaco a secas?

—Clímaco Ortiz. Mire, don Braulio, estoy sin dinero, aunque verá usted, señor, poseo unos documentos que valen mucho. Tengo aquí un pagaré negociable en cualquier banco. Usted lo puede hacer efectivo. ¿Ve? Aquí tiene, son miles y miles de pesos. Clímaco Ortiz de Huigra, para servirle.

Don Braulio hizo una pequeña venia de reconocimiento. No sabía ni leer ni escribir, pero entendía lo correcto y lo incorrecto de cualquier número.

—¿Ajá?

—Vengo a cobrar este dinero más al norte.

—Verá, Clímaco, primero su identificación y a lo mejor hablamos.

Ortiz de Huigra dejaría la camioneta a cargo de don Braulio como prenda en el caso «imposible» de que el documento no tuviera valor o la persona que tenía que pagar no pagara. Habían llegado casi a un arreglo por seis mil pesos, cuando Ortiz de Huigra pareció vacilar.

—¿Cuánto tiempo me queda para Cali?

Obviamente don Braulio había sufrido ya la mordedura de la codicia y exageró.

—Unas ocho horas.

—Bueno, con un poco de gasolina pudiera llegar. No sé.

—Su problema, don de Huigra, es que usted ya no tiene dinero. Por qué no me deja facilitarlo. Además, esa camioneta no llega. Cuando usted vuelva le devuelvo la camioneta reparadita. Usted agarre el autobús. Y arreglado. ¿Qué dice?

Chocaron las manos.

—Disculpe, don Braulio. Yo no le voy a mentir. Yo he conseguido algunas cosas, digamos como usted consigue «cosas» de los contrabandistas. ¿Nos entendemos?

Braulio cruzó los brazos sobre su panza.

Clímaco extrajo del saco de yute las relucientes piezas de plata y oro que Lucho había excavado. El hombre extendió la mano para tocarlas pero Ortiz de Huigra las retiró.

—Vea don Braulio, le doy estas joyas con lo que tiene absoluta garantía. Deme doce mil y se queda con las joyas y la camioneta como prenda.

—Esas cosas no hay como pasarlas, hay que fundirlas.

—Pues yo creo que el oro y las dos esmeraldas valen más que la camioneta.

—Tal vez. *Ummm*, es difícil deshacerse de todo ello como le dije. Mejor váyase y buen viaje.

—Está bien, le doy la camioneta y las joyas y usted me da diez mil —dijo mientras ponía otra vez las joyas en la bolsa de yute. La alzó hasta la altura de los ojos del gordo.

—Don Braulio, ahora o nunca...

Braulio examinó la bolsa, la apretó esta vez y sintió las piezas adentro. Miró a la camioneta.

Ortiz de Huigra ya comenzaba a levantarse cuando don Braulio se apresuró:

—Mire, le doy nueve mil pesos, ni uno más. Lo he visto como si fuera mi hijo. Me he compadecido de *usté*, ¿me entiende?

—Está bien don Braulio. Listos, apúrese que allí viene mi bus. Me voy a confiar en usted.

Depositó la bolsa con las joyas por un momento en la cabina de la camioneta, extrajo un sombrero y un maletín personal y partió con don Braulio a la caseta. Allí entregó el bolso con las piezas religiosas.

—No tenga cuidado —replicó el hombre y con el bolso y los documentos se dirigió hacia la vetusta refrigeradora, abrió la puerta, metió la mano y extrajo un fajo de billetes de entre libros apilados en las repisas de alambre. ¡La localidad carecía de electricidad!

***

Se subió al bus y apenas volteó la primera curva del camino se volvió a bajar. Había concluido que el «grueso» del dinero estaba en la refrigeradora y que si lograba robar ese dinero tendría más que amplios fondos para su plan. Decidió que necesitaba algún arma. Explorando un poco la maleza circundante, encontró un retazo de caña guadua que serviría bien para sus fines. Ya de noche emprendió el camino. Se deslizó por detrás de la caseta. La adrenalina le entrecortó la respiración. Avanzó hasta la ventana iluminada desde adentro por una luz titilante. El problema estaba en oír algo por encima de las chicharras. Mantenía la caña horizontal por arriba de su cabeza como lo hacen en las artes marciales. Sus sienes pulsaban. Entonces cimbró en sus manos el impacto del machetazo sobre su caña. Veloz giró en redondo. El acero, en un resplandor fugaz, rozó la caña y pegó de plano sobre el hombro del intruso.

—¡Maldito cabrón!, ya me figuraba que volverías —gritó don Braulio echando espumarajos que se quedaban enredados en el bigote entrecano— infernal granuja, me dejaste unas latas por joyas y tan campante te llevaste mi dinero.

Un segundo machetazo, más feroz que el primero, descendía sobre el cráneo del teniente. La caña paró el golpe aunque quedó medio cortada. Ortiz de Huigra reconoció la oportunidad. Con una pequeña torcedura de la muñeca remordió el machete y de un tirón lo hizo volar al otro lado del cuarto al mismo tiempo que giraba y pegaba con la caña en la cabeza entrecana. El gordo, con una expresión de asombro, se desplomó. Las chicharras continuaron con su rechinar. Ortiz de Huigra le dio de cachetadas para despabilarlo. El caído no respondió.

«Mierda, no puede ser, ¡don Braulio, despierte! No puede ser tan poco hombre y morirse así no más. Despierte ¡maldita sea!» Rompió un pequeño espejo, agarró un pedazo, lo aplicó a los labios del señor: creyó notar un tenue empañado del espejo. «¡Gracias don Braulio por no morirse!» Se dirigió al congelador. Allí estaba la caja de la cual don Braulio extrajo el dinero. Se acordó de las llaves de la camioneta y rebuscó al desmayado. Cuando Ortiz de Huigra arribó a su camioneta, el camino estaba desierto. Le había tomado demasiado tiempo asaltar al anciano. *Me estoy oxidando*, pensó. Acarició al fin la caja de pino. Con la mano derecha se palpó cauteloso la camisa. La tela de algodón tenía una mancha de sangre. El machete había golpeado más que cortado. «¡Mierda!, el cabrón pudo matarme. ¿Cuántas vidas tiene un gato? Se rió como loco. ¿Cuándo se acaba mi suerte? Siete vidas tiene el gato. Yo debo tener cien. Además, tengo el dinero».

***

Muchos kilómetros atrás, don Braulio abría los ojos. Sabía que había sido asaltado. No era la primera vez ni tampoco la última. Podría rastrear al intruso y eliminarlo. «Pensándolo bien, ya estoy demasiado viejo para estas cosas». Se sentó, se sonrió. «El instinto me previno. Este jovenzuelo se encontrará con su escarmiento...» Se buscó en el bolsillo de la camisa. Sacó una mota de mariguana de la mejor calidad, como solo vendían por esas regiones. Se echó en su hamaca. Se bajó el ala del sombrero y comenzó a fumar: «!Ah!, las ventajas de la astucia de los viejos contra los impulsos de la juventud».

38

A las siete de una noche, en su camioneta con solo una luz intensa, paralizando a las lechuzas del vecindario, llegó Ortiz de Huigra al pueblo de Naulacucho de los Arrayanes. Podía escuchar la música de la fonda con ese desplante tan mexicano: *Ya llegó el que estaba ausente y este no consiente nada...*

Se estremeció como si esa música describiera su trajinar. «Algo se ha aclarado dentro de mí», dijo examinando el moretón de su hombro. «Propósito, certeza de mi destino, frialdad en mi desquite. Ya no consiento nada». Se mordió los nudillos de la mano derecha al recordar que en algún momento se había referido a Dolores como «mi amada». «La voz de mi madre, ¿dónde está ahora que la necesito?, solo escucho palabras entrecortadas; se quiebra la comunicación». Se dirigió hacia su casa pero a medio camino salió una sombra de un callejón: «¡el Lucho!» Frenó a raya.

—*Patrún* cojudo, ahora has de hacer de pagar, *¡quis!*

Solo entonces Ortiz de Huigra notó la cuchilla recién afilada del machete. Los ojos de Lucho estaban encendidos. «Otro machetero, ¡lo que me faltaba, mierda! Me parece que este tampoco consiente a nadie». El olor del odio y la falta de baño le llegaron a Ortiz de Huigra como una vaharada de algún albañal.

—Te buscaba —dijo el teniente político—, qué bueno que nos encontremos, caray.

—Ya me va a palabrear, no, *patrún* cojudo, palabreas al albañil Lucho Ninahuilca, no esta vez. Sus palabras, *patrún*, rabo de lobo, mareas. No, ahora mismo, ni me importa, qué voy a darle haciendo, pero de aquí, lo que es, salgo con plata en mano. *Deganita* vais a hacer cortar cabeza, que de limpiar *nomás* la sangre. *Ña* de sangrar, que ni sangre así *ña* de tener, el teniente *políticu*.

—De acuerdo, tienes razón de cortarme la cabeza. Déjame que te explique: ¿te prometí o no que regresaría?

—Así *dijobs. ¿Quierdebs?*

—Pues estoy aquí. Te buscaba para pagarte.

Lucho respiró profundo. Miró por encima del carro y continuó hablando.

—No le digo, ya está *apalabreando*. Plata en mano, *¡Quisbis*! —escupió en la cuchilla del machete. Ortiz de Huigra notó, por primera vez, que Lucho tenía los ojos claros. Mientras lo veía, Lucho cortó el volante como si fuera hecho de madera de balsa.

—Esto, aviso nomás. Solo esta oportunidad para teniente, *ca* —dijo al retirar el machete.

Cuando se enfocó otra vez, Ortiz de Huigra ya no estaba en la camioneta. Lucho se lanzó en la dirección de la casa del teniente político. Llegó diez minutos más tarde. Jadeaba más de ira y ansiedad que de cansancio.

—Cojudo, cojudo, plata ya, te parto. Cojudo *patrún* de mierda, que *patrún* tuviste, vos para mí del todo zorrillo serás.

Arremetió a machetazos contra la puerta haciéndola saltar en astillas. Sintió una punzada y comenzó a sangrar del hombro, pero siguió dando machetazos a las astillas hasta que su sudor parecía una gotera. La voz serena del teniente a sus espaldas le paralizó.

—Acá tengo este juguete. Es calibre 38. Te sugiero que te sientes y me oigas ¡que te estoy hablando!

El perro labrador asomó meneando la cola y fue a olisquear a Lucho, quien giró un poco la cabeza pero no alcanzó a distinguir al teniente porque vestido de negro era casi invisible. *Además, el teniente tiene fama de ser gran tiro. Me mataría como a un pericote*. En realidad, ya no le importaba. Levantó el machete y se abalanzó hacia la voz, pero no alcanzó a ver el fogonazo ni el trueno que aturdieron sus sentidos. «Me ha muerto. Muertito soy. Qué cosa, así *nomás* ha sido de morir». A continuación exclamó: «¡Chuta! ¡Me ha muerto! ¡Muertito soy y tengo mujer y guaguas!»

La luz se encendió. Sobre el piso estaba Lucho encorvado y de rodillas, agarrándose la mano derecha con la izquierda y con el machete caído en la distancia. Ortiz de Huigra recogió el machete y le dio de plano sobre la nuca, como si fuera más una raqueta que un cuchillo. Lucho lanzó un pequeño gemido y se desplomó. Más tarde, sin abrir los ojos, se palpó el cuello para asegurarse que no había sido separado de su cuerpo.

—Te he vendado esa mano. Creo que la bala te raspó los huesos. Necesitas hacerte ver. ¿Trago?

Le extendió un vaso desbordando el aguardiente casero que vendían en el *Sumidero de las Penas*. Lucho agarró el jarro con tal temblor que desparramó la mitad en su pecho. Bebió aquella punta y otra más y aún otra más.

—Lucho, te voy a pagar lo que te prometí.

Le entregó, con una mueca de repugnancia, una cuarta parte de lo prometido. Lucho frunció el ceño, sacó los dientes un poco, dobló los billetes, se los metió en el pantalón y eructó ruidosamente hediendo a trago.

—Lucho, te estoy dando un montón de plata, conque aguántate las ganas de seguir jodiendo hasta que las cosas se arreglen. En general, lo que quiero que hagas es que siembres la cizaña.

—Ni le entiendo, *patrún*.

—Olvídate. Lo que quiero es que hables con la Miguela y le hagas notar todo lo que pierde por ser pasiva. La curandera se lleva sus ventas, su dinero, sus hijos y hasta al marido. Preséntalo como si fuera una queja, no como si la quisieras convencer. A ver, practiquemos.

Practicaron la conversación con la Miguela hasta que el teniente político estuvo satisfecho.

—¿Crees que estás listo?

Lucho asintió.

—Ahora vete con la Moscosito. Ella tiene el dispensario médico, te ayudará con la mano. Mañana por la mañana te espero para conversar, no aquí, sino donde nos encontramos la última vez, en el camino, cuando salí para el norte. No te olvides, si te olvidas, te destapo los sesos.

Ortiz de Huigra descubrió su herida en el hombro. No tenía mala cara. Decidió no ir a ver a la Moscosito.

Al día siguiente, a las ocho de la mañana, en las afueras del pueblo donde nadie los veía, se encontraron y el Lucho recibió sus instrucciones: dinero para animar a las cabecillas y asegurar un grupo de resueltas para iniciar una gran marcha y hacer huir a la Caripiedra. Ortiz de Huigra observó:

—Estos son los últimos dineros que me dio don José Onésimo —mintió—. Así que sigue las instrucciones al pie de la letra. ¿Entiendes? Leyeron juntos las instrucciones y aclararon todos los puntos y pormenores.

Retornó a su cuarto no sin antes maldecir a Lucho. En fin, tenía el dinero de don Braulio. Además, tenía la caja con la fortuna del anciano. «Ojalá no haya estirado la pata», dijo con un temblor a pesar de su aparente indiferencia. Se dirigió a su talego, extrajo las joyas de la parroquia que permanecían intactas. Puso la caja sobre la mesa, acarició al labrador y sacó el primer fajo. El labrador se arrimaba contra él reclamando más atención. «Mi amigo pelambrera, ¿no ves que estoy ocupado?» Peló el primer billete de veinte pesos y se detuvo. Debajo había solo recortes de periódicos. Rebuscó, con manos húmedas, un fajo del fondo. El resultado fue el mismo. Solo la cubierta de cada fajo tenía un billete. El truco más antiguo del mundo. Miró perplejo la caja y se comenzó a reír a carcajadas hasta que ya no pudo más porque le dolía el estómago. Se abrazó del perro y le dijo: «De hoy en adelante eres Braulio, porque eres tan listo como el vivo ese que engañó al engañador».

TERCERA PARTE:

LA BRUJA DE RUMIPUNGO

La tomé de las dos manos con mis dos manos. Noté la mugre debajo de sus uñas. Un hilo de sangre sobre los labios mezclado con la tierra del cave de papas. Todavía tengo el sabor de sus labios y su tierra.

Del puño y letra de don Alfonso
en la pared sur de su dormitorio

39

Vestido de gris, en un inmaculado traje de tres piezas, flaco y refinado, con la calva cubierta de minúsculas gotas, el bigotillo blanco con un trazo de amarillo cerca de los labios para hacer juego con los dientes del mismo color, el cigarrillo de envolver entre el índice y el pulgar y en la otra mano su sombrero, se detuvo frente a la taberna del pueblo. Era la primera vez que el señor de la Heredad se acercaba al *Sumidero de las Penas*. Cruzó el umbral. La Moscosito no podía distinguir el rostro en el contraluz aunque el estilo y elegancia le dijeron de quién se trataba.

—A ver mesonera del mesón, extiéndame un whisky doble y sí, échele un par de hielos... y limón —demandó el recién llegado.

La mujer frunció el entrecejo.

—Lo que usted diga, don Alfonso. Estoy solo para servirle. Aquí no vendemos esos adefesios. Ni se haga el pituco conmigo ni hable como afuereño que de aquí *nomás* es.

La Moscosito, de facciones regulares y piel muy tersa a pesar de sus cincuenta y tantos años, desplegó una sonrisa con un premolar de oro. El caballero se quedó con los labios entreabiertos y las manos un tanto crispadas sobre su sombrero de hongo. Giró el sombrero, examinó el recinto, frunció sus labios como cuando se está a punto de pasar un juicio severo, se encogió de hombros, dejó el sombrero descansando sobre el mostrador y extendió el brazo apenas tembloroso para dejar las cenizas en un vaso abandonado. La tendera empujó un cenicero hacia el caballero.

—Está bien, un aguardiente quema tripas. Digamos su guarapo fermentado, las puras puntas.

Hizo un gesto despectivo con la mano.

—¿Le parece mi quema tripas casero?

Don Alfonso repitió su gesto despectivo y, entre volutas de humo, murmuró «guarapera».

La Moscosito le llenó un frasco de boca ancha con su mejor trago.

En un rincón de la fonda don José Onésimo con los ojos extraviados, tal vez rememorando a los muertos de la parroquia, la desaparición del cura, la presencia de una cuenta cuentos y toca músicas como la Caripiedra y sus mañanas solitarias en el mercado sin su amigo el caballero don Alfonso, deslizaba sobre la mesa, en círculos, su vaso lleno de aguardiente y dos palos de canela. Por eso mismo se incorporó atónito al reconocer al recién llegado. Don Alfonso en la barra acariciaba el frasco de aguardiente. Irguió la cabeza y entre el humo de su cigarrillo, la fragancia de las «puntas» y sus ojos llenos de redecillas rojas, pareció hurgar en la distancia más allá de las paredes de la fonda.

Don José desde su esquina, absorto en su amigo, levantó su propio vaso de aguardiente y él, que rarísima vez bebía, se trastornó distraído el trago, parte en su boca y el resto en su pecho y en la mesa. Se insultó por lo bajo por su torpeza en el mismo momento en que don Alfonso decía:

—Mujer, dicen que aquí se ahogan las penas.

Don Alfonso se las arregló para tumbar su frasco sobre el mostrador.

—No se preocupe, ahora limpio. Las penas se ahogan mejor en el río. Igual, a veces reflotan y acaban por terminar en la orilla del mismo que las arrojó.

—Yo traigo molones que se van al fondo, mujer, y me arrastran con ellos pero sigo vivo. ¿Podrán tus tragos disolver, desamarrar esta cuerda que me ata a esta vida que no quiero?

—Oiga, don Alfonso, ¿por qué tanto drama? Usted mi bonito, no se angustie. Mis puntas con su jarabito de papaya y mango le van a sentar para que eche al sumidero tripas, lamentos y quereres. Y se quede al *airito*.

Don Alfonso levantó la mirada y observó esa cara tan hermosa de mujer madura curtida de tanto enfrentar adversidades.

—¿Papaya? Eso me suena a un susurro por cada suspiro. ¡Papaya! ¿Qué quieres, que truene todo de prisa, aquí, al apuro y encima vomite mis penas? ¿Me estás tomando el pelo, tenderita?

—¿Qué más da? —dijo mostrando su diente de oro—. Pues aquí usted caga sus penas o las penas le cagan a usted. Tome su papaya con puntas. Hábleme de una vez ¿qué le estriñe tanto?

—Constriñe dirás... Está bien, ríete de mí. Que buena falta me hace oír risa —mostró los dientes amarillos. La Moscosito tuvo la singular impresión de que intercambiaba ideas con una careta hecha de papel molido gris y sin pintar. Se puso seria, se inclinó sobre el mostrador en una pose reveladora a la vista del anciano. Don Alfonso se pasó la lengua por la base del bigote mientras, sin fijarse, envolvía interminablemente su siguiente cigarrillo.

—Dígame usted, don Alfonsito...

—Como te explico, no he podido hacer lo que recomendó el poeta: «Mira si soy desprendido, que ayer al pasar el puente eché tu cariño al río». Para el poeta el cariño era una hoja, para mí una piedra de molino.

—Mucha fantasía y poca realidad, don Alfonsito. Y ya ve, las fantasías pesan más que la realidad sobre todo en las noches cuando entran las urgencias.

Don Alfonso subió y bajó la cabeza.

—¿Fantasía? Te seguiré hablando aunque en realidad necesitaría tener de contertulio aquí mismo, en este taburete, a un Sancho Panza de cuando al fin perdió la cabeza y se hizo cuerdo al creer en sus fantasías. Ves, él podría conversar conmigo de mis locuras. Tal vez tú estás demasiado cuerda, demasiado real, demasiado concreta, demasiado práctica, demasiado aquí y ahora demasiado útil, demasiado servicial para poder escuchar a un perfecto inútil como yo. No me entiendes las palabras, aunque por algún lado barrunto que tú comprendes mi dolor y el significado de mis desvaríos, mi querida moza del mesón.

Inhaló una larga chupada, dejó que el humo saliera muy despacio por sus ternillas, miró entre las dos columnas blanquecinas y prosiguió.

—Cuarenta y más años, he perdido la cuenta, de intentar ahogar una pena. Una pendejada de pena si la comparamos con la angustia causada por el derrumbe de esta parroquia. Lo mío es pues algo que no merece ni siquiera una hojeada. Los quejidos de un burgués sin tener nada mejor que hacer. Sí, mujer. Me casé muy joven, rico y despreocupado... ni tan despreocupado, pero eso solo lo sabía yo porque lo llevaba muy por dentro... Su familia tenía mucho dinero... y la mía también. Lo que se dice, al menos para mí, un matrimonio de conveniencia. Si bien mi cuerpo estuvo en la iglesia y habló en mi nombre jurando fidelidad, amor y respeto, mi alma en pena estaba junto a la *longa* que hedía a tierra y sudor después de un día de siembra.

La Moscosito produjo un chasquido con la boca.

Entretenida con algo en el lavabo regresó a ver y por encima del hombro le dijo:

—Me va a contar el cuento del joven hacendado que hace de una muchacha su juguete y luego se deshace de ella con hastío. Y aunque la quisiera un poco: ¿cómo iba a perder su posición social, verdad?, etcétera, etcétera. ¿No es así, don Alfonsito?

—¡Ni comienzo la historia y ya me jalas la cadena! Mujer, ¡déjame terminar! No entiendes, no es como dices, no era un juguete para mí: este «mi cuento» me come vivo, día y noche. Es lo que se dice en inglés: tengo *regrets*.

—No se haga el afuereño conmigo. Le entiendo, la *longa* le hizo oler, como se dice acá.

Don Alfonso hizo un aspaviento con la mano para indicar que la vulgaridad le ofendía.

—*Regrets*... en francés *regret, regretter*. Es sentir el gusano que roe. ¡Dame otro trago mujer!

—Lamentarse querrá decir, hable buenamente, *qués*.

Don Alfonso se encogió de hombros. Se agarró la cabeza con ambas manos y la comenzó a menear de izquierda a derecha.

— Ella cortaba el trigo. Yo llegaba a caballo y los peones, inclusive los más antiguos, las ancianas que preparaban la comida y hasta los niñitos, a pesar de yo ser tan joven, se levantaban y a coro decían: «Buenas tardes, su *mercé* patrón». Me inclinaba ligeramente y tocaba el ala de mi sombrero. Ella no, no decía nada, con una gavilla entre las manos, me miraba con sus ojos de capulí, con una altivez que detenía inclusive a mi caballo. Su insolencia me perdió.

—Claro, sigue el cuento de siempre... no me ha dicho nada nuevo.

Don Alfonso hizo una mueca de impaciencia.

Volvió a chupar a fondo su cigarrillo de tal suerte que la punta se puso vívida. La tendera, conocedora como era del corazón humano, atrapó con sus manos el cráneo de don Alfonso como si se tratara de un huevo de avestruz. Con los pulgares le untaba el sudor entre los pelos ralos.

—Cálmese, don Alfonsito, su historia es más vieja y conocida que la de Matusalén y su chivo.

—¿De qué hablas mesonera?

—No me haga caso, me inventé eso.

Don Alfonso gruñó un «jmm». Retiró las manos de la Moscosito.

—Luego de unos meses, quizás más, se disipa mi memoria... yo no había siquiera tocado a mi «porcelana» de Sevres. Qué sé yo, me inventé excusas: que se trataba de una infección o que no la tocaba porque no quería dañarla, que todo era cuestión de tiempo, que no se afligiera... que la adoraba. Que todo a su tiempo, que confíe en mí. Que cuando estemos listos yo le sabría dar la pauta.

La Moscosito se sonrió.

—¿Que le iba a dar qué? —dejó ir la cabeza del anciano.

Don Alfonso parpadeó varias veces confundido, frunció el entrecejo y cimbró la cabeza. La Moscosito alivió la súbita tensión volviendo al tema:

—Y ella le aguantaba...

—Bueno, tienes que entender. Seguramente su capacidad de pasión fue atenuada por años y años de la «humedad» religiosa que reinaba en su casa.

—Una niña muy protegida... Si era de porcelana mal le pudo dañar la humedad —sonrió la mesonera.

—Olvídalo, era una alusión metafórica. ¿Qué no entiendes?, ¿serafines, bellísimos, vaporosos, impalpables, al fin intocables?

La mesonera se encogió de hombros. *Usted tampoco entiende mi chiste*, pensó.

—¿O sea que quería más el horneado que el pan blanco? Lo de la indígena insolente. ¿Otro trago?

—Eres una salvaje, Moscoso. No, espera con tu trago. Mi pan blanco... Estuve a punto de contarle todo. Total, me quedé callado. Intenté hacerle el amor pensando en la *longa* pero el olor de su piel la desmentía.

La Moscosito asintió.

—Sí, el remordimiento... *regretter*. Ocurrió que mi esposa, una tarde en que desde la azotea mirábamos ponerse el sol mientras tomábamos té con galletas, me miró más largamente que antes, lo que reveló su enorme corazón palpitando dentro de ese receptáculo de porcelana: «No te afanes más, Alfonsito» —me dijo—, «no tienes la luz en los ojos ni la sonrisa que yo esperaba fueran exclusivamente para mí, ¿se trata de una dama?». Cuando yo lo negué, ella empalideció pero no perdió su compostura.

—¿De una *longa*?

Don Alfonso usó una servilleta para contener otro acceso de tos. Sin cambiar de postura continuó:

—Yo me quedé callado. Angélica debió haber sido su nombre. Me aproximé más que en cualquier ocasión desde nuestro desventurado matrimonio hasta descubrir el azul extraordinario de sus ojos y sin pensarlo, estúpidamente, le dije: «Hermosa... no te han robado tu marido, tu marido ya llegó robado al altar»; fue la *fermosa* labriega...

—Se habrá quebrado como un cristalito.

Don Alfonso negó con la mano.

—Seguía pálida como una muerta. Serena, se levantó y me dio un beso en la mejilla. Esa misma noche salió en la berlina. Como un sonámbulo vi pasar los cuatro caballos por encima del puente sin atinar a distinguirla detrás de la celosía. Mujer, no intenté retornar con mi esposa ni tampoco inicié un juicio de divorcio.

Quince días más tarde, su hermano menor se asomó por mi hacienda. Sí, La Heredad, colindante con Santa Rosa. Era jovencito, dieciocho o diecinueve años tal vez, no veinte, veinte no. Oí que gritaba desde el patio, las manos como un megáfono: ¡Maricón, sal acá! ¡Dejaste a mi hermana y a mi familia en el altar de Dios! Juraste fidelidad, maricón, fidelidad en el altar delante del Dios Vivo. ¡Te haré cumplir el juramento o te daré muerte!

Espié por la ventana y noté que el chico temblaba de rabia mientras manoseaba de arriba para abajo su escopeta. Un muy mal estado anímico para estos lances. Además, había el detalle de que yo era campeón en mi club de tiro. Sí, un pasatiempo. Como venía él con la escopeta me figuré que cada cual peleaba con sus propias armas. Así que tomé mi revólver histórico, un Colt 44, nada menos que un *Peacemaker* como le llamaban en el Oeste. *El que hace la paz.* El revólver de Burt Lancaster como Wyatt Erp en el OK Corral. Una película basada en una famosa historia de Arizona. Ah, también tenía mi sombrero, un legítimo *Stetson*, fieltro negro, igual que el de Lancaster. Me sentía todo un *sheriff*. Solo me faltaba la estrella de metal en el pecho. Ése sí que era un macho...». Don Alfonso se detuvo pensativo.. La Moscosito lo apretó un momento por las sienes como para regresarlo a su historia. Él chupó su cigarrillo usando la nicotina como combustible para continuar.

—Al tocar el frío y sentir el peso del arma, mi brazo y mi cuerpo se templaron, salí a enfrentar al pobre muchacho. Tenía ojazos azules, como su hermana, y si me permites, Moscosito, era en realidad aún más bello que ella. ¡Yo no podía estropear esta obra de arte! Su pelo castaño estaba todo alborotado por la brisa de la tarde y sus labios rojos eran también como los de mi esposa. Contamos los pasos reglamentarios y, sin otros testigos que la pareja de *huasicamas* de la misma familia que había cuidado la casa por generaciones, aunque no tenían la menor idea de lo que estaba ocurriendo, le invité a que disparara primero. Yo esperaba que atinara y que me matara. La idea de que lo hiciera de un solo escopetazo, de hecho, me llenaba de júbilo. No más amarguras, no más *regrets*. El cañón de su escopeta trazaba pequeños círculos en el aire. Al fin apretó el gatillo y se escuchó un seseo cuando el arma comenzó a humear. El chico examinó su escopeta y en ese mismo momento una tremenda explosión ocurrió en sus manos. El cartucho finalmente se había disparado y el chico yacía en el suelo con la cara tiznada, aterrado, sin mayor daño y la escopeta a su lado. Intentó agarrarla, se puso en cuatro y yo sin moverme de donde estaba disparé mi *Peacemaker*. El balazo alcanzó su escopeta en la cacha de madera y la hizo saltar de sus manos. Caminé hacia él. Yo solo veía dos círculos azules cada vez más grandes, llenos de odio, venganza, terror y despecho. No pude dejar de volver a reparar en esos labios rojos.

Nuevos temblores sacudieron al anciano.

—Le dije: «¿Me venías a matar por traicionero, por desertor y cobarde?». Paré de hacer preguntas súbitamente aterrado de lo que estaba diciendo. El chico tenía toda la razón. Era exactamente, radicalmente, toda la verdad. ¡Todo eso era yo! Levanté mi *Peacemaker* y el chico me dijo: «Por favor, no así. Deje al menos que me pare». Asentí con la cabeza. El chico se paró, las lágrimas se le habían secado. Le indiqué, mirándole entre los ojos, dónde se me antojaba ponerle la bala. ¿Cuántos años tienes, cabroncito? Creo que me contestó: «diecisiete», no recuerdo bien. Su voz no temblaba. Su cuerpo estaba casi relajado. «Te admiro», le dije. Con esto levanté el arma por encima de esos labios que ahora estaban trémulos. Me acerqué aún más y, para mi absurda sorpresa y la del chico, le atrapé sus manos detrás de su espalda y apreté mis labios contra los suyos. El chico no ofreció la menor resistencia. En lo que me pareció un siglo después, lo dejé ir con el sabor de su terror y su sorpresa en mi boca. «Eso es para tu hermana, le dije, no te confundas».

El *huasicama* lo subió en un caballo y fue guiándolo, según me dijeron, hasta la propiedad de su familia. Ni a él ni a mi seráfica esposa los he vuelto a ver.

Don Alfonso suspiró, se dobló sobre el mostrador y arrastró el vaso de licor hasta sus labios. Se quedó así varios minutos.

—Apenas cinco horas después comenzó mi victoria pírrica, si sabes de ¿Pirro? Sí, el famoso rey de... ¡Ni qué hacer!, olvídalo.

Don Alfonso no levantó cabeza sino que continuó contra el mostrador:

—Mi victoria, poco a poco, se fue convirtiendo en derrota. Mi explosión de adrenalina se trasmutó, como todo lo demás que ocurría alrededor del tema de mi seráfica esposa, en otro horrible remordimiento.

La Moscosito extendió su brazo derecho y, distraídamente, recorría con sus dedos las salientes de las vértebras del señor.

—Regresó entonces con su *longa*, claro.

—No, no regresé. Me trencé con una botella de aguardiente. Trastornado hice planes para reparar algo del daño. Primero decidí pedir perdón a mi esposa y, por supuesto, dejarla libre con la anulación o el divorcio. Entonces iría a reunirme con mi *longa*, si ella me aceptaba todavía. Lo haría, no por remordimiento o por algún sentido abstracto de justicia como en la obra de Tolstoi, *Resurrección*, no, mi querida mesonera, ¡no!, yo lo habría hecho por amor. ¡Por puro amor!

—¿*Puritico* amor? No joda, don Alfonso. Ni le creo, los años pasan. La rutina... ¿Qué?, ¿no ha oído *que la piedra se desmorona y el cal y canto falsea, no hay amor que dure mucho por más constante que sea?* ¡Dígame!, que tengo ganas de reírme —pretendió suplicar la tendera con la sonrisa del premolar de oro.

Don Alfonso continuó como si no hubiera sido interrumpido.

—Decidí empezar por mi *longa*. De hecho tomé un bus para ir un poco de incógnito porque mi *Land Rover* era demasiado notorio. Inclusive me puse el atuendo apropiado, poncho y todo. Digo... para la antigua hacienda. ¿Sí te dije que era la hacienda Santa Ana que por el otro lado del cerro es colindante con La Heredad? Santa Ana y La Heredad ¿verdad? No te puedes imaginar, Moscosito, cómo me embargaba la emoción, la anticipación y la excitación al pensar que la iba a ver otra vez —se detuvo antes de continuar— pero, imposible que me creas mesonera, al mismo tiempo el recuerdo de mi esposa desdeñada se subió conmigo al autobús. Llegué al pueblo, yo todo un paisano de piel blanca y algunas pecas, a buscar a la Joaquina. Le di mis razones al cura quien me dirigió a su asistente: una anciana sin dientes, con la lengua crónicamente saliéndole entre las encías y tan llena de arrugas que no podía ver sus ojos. «Ah», me dijo, «me sospecho de quién está hablando. *Usté* creo que habla de la Joaquina. Tuvo una niña tan o más bella que ella misma». Me quedé ansioso esperando más detalles. «Ella vive con su hija en una *llactita* que le facilitaron los de la comuna para construir su choza. No muy lejos de la orilla del río. Creo que la niña se llama algo como ¿Ariela?, ¿Marcela?, tal vez Graciela».

Me eché a temblar: si en efecto aquella Joaquina era mi Joaquina y ella tenía una niña de edad escolar, era muy probable que yo tuviera una hija, mire usted, doña Moscoso Mesonera. ¡Una hija, indígena nada menos! ¡Qué impresión! La mamá media sangre, yo pura sangre, la hija tres cuartos. ¿Así salen las cuentas? Sentí a pesar de mis escrúpulos sociales una alegría extraña que me invadía todo.

La Moscoso le limpió la cara y le sonó las narices con el mismo trapo que acaba de limpiar el mesón.

—Me habló de un «arrimado» advenedizo y brutal. «Si va con la Joaquina», me dijo la anciana con su lengua saltona, «el bruto ese, digo el arrimado, es pegón pero mariquita. Saldrá corriendo, ya verá, y usted...» Me hizo un guiño como diciéndome: «¡Sí, le entiendo, joven! Sea macho, haga lo que hace un caballero». Putas me dije y ahora ¿qué hago? Inmediatamente mi lado de señorito se trepó a la tarima y con grandes voces me gritó: «Idiota, Alfonso, vas a perderlo todo por la *longa*. No solo eso sino que la *longa* no te quiere. ¿No ves que ya tiene amante? No seas pendejo». Como era de esperarse, al final me alejé del pueblo. Aunque te parezca absurdo, el rostro celestial de mi mujer también se interpuso en mis decisiones—indecisiones y en lugar de remar me dejé llevar por el río. Perdona que mezcle tantas imágenes. ¿No te acabé de hablar del río, de la piedra de molino, de la hoja que flota, de la piedra que se hunde? ¿Del recuerdo de mi mujer que se subió conmigo al autobús?

—Sí, el fantasma de la muchacha de porcelana era su perseguidor y su excusa para poder abandonar a la *longa*. En ese momento la vio radiante. Se le antojaba más las delicadas dendritas de una medusa madrina iluminada desde adentro. Era una aparición gelatinosa que se conformaba al recipiente de sus ilusiones.

Don Alfonso se enderezó electrizado:

—Mesonera, mesonera, ¡pardiez!, como decía mi tatarabuela con acento no castellano, sino de alguna comarca local, ¡pardiez!, que hablas con pico de oro. No puede ser, ¿te lo inventaste?

—Por supuesto que no me inventé, ¿le lleno el trago?, el baño está detrás de la pared de ese lado. Por supuesto que no, me lo aprendí de memoria de un folletín llamado «La belleza de lo cursi» que alguien me encargó.

—¡Gracias a Dios! Por un instante me habías aterrorizado.

—Don Alfonso –continuó la Moscosito—, la verdad que todo me parece muy complicado. Si la quería se hubiera ido con la *longa*, de lo contrario todo era una pantomima. Vaya, ¡qué lindo! Un amor de *puriticas* palabras, ¡*quesbs*!, ¿no ha oído que se dice «obras son amores y no buenas razones»?

—No, lo que pasa es que mi cobardía era aún más grande que mi amor.

La Moscosito hizo una mueca de incredulidad.

—Es fácil amar a las sombras. Yo no sé si quise a nadie. Nunca tuve tiempo. Tenía que trabajar. Un día me encontré casada. Al siguiente abandonada. ¿Sabe? Ni he tenido ni tengo tiempo para trageditas.

—Sí, en efecto, soy un señorito burgués y sin espinazo. Con todo el tiempo y dinero del mundo para financiar mi tragicomedia. Todo he pagado en efectivo: mi vida entera es un *regret*.

El anciano tembló y salpicó aguardiente sobre el mesón.

—No, yo la quise, no es cierto que fuera un juguete. ¡Mientes mesonera! Dame un campito. Recuerdo horas y horas con ella llenas de ternura. Acúsame de cobarde mas no me digas que no la quise.

—Sí, don Alfonsito, allí anda en lo cierto. La ternura permite que el amor madure y que no se pudra.

Ternura para preservar el amor... —pensó la Moscosito y añadió entre dientes: «¿Cómo será *esobs* de que un hombre le trate a una con ternura?».

Levantó la cabeza y se quedó enfocada en la boca del anciano y su bigote. Vio moverse los pelos y cayó en cuenta que don Alfonso hablaba.

—¿Sabes?, Lord Tennyson me sugiere lo siguiente: *I hold it true, whate'er befall; I feel it, when I sorrow most; 'Tis better to have loved and lost; Than never to have loved at all.*

—Y eso, gringo, ¿con qué se come?

Don Alfonso seseó: «Te digo, mesonera, que no importa lo que ocurra en la vida, al término, es mejor haber amado y perdido que nunca haber amado».

Pasaron varios segundos en que los dos se miraron sin saber cómo continuar. La Moscosito, repentinamente, decidió que necesitaba enjuagar un vaso. Tomó el vaso y en el mismo tono de don Alfonso, murmuró:

—Quizás usted nunca perdió.

El lado práctico de la mujer había salido al paso:

—No me joda. Ni la Joaquina se murió. Usted salió corriendo. Regrese un poquito antes: ¿Don Alfonsito, en qué terminó su esposa?

—Sí, pierde el que no se asoma a la batalla... Bueno, ahora te cuento —dijo el anciano arremangándose y limpiándose la nariz en la manga. La Moscosito le ofreció el trapo demasiado tarde.

—No, nunca hice nada por la esposa legítima. Se pasaron los días, se pasaron los meses. En total me pasé casi dos años al garete sin poder empuñar los remos. Ocurrió que en un hotel de mala muerte, una tarde en que procurando el olvido había encallado en las ancas enormes de una joven costeña, me llegó un telegrama de mi hermana mayor, mi hermana única en realidad. ¿Sí sabes que es finadita?, ¿mi hermana? ¿Sabes? No me preguntes cómo me llegó el telegrama, no jodas, no jodas la historia con tu lógica de mesonera.

La Moscoso asintió sin poder esconder su rostro risueño.

—El mensaje decía: «El delicado estado de salud de tu joven esposa». Entonces, entendí el eufemismo: *Dicen que murió de frío..., Moscosito, yo sé que murió de amor.*

—Todo es pasado –le susurró la mujer al oído.

—En efecto, Moscosito. ¿Sabes, mujer? Me escondí en los bares, pero su espectro, el de mi esposa, sus pulsos de virtud, su néctar se elevaban impalpables de la botella de aguardiente. *La adoraba,* absolutamente *la adoraba,* ¡sí, a mi esposa muerta!, *con tal de no verla.* ¿No estoy desquiciado? ¿Sabes qué?: con el tiempo la imagen de la esposa desapareció totalmente fundida en el cuerpo, el aliento, el color, los ojos, la altanería, gracia y voracidad de la *longa* Joaquina.

—En todo caso lo que vivió es pasado —insistió la Moscosito.

—Ni siquiera me he atrevido a colgarme de un árbol. Lo he considerado. Una vez inclusive llevé el cabestro...

—Don Alfonso, don Alfonso, calle.

La ignoró. Notó el dedo índice bien torneado de la Moscoso. Una mano de artista. El anciano tomó otro sorbo viendo el residuo arenoso en el fondo del frasco. La Moscosito le miraba con una mezcla de extrañeza y dulzura.

—Usted es poeta o qué mierda. Escuche bien, le digo aquí mismo, en nuestro mismísimo pueblo vive una mujer que en cierta ocasión dicen que... bueno —volvió a bajar la voz para que el anciano pusiera más atención— ella resucitó a una muerta. Ella le podría resucitar a usted, en un por si acaso.

El viejo se incorporó recuperando por un momento su dignidad:

—No has entendido mi historia, Moscosito.

Al escuchar esa voz, esa voz de barítono, clara y autoritaria, la Moscosito pareció cortarse. Don Alfonso parpadeó varias veces, levantó el vaso y con admirable ritmo y sorprendente entonación elevó las estrofas del pasillo:

—*Yo llevo en el alma una amargura.*

A lo que la Moscosito ágilmente contestó:

—*Dolorosa espina que me mata.*

Don Alfonso se echó otro trago.

—*Y es que tu partida me tortura.*
Y en silencio lloro mi dolor.

E inspirados por la música y por el compartir una misma cultura de añoranzas, continuaron con todas las ganas del mundo hasta el final.

—*Quiera Dios que vuelvas algún día*
para poner fin a mi tormento.

Don Alfonso miró su vaso de licor, examinó sus huellas digitales impresas en el vidrio. La Moscosito le volvió a limpiar las narices con el mismo trapo.

Había sido un encuentro insólito entre los dos: como si se hubieran chocado al dar la vuelta una esquina y entre ellos quedara, fusión de sus pasados y sus delgados presentes, solo un ser de dos cabezas cabizbajas. La Moscosito, contra sus propias reglas del mesón, vertió la botella de aguardiente y se tomó sin pausa un vaso entero. Se levantó y abandonó a don Alfonso.

Cuando don José Onésimo notó que el anciano no podía ni levantar el vaso, decidió acudir a su lado aunque demasiado tarde: don Alfonso, se puso en pie, giró sobre talones, rebotó en el taburete y cayó al piso. Hacia el atardecer, don José Onésimo entregaba el cuerpo exánime de don Alfonso en la casa solariega de la hacienda La Heredad. Allí lo recibió la señorita Socorro. Claro, llamarían al doctor inmediatamente, por supuesto. «Habrá que lavarle primero, apuntó una joven empleada, está cagadísimo».

El doctor no llegó sino hasta el día siguiente. Don Alfonso tenía la mirada clara y la expresión de estar al tanto de su alrededor y, si bien arrastraba algunas palabras hasta hacerlas ininteligibles, se daba a entender:

—No me traigan un doctor que la Moscoso me ha recomendado una bruja.

—¿Una bruja? —preguntó el doctor.

—¿Cómo que una bruja? —preguntó el ama de llaves, la señorita Socorro, una flaca de unos 45 años con cara de haberse pasado la vida haciendo listas y ordenando libros y latas de conservas. Era una prima distante del señor de la casa.

Don Alfonso reafirmó:

—Una bruja ¡qué!, ¿no entienden? ¡La bruja del gato blanco! La que cuenta cuentos a los niños y seduce a los hombres con su rondador.

El doctor salió dando un portazo.

—Tráiganle la bruja— dijo la señorita Socorro con la voz trémula.

La curandera llegó a las dos de la tarde.

40

La señorita Socorro abrió personalmente la puerta de calle. La bruja estaba allí mismo en las gradas de su casa: un tanto más que de mediana estatura, delgada, cubierta de pies a cabeza con una chalina enorme de lana negra. Solamente los ojos se podían ver sobre el filo de un velo gris-negro.

La señorita Socorro se dio una palmada en la frente:

—¡Ah! Pero si es monjita —comentó sin preocuparse de saludar—. Y de claustro, toda tapada, toda tapada. ¡Pensar que el bruto de mi primo quería una bruja! Qué bueno que no es así porque yo soy muy creyente y no me quiero meter en «limpias» ni otras suciedades. No se preocupe, yo les pondero que usted es la bruja, no se preocupe, déjelo todo en mis manos, don Alfonso jamás caerá en cuenta que se trata de una monja y, nada menos, que de claustro. De no creerse que un señor tan hecho y derecho tenga tan poco juicio. Para mí que le pegó un desgano de la vida. Mire usted, esto comenzó hace muchísimos años, poco después de su matrimonio con una angelical princesa. ¿Sabe usted? Toda ella tan bonita, colorita, friecita, frigidita. ¿Sabe usted? En todo caso, sepa usted que tan pronto vi llegar a mi primo a la casa, poco después de la muerte de su esposa, demacrado, con los ojos hechos carbúnculos de tanto llorar... a mi corazón de mujer que esas lágrimas no eran por la muerte de la princesita.

Todo esto lo contó la señorita Socorro a la joven «monja», aun antes de que ella pudiera siquiera presentarse.

—Es solo primo y así le cuido, como hermanos. Que ni fuerzas me quedan. ¡Qué va! No se haga desilusiones anticipadas. El viejo es bueno y simpático aunque hiede a tabaco crudo. Se ha reducido a la mitad. Mitad por mitad. Ni más ni menos. ¡Ay!, ¡del ay!, ¡del ay!, ¡del ay!, madrecita, bonitica.

Pasaron por el corredor a un segundo traspatio. Allí, junto a la pared, había una cruz de piedra.

—¡Ah! ¿Ya vio la cruz de piedra? Más tarde le cuento. Imagínese que hasta habla como héroe de la reconquista española y jura ser, al mismo tiempo, don Roderico quién cayó en la batalla de Guadalete y el mismísimo *caballo* del rey, aunque alternaba en su confusión con Ruy Díaz de Vivar, mire si no estará rematado. También obligó a toda la servidumbre a que le llamaran don Rocinante porque nos informó que se convertiría, no en don Quijote como sería lo propio para un señor tan atildado, sino en su caballo macilento. Y, dicho y hecho, ya lo va a ver. Y frotándose las manos exclamó: ¡*saindepainderícoterilleros bienviejicoterrilleros*! Qué frío, ¿no?

—¿Qué ha dicho la señora?

—Ah, no se preocupe, *saindepainderícoterilleros*. Esas cosas las decimos los que nos hemos dado cuenta que igual da hablar con sentido o sin sentido. Son sonidos vascos...de mi abuela... sin embargo.

Subieron al segundo piso. La señorita Socorro se agachó y le susurró al oído: «espere usted aquí, madrecita, que ya regreso».

La señorita desapareció con su cantaleta.

Gabriela caminaba por los corredores que formaban un portal como en los cortijos andaluces. Si no hubiera sido porque don José Onésimo, tan devoto de su música y sus cuentos, la rogó y suplicó que viniera, ella no lo hubiera hecho. Tenía dificultad de relacionarse con personas que no contaban cuentos o usaban la música solo como fondo de conversaciones insulsas. Sospechaba que el gran abogado, un racionalista de ultranza, *lo siento en la pura vibra,* le arrojaría del cuarto el instante mismo en que supiera que se trataba de la curandera del mercado. «Esta gente no me necesita», argüía. «El primer paso de la curación es la fe, sin ella no hay proximidad y sin proximidad no hay brebaje que cure. Bueno, ya estaba allí». Se arrimó al pasamano y contempló el patio y las columnas. En cada pilar de piedra había una maceta de geranios sujetada al capitel con una horquilla de hierro forjado. Una buganvilla gigante crecía casi hasta el techo sobre la cancela, también de hierro forjado, que dividía los dos patios. Reparó en la paz insólita del lugar acentuada por el gorgorito de la fuente de piedra en el primer patio. Aspiró y se quedó contemplando a un simple gorrión ensayando sus trinos entre las hojas violetas de la buganvilla.

41

La puerta de dos hojas de la alcoba de don Alfonso estaba entreabierta. La señorita Socorro la invitó a pasar extendiendo el brazo y quitándose de en medio. Gabriela se frotó los ojos. Un olor pungente a guano de murciélagos le salió al encuentro. El estómago se le revolvió. Junto a la puerta aparecieron dos jovencitas con hopalandas y delantales de lino simple con unas florcitas lilas bordadas en la orilla. Al fin se aclaró la visión y sus ojos descubrieron acá, a la luz tenue de la ventana, los cortinajes de brocado y allá, donde estaba más oscuro, una cama de tres plazas con baldaquino de guayacán y cortinas medio corridas —probablemente de brocado también— guardando un revoltijo de cobijas y sábanas. Allí sus ojos tropezaron con un espectro de bigote blanco y pelusa sobre el cráneo pulido. De pie, sin camisa, con los calzones del pijama apilados sobre los tobillos y con una bacinica que a manera de sombrero de hongo cubría sus intimidades. Un bastón hecho de una rama gruesa lo apuntalaba.

—*Ecce homo* —exclamó don Alfonso.

—Y *ecce* la *huarmi* —contestó Gabriela con un retazo de sus localismos.

El anciano parpadeó. Con su mirada fija en la aparecida no hizo más proclamas.

Gabriela extrajo el rondador de su bolsón de «primeros auxilios». A los pocos minutos detuvo la música y el anciano con un graznido y la vista vidriosa comenzó a declamar:

—¿Trovadora de la antigüedad?, ¡mentira!, *huarmi*, mujer del campo, trovadora de mis recuerdos juveniles, has llegado a mis parajes. Te ofrezco mis reales.

Extendió el brazo derecho y abarcó todo el cuarto indicando sus dominios con sus desechos y todo.

—Cagó mio Cid bien e tan mesurado —enseguida añadió como un desafío: ¿dime que no me expreso bien? *Fabló mio Cid bien e tan mesurado. Huarmi, longa* linda, *longa* de páramo, del viento, vienes a que tus humores me sean de provecho.

***

A las pocas semanas una paz insólita descendió sobre La Heredad.

Mimí la cocinera, quien parecía de solo cincuenta centímetros de alto y otros cincuenta de ancho, comentaba con las placeras del mercado.

—De veras le curó del espanto a mi señor don Alfonso —decía y se santiguaba y las demás le seguían—. Qué monja ni que *jerjers*, esta es la bruja que yo conozco, la del pueblo. Estoy casi segura. ¿Y saben qué? La muy sinvergüenza habla como gente bien cuando le da la real gana y como los naturales de estos anejos cuando le conviene, que igual le da, porque por igual engaña a los naturales y a los señores —se santiguó tres veces y se limpió las manos en la falda.

—¡Clarito está! ¡Bruja! —contestaban casi a coro las otras mujeres.

—Yo creo que trabaja con el mismísimo demonio, es una diabla —elaboró una de las mujeres. Las otras asintieron mirando con inquietud en todas direcciones.

***

Pasó el tiempo, el anciano sonreía lúcido, aunque su cuerpo comenzó el deterioro final. Una tarde de agosto Gabriela entró al aposento..

—Salve, es importante bruja bella que me ayudes a despedirme.

La curandera le extendió la taza de tilo.

—No hay tilo que sirva. *Senectus ipso morbus.* ¿Me entiendes? La vejez misma es la enfermedad. ¿Ves? *To live, to die, today!*

Gabriela le puso la mano en la frente. El rostro del anciano se relajó.

—Hoy vivir, morir hoy día. En un día, en un instante la vida rescatada.

Había un extraño silbido en el pecho del anciano.

—Es el tren de la muerte que ya entra a mis patios.

—Yo estaré con usted en el andén.

—Bruja, haz que el recuerdo de mi *longa* abandonada me consuele. Que sea tan vívido y palpable que una vez más me permita mirar en sus ojos con el alma arrebolada de pasiones jóvenes, de saliva cristalina y de esa ternura que inundó mis venas. Eso es todo lo que pido.

Repetía este párrafo como si fueran una oración.

—Joaquina, *longa* bella, no tuve coraje para retornar a ti. Tú me has perdonado y estás aquí presente. Si quieres, creeré en tus dioses o haré ofrendas a cualquier ídolo. Háblame que ahora al fin estoy cierto, tienes el timbre y tono de tu juventud y seguro con tus hierbas te has mantenido de la edad en que te conocí. Hazme joven a mí también. Dame vida para besarte como te besé.

Gabriela no pudo contestar. Su voz se ahogó en su garganta, su pecho se contrajo y toda ella pareció cerrarse sobre sí misma.

La señorita Socorro pareció no notar el cambio en la joven curandera.

—No le digo monjita, mi primo dice horrores... desvaría... el pobre quiere sacar juventud de su pasado. Seguro que eso es pecado mortal.

El anciano, como un pabilo, volvió a recobrar un poco de brillantez.

—Me he consumido por dentro y por fuera por mi Dulcinea, mi Joaquina.

Don Alfonso levantó la cabeza, parpadeó:

—¡Hasta hueles como mi Joaquina! Sí, tú fuiste y ahora eres mi nueva antigua *huasicama*.

Cerró los ojos.

Hasta hueles a mi Joaquina. ¿Por qué me alarmo tanto?, todo es solo desvaríos de un agonizante. Gabriela acudió a un rincón interno de su ser, allí, donde *no* residía el duende y trató de encontrar una pizca de silencio. *Hasta hueles a mi Joaquina.*

Levantó en vilo al anciano y lo colocó en la cama. Se metió al baño. Se dobló sobre la taza del inodoro arrancándose los velos, vomitó sin control hasta que ya nada más que saliva mezclada con un poco de hiel le quedó en la boca. *Cierto que somos tan pocos anejos y tan pequeña la población y los patrones se aventuraban entre las tres haciendas. Entre los naturales nos conocemos todos, no importa el pueblo. ¿Quién no conoce a los Logroños de El Cantarilla o a los Quishpes de Llano Grande, y qué decir de los Pullataxi de Corralitos? ¿Su nueva antigua huasicama?* Se enjuagó la boca, salió para encerrarse en su habitación.

A las once de la noche una silueta de mujer todavía joven, sin velos ni ropas, se escurrió por las puertas entreabiertas del aposento del señor de la casa. Las dos celadoras tan pronto como vieron la silueta entendieron que se trataba de una aparecida, la dejaron pasar y huyeron del cuarto. Gabriela se sentó junto a la cama y tocó suavemente en el hombro del desvencijado.

—*Patruncito*, mi *bonitico*, jovencito lo que ha estado, he venido a que sobes, que tu mismísima *longa* soy, donde me toques soy tu *longa*, que el Inti ha dicho, que no tienes más pendientes, *ca*.

Don Alfonso abrió los ojos:

—Joaquina, mi *longa*...

Don Alfonso trató de incorporarse.

—Mastica trigo y dame de comer de tu boca.

Las manos de Gabriela se deslizaron sobre el cuerpo de don Alfonso como las manos de Zoraida.

A la una y treinta de la madrugada, la señorita Socorro súbitamente abrió los ojos y se sentó. Dos minutos después caminaba hacia el aposento de don Alfonso. Encendió la luz del velador y lo encontró solo, sereno, con una leve sonrisa y los ojos cerrados.

Al rayar del alba, la bruja pidió que llamaran a José Onésimo, maestro de capilla y de mil oficios. «Y díganle que traiga su jumento, la vasija de barro, y leña, que eso ha dispuesto la monja».

Dos horas más tarde una procesión compuesta de dos jovencitas, una mujer cubierta toda de negro, un burro con un muerto y una vasija sepulcral encima y don José Onésimo mordiéndose el labio inferior hasta sentir sabor a sangre y guiando al animal partía hacia las laderas del volcán. Casi seis horas después, siempre siguiendo el lecho de un arroyo, la curandera ordenó un alto y a las dos jóvenes que regresaran a la casa de la hacienda. Don José Onésimo se quedó en la ladera y dejó que el asno cargado de leña y del muerto siguiera a la curandera. Los vio perderse detrás del próximo risco. Allá, a solas la Caripiedra se quitó la chalina y el velo. Dejó que su melena se extendiera sobre sus hombros. Apenas si tenía líneas en su rostro, tal como su madre.

En el cenit un curiquingue con sus alas desplegadas, observaba los dos puntos que parecían convertirse en uno junto al arroyo. Apegada a un pequeño parapeto de piedra donde el viento no soplaba tan reciamente y la nieve no se acumulaba, Gabriela depositó al anciano. Bajó la vasija de boca ancha. Levantó la vista para encontrarse con el curiquingue que a menos de cincuenta metros hacía círculos. «¡Es puros huesos!», gritó la curandera, el curiquingue se agarró de una termal y se elevó. Gabriela apiló leña y repitió su grito al gran pájaro. Pero el curiquingue insistía en su vigilancia. «¡Está bien!», le gritó Gabriela, «¡acompáñanos!» Acomodó el cadáver boca arriba, le cubrió los ojos y lo tapó con sus velos. Solo el pecho quedó descubierto. Lo abrió con un cuchillo de obsidiana y extrajo el corazón. El gran pájaro se dejó caer aleteando casi al alcance de la bruja. Ella extendió el corazón y el pájaro de un picotazo se llevó un trozo: «Llévaselo al dios Sol, al Inti, que tus antepasados conocieron a los míos y aprobarán esta ofrenda». Colocó el resto del corazón en una vasija muy pequeña. El ave aleteó varias veces alborotando el pelo de la bruja, alcanzó otra columna de aire caliente, se elevó y en una espiral cada vez más amplia desapareció.

Gabriela hizo una pira funeraria y con extremada delicadeza depositó a don Alfonso. Lo besó en la frente y le cruzó los brazos sobre el pecho.

El fuego consumió los restos del insigne abogado. Unas horas más tarde Gabriela, moviéndose con dificultad, sin saber si de frío o de quebranto y con la boca con sabor a hiel, recogía puñados de ceniza y los echaba en la vasija. Deslizó la vasija con una figurita de barro en una hondonada. De entre los rescoldos de la pira recuperó la pequeña olla donde había estado el corazón. Notó que la boca y partes del cuello de la ollita se habían cristalizado. Del pedregal llevó todas las rocas que necesitaba para completar la *huaca*.y esta vez besó una de las piedras que cubrían la vasija.

Caminó hasta llegar al filo del cráter, se sentó sobre las rocas cubiertas de líquenes, levantó los ojos y creyó ver al curiquingue. Su pelo se enredaba y desenredaba alocado con el viento. Aquella distancia entre ella y el curiquingue de pronto la hizo estremecer: arenas, cielos y el volcán con sus fumarolas activas eran el marco de su soledad. Miró hacia la *huaca* de don Alfonso: *Joaquina ¿cómo mi mamá? Me confunde con su Joaquina. Regresó a la huaca y* tocó las piedras que escondían la vasija. Apretó la pequeña olla que contenía las cenizas del corazón. Decidió llamar: ¡Zoraaida! ¡Zoraaida!, la respondió el eco.

Media hora más tarde, don José Onésimo se acercó. La Caripiedra estaba inconsciente. Sin mirar la cubrió y la colocó encima del burro. Cerro abajo hizo un alto y su curiosidad pudo más que su pudor: retiró un poquito la chalina para descubrir la serena belleza de Gabriela. *Mire usted, ¡he visto la cara de mi bruja! Y si es el diablo, como muchas le acusan de ser, pues las dichas que concede, sus gracias, ¡estas sí son las gracias de mi señora doña Diabla! ¡Qué diabla más bella, qué curandera tan milagrosa y qué amor de demonio! ¡Qué mujer! Taita Diosito a uno pobre nunca le dio unita de estas.*

A pesar de las protestas de la señorita Socorro no se detuvo en la casa de la hacienda sino que siguió hasta la choza de la curandera. Allí la colocó junto al estanque de agua termal y la cubrió con una chalina. Dolores la atendería más tarde.

42

Gabriela, recluida detrás del velo, tenía un cuento pendiente con los chicos y con don José Onésimo, su chico grande.

Esa mañana comenzó el cuento de lo que había visto y sentido en sus desvaríos con Víctor, allá en la choza de él. El presentimiento de que su gato Carbón era el mismo del cuento se le hizo más vívido cuando al salir el sol notó nubes negras en el poniente. Más tarde, le resultaba imposible separar el cuento para los niños de su propia historia con su consentido.

Se acomodó en su lugar de costumbre, examinó los rostros tempraneros de los niños, tres o cuatro cubiertos apenas por unas camisas de manga corta, con los dientecitos entrechocándose. Carraspeó un poco y reinició el cuento.

El gato, cazador nocturno, estaba listo bajo el campanario cuando estallaron los murciélagos en un vocerío que solo ellos podían escuchar. Con desesperación el gato blanco lanzó sus zarpazos. Era como tratar de atrapar retazos de papelitos negros flotando en todas direcciones. Retornó por las laderas del cerro, cabizbajo y despechado.

—¿Qué te traes mi don gato, Carboncillo? —le gritó su dueña desde la distancia. El gato se animó aunque se detuvo con el cuello extendido. Junto a la dueña estaba una iguana que echaba chispitas azules y anaranjadas.

—¡Iridiscente! —expresó alborozada la niña de luna y lodo.

La curandera asintió con ternura.

—El gato no podía ver al lagartijo, pero con toda certeza lo sentía, así que se arqueó y lanzó un seseo que aparentemente consideraba espeluznante. Se quedó tranquilo, como si estuviera cierto de que el lagartijo había huido. A los pocos momentos la verdulera hizo señas a su lagartija iridiscente y comenzó a moverse hacia el sendero vecino, como un flautista que encantara a los animales, solo que usaba el rondador. Como el gato se detuvo, la mujer le hizo señas de que la siguiera.

—Tonto —le gritó—, este es de mi fantasía, tú eres de carne y hueso. Eso no quiere decir que no sea verdadero.

Carboncillo se subió a la boca de la cueva, arriba entre matorrales donde solamente su cabeza sobresalía, y decidió que no había sido una buena jornada. Primero estaba el fracaso con los murciélagos y ahora esto de las imaginaciones de la dueña.

De repente Gabriela parecía estar en trance. Su tono de voz cambió, se volvió más profunda.

Movió la punta de la cola impaciente. No. No podía dejarse llevar por despecho aun cuando su ama tuviera otros consentidos. Mejor apreciaría el amanecer en lugar de amargarse. Apenas se arrimara a las piernas de su dueña todo estaría bien y sin resentimientos. Entonces sintió el zumbido de la primera avispa a una hora en que él nunca las había notado. «¿Tal vez, las lilas silvestres a la vera del sendero podrían explicar su presencia mañanera?» Y sucedió algo insólito, un estruendo como de aplausos se levantó en el terreno vecino. Cien tórtolas tomaron vuelo.

—*Y* mil flores se desprendieron del suelo y se hizo un alboroto de colores que cayeron despacito alrededor del gato —añadió la niña de luna y lodo.

—Las flores no vuelan —gritó un chico en el segundo círculo.

—Sí vuelan —insistió la niña de luna y lodo—, porque las mariposas son flores que han aprendido a volar.

Todos los niños regresaron a ver a la curandera buscando su opinión. La mujer aprobó con una sonrisa. El chico pareció quedarse perplejo. La Caripiedra continuó:

—No olviden, el gato ahora tiene todas las flores-mariposas alrededor de él y acaba de notar que una primera avispa pasó zumbando cerca de él.

Todos habían entrado al cuento otra vez.

Cuando oyó a la segunda avispa muy cerca de su oreja, hizo un aspaviento despreocupado y observó con asombro el vuelo de las aves que, trazando un limpio óvalo contra el cielo que ya reflejaba el nuevo día, cambiaron de rumbo en una coreografía perfecta y aterrizaron apenas a un tiro de piedra de donde despegaron. Don Gato Carboncillo nunca oyó a la tercera avispa. Le entró por la oreja.

—¡Oh no! —gritó don José Onésimo. Y los chicos le siguieron a coro: ¡No, no!

La reacción de su audiencia parecía estar no solamente relacionada con el cuento. Siguió la mirada de la niña de luna y lodo. A menos de cien metros su gato Carbón había aparecido. Su presencia tenía una calidad alucinadora al aparecer como la materialización del gato del cuento.

La niña de luna y lodo exclamó: su gatito se escapó del cuento y ¡está vivito!

Todos aplaudieron que el gato del cuento hubiera saltado a la realidad y se encontrara sano y salvo. El gato hizo un aspaviento como si una avispa le estuviera molestando. Pasaron unos segundos. La mujer se había quedado con el brazo en alto como tratando de alcanzar a su consentido. En ese momento vio a su gato erizarse un poco, estirarse otro tanto, como si se estuviera quitando la pereza y, sin hacer el menor ruido, caer al suelo sobre la hierba todavía cubierta de rocío.

Los chicos se miraron entre sí y a la Caripiedra. Don José supo que algo andaba mal al notar, cerro abajo, a cuatro jóvenes que no podían tener más de trece o catorce años riéndose y celebrando. No podía distinguir lo que decían, aunque uno apuntaba con su índice a una carabina de calibre menor. Los otros aplaudían. El día empezaba bien para ellos y sus diabluras.

Se cumplió el cuento, pensó José Onésimo cubriéndose la boca y la nariz con ambas manos.

Los niños estaban paralizados sin poder comprender lo que ocurría.

La curandera se levantó con una agilidad que delataba una juventud que no correspondía a su habitual comportamiento. Solo don José notó el detalle. La Caripiedra corrió hasta donde había caído el gatito, la vieron inclinarse, doblarse, caerse. Parecía un pequeño montículo de telas en el terreno.

Don José alcanzó a oírla decir como si fuera un grito que en su ansiedad lo expresó como una simple observación: «No puedes morirte ahora».

La curandera recogió al gato en su regazo. Dobló la cabeza y vio a su basilisco que la observaba con sus ojos brillantes. El gato vaciaba su sangre en la chalina.

Los chicos la rodearon expresando en alta voz toda su confusión. La mujer levantó la vista, recorrió el círculo de niños y dobló la cabeza una vez más: *ya te atiendo Carbón, apenas termine el cuento.*

Se dirigió a los chicos:

—No se preocupen, mi gato se durmió sobre la hierba. Ahora le tengo tapado con mi chalina para que duerma sin que nadie le moleste más. Les termino de contar el cuento:

Los chicos del barrio eran muy traviesos y como diversión mataron a Carboncillo. Antes de que cerrara los ojos la curandera le dijo «no te mueras». Los ojos verdes de Carboncillo se hicieron de vidrio. El basilisco, con la punta de su lengua doble los cerró. Le miró de tal manera que pronto un rayo de luz de topacio cubrió la cara serena del gatito.

En su sueño el gato sonreía.

—¿Tal vez está todavía vivo? —preguntó la dueña, y su voz se quebró tanto que apenas si le pudo entender el reptil mágico.

—No, no está vivo —le dijo el basilisco, pero te ha oído.

La verdulera comenzó a tocar su rondador. El basilisco se bebió la sangre que salía de la oreja del felino. Al hacerlo, gradualmente se hizo translúcido hasta convertirse en una brillante gama de siete colores que desapareció en la herida. Por unos segundos el gato también se hizo translúcido y después desapareció dejando detrás solo la mancha roja de su sangre que, luego de varios días, se convirtió en una inmensa manta que cubrió a todos los niños que tenían frío en el valle, inclusive a aquellos que mataron al gato.

La Caripiedra se calló.

La niña de luna y lodo rompió la pausa:

—¿Por qué desapareció el gato?... hubiera sido mejor que reviviera para que la curandera no estuviera sola.

—Eso les contaré la próxima vez.

—Este gato que tiene ahora en su falda se llama Carbón. ¿Es el mismo gato del cuento, señorita?

La Caripiedra no contestó. Se levantó. Los quedó mirando y los mandó a casa. *¡Llucshi*! ¡Fuera! Animó a todos para que se fueran, inclusive a don José Onésimo.

Don José se alejó a un tiro de piedra. Gabriela recogió la parafernalia de placera, su rondador y su guitarra e intentó llevar consigo el gato muerto. Don José Onésimo la vio abrazar al felino felpudo, apretarlo contra su pecho y comenzar a caminar hacia su choza. Caminó como ciento cincuenta varas, abandonó el canastón, diez pasos más adelante cayó sobre sus rodillas, con dificultad se levantó, dio tres pasos más, cayó otra vez. Y una vez más, José Onésimo llevó a la curandera a su refugio.

43

La muerte del gato, como los demás chismes sobre la Caripiedra, fue pervertida inmediatamente como otra brujería, se añadieron pelos y señales que nunca ocurrieron, como eso de que el gato, antes de morir, lanzaba lenguas de fuego a la distancia y la Caripiedra las recibía en su boca. Estaba claro que era capaz de matar a su propio consentido con tal de poder armar sus malas artes. «Con esos poderes se acostará con tu esposo sin que él se pueda resistir y luego le quemará vivo por dentro y echará las cenizas en la puerta de tu casa».

Las miradas suspicaces, los comentarios a media voz, las risas impertinentes: don José Onésimo lo notaba todo. De tarde en tarde reparó en que una sombra cubierta con un sombrero de lana martillada golpeaba de puerta en puerta, conversaba con los moradores para luego salir otra vez, siempre mirando a ambos lados y procurando desaparecer en las sombras bajo los aleros. El caminado con un dejo tan típico, casi un rengueo, no podía ser otro que el de Lucho Ninahuilca. «¿Qué hace este albañil? ¿Contratando obra a estas horas? ¿Con todo el mundo?», se preguntaba don José Onésimo.

Lucho entregaba pequeños sobres con dinero a ciertas comadres y verduleras y les explicaba que el teniente político los enviaba de su propio bolsillo, para ayudarlas a resarcirse de las cuantiosas pérdidas que habían sufrido desde que la Caripiedra incursionara en el pueblo. Muchas mujeres encontraron a la entrada de la casa un corazón de pollo traspasado por un clavo negro. Las miradas suspicaces hacia la Caripiedra se hicieron más insistentes.

44

Las ocho de la noche, tercer miércoles del mes, las comadres están reunidas.

Por instrucciones de Lucho han armado una gran fogata. Lucho toma la palabra: *patrún*, Ortiz de Huigra, aquí nomás presente, quiere *apalabrearles* sobre la bruja.

Ortiz de Huigra, con su camisa de seda negra, se presenta:

—He venido, comadres, compadres, a vengar la ofensa. ¿Quién tiene recelo de Satán? —pregunta en alta voz.

—Yo, yo y yo —decían por todos lados.

Insiste con la pregunta y esta vez es un coro sonoro:

—¡Todas tenemos recelo de Satán!

—Listos, ustedes son las *Recelosas de Satán*. El peligro merodea por el cerro y por nuestras casas. Le tenemos que *mandar sacando* de nuestro pueblo, de nuestra huerta, de entre nuestras familias. ¿Saben de quién hablo?

—Claro, no somos del todo —contestan varias placeras—. *Qué le pasabs*, teniente político, *caraju*, ni que no sepamos que la *carishina* que trabaja para la bruja hasta le ha dado güena paliza a usted mismo, *ya ve*..

¡Sacar a la bruja!, exclaman varios y con eso Ortiz de Huigra los anima a que se unan en un solo coro: ¡Sacar, sacar a la bruja! Detiene el griterío con un ademán de la mano. Tiene un momento de inspiración:

—Y ¿por qué no quemar a la bruja?

Apunta a las antorchas en un rincón.

Algunas placeras y algunos complacientes maridos se lanzan a agarrar las antorchas. «¡Sí, quemar, quemar!» La gente se mira entre sí. Las voces poco a poco logran una cadencia y ahogan la duda que asoma en varios rostros cuando se dice la palabra quemar. «*¡Huye diablo, sí señor! ¡Quema bruja, sí señor!*» Un chico que siempre va a escuchar a la Caripiedra levanta su rostro y pregunta a su madre —quien chilla a voz en cuello: *¡Huye diablo, sí señor! ¡Quema bruja, sí señor!* —«Mamita, mamita... están hablando de la curandera, ¿por qué le quieren quemar?». La madre le mira a los ojos, le tapa la boca con una mano y con la otra hace un puño y al unísono con las demás grita aún con más entusiasmo: «*¡Huye diablo, sí señor! ¡Quema bruja, sí señor!*» Aparecen seis individuos con sus trombones, una tuba, dos saxofones, dos trompetas y otros tres más con tambores y al ritmo del albazo *Pilahuin* van bailando y machacando el paso con el estribillo: «*¡Huye diablo, sí señor! ¡Quema bruja, sí señor! ¡Huye diablo, sí señor! ¡Quema bruja, sí señor!*» Sin tregua, la banda continúa con los aires del terruño, el sanjuanito *El toro barroso*, complementado por más albazos, pasillos, pasacalles, saltaditos, *saltashpas*, *capishcas* y sanjuanitos. ¡Se prendió la fiesta! Todos encienden las teas. Las mujeres eufóricas y los maridos no tanto, con las teas girando, desbordaron resueltas a linchar al Malo: «*¡Huye diablo, sí señor! ¡Quema bruja, sí señor!*». Los tambores marcan el pulso y la banda llena el valle. El aguardiente, a pico, va de boca en boca sin que los celebrantes se preocupen por el bacilo de la tuberculosis.

***

Ortiz de Huigra apretó el paso. «Esto se está saliendo de control. ¿Cómo lo controlo ahora?»

Son las once de una noche sin luna. Se imaginó que podría dictar los términos del chantaje: Dolores a cambio de proteger a la curandera de la turbamulta. *Luego de la muerte de su gato ya estará debilitada*, pensó. Aquel recuerdo lo sumió en amargura. Esos granujas repugnantes, claro, agentes míos, lo hicieron. En el Juicio Universal me darán la horca. No hay horca allí, solo hielo seco para conservar a los santos o pailas de aceite hirviente para el cura y para mí.

Trató de sonreír.

«Tengo que controlar a la turbamulta».

Intentó pedir que se callaran, pero no hubo caso. Su voz se perdió en el griterío ensordecedor y el fervor de la fiesta macabra. *«¡Huye diablo, sí señor! ¡Quema bruja, sí señor!»*.

Al dar una vuelta del camino, ensartado en una estaca enorme, ardía un chivo que todavía chillaba en su agonía. La luminosidad anaranjada reveló todos los rostros convertidos en caretas danzantes. *De esto ni noticia*, pensó Ortiz de Huigra. *No me dijo nada el canalla del Lucho ni el pícaro Altagracia. ¿Qué clase de monstruo es este santucho que se despachó tan bien con Altagracia? ¿Y dónde está el ingeniero?*

«¡Satán en su zarza ardiente!», aullaron las *Recelosas de Satán*. «¡La barbilla de Luzbel está en llamas! Arderemos como el chivo si no quemamos a la bruja», gritaron otras.

«Bien hecho, Lucho», musitó Ortiz de Huigra al mismo tiempo que el alarido de muerte del chivo lo llenaba de desesperación. Sacó el revólver de servicio y de un solo tiro mató al animal.

Estuvo a punto de ganar contra la turba. Estaba cierto de que la Caripiedra había alcanzado a escuchar el griterío y por lo tanto estaría ya lista para negociar. Con lo que no contaba era con la audacia de tres chicos que se subieron sin problemas al poste donde el chivo continuaba ardiendo, lo descolgaron, lo apagaron y con un altavoz hecho de cartulina invitaron a todos a comer diablo asado con cerveza.

La invitación a comer a Satanás como si fuera un simple chivo tuvo un efecto hilarante en las placeras. Se desternillaban de risa, lloraban y se abrazaban. «¡No hay tal diablo! Es un simple chivo».

Dos terceras partes del grupo se desbandaron con la esperanza de poder comer Satanás con ají y cosas finas, degustando todo con cerveza o chicha de jora. La Miguela desaforada dio la arenga que galvanizó a las que quedaban: «¡El demonio o nosotras! No hay treguas ni perdones, aquí seguimos, aquí, ahorita, ella o nosotras, el demonio o nosotras. ¡Ahora o nunca, carajo! *¡Huye diablo, sí señor! ¡Quema bruja, sí señor!*» La banda de pueblo, que ya había perdido uno de sus tambores, se reagrupó y reinició el estribillo con redoblado esfuerzo.

Ortiz de Huigra retrocedió varios pasos y recogió la escopeta de dos cañones que Lucho había escondido como un seguro en caso de perder el control de la turba. Apuntó directamente a la primera fila, pero en su enardecimiento las mujeres no se percataron del peligro. Entonces del grupo saltó Lucho Ninahuilca, blandiendo su machete corrió hacia el teniente político. El teniente descargó el arma. Lucho giró como un trompo y con un alarido cayó pesadamente en los matorrales. Esto sí atrajo la atención de las *Recelosas de Satán*. «Está armado, ¡el teniente está armado!» Una vez más la Miguela gritó: «Ya descargó el arma y no tiene otros cartuchos. Matar, quemar a la bruja ¡ya! con todo y teniente». Como si fueran una manada de *huagras* enceguecidos, a pesar de no quedar sino unas treinta personas, se abalanzaron contra el teniente. Él levantó otra vez la escopeta y gritó: «¡Paren! ¡Que no son *criminalas*!» El grupo se detuvo en el acto. Los resplandores de un castillo de juegos pirotécnicos con todos sus crujidos, explosiones y lluvias de colores, había aparecido a espaldas del teniente. El despliegue continuó cada vez más brillante y luminoso. La Miguela arengó a sus camaradas: «¡Comadres!, ya les tenemos, son puros *cuetes*». Iba a decir «no hagan caso», cuando ella también no pudo detener su mandíbula que cayó laxa mostrando la campanilla. En la plataforma del castillo, en la mitad de cohetes y petardos rutilando, apareció Altagracia resplandeciente en una túnica platinada. Los brazos en alto y abiertos parecía como si fuera un Moisés partiendo el mar de mujeres allí congregado. Esta vez el sobresalto fue tan grande que hasta Ortiz de Huigra sintió pánico. La Miguela que era famosa por mezclar fruta podrida en sus ventas lanzó un alarido.

—¡Doñas, no se puede con el *supay* en persona!

Y como era corpulenta, abrió un *huacho* entre las otras mujeres tumbando una media docena, tropezándose, cayendo en sus rodillas, lanzando maldiciones; chocó como un barril suelto contra los dos primeros saxofonistas haciendo volar sus instrumentos. Las otras cabecillas se lanzaron detrás de ella y el resto desapareció por las trochas laterales o a campo traviesa. El cuerpo de la banda la contuvo ofreciéndole un instante para reflexionar: «Ella era jefa suprema, no podía ser la que primero corriera». La Miguela agarró a dos de las espantadas por el cuello y con su vozarrón proclamó:

—¡Mierda! ¿Cagadas de susto ahora que hemos vencido al chivo? ¡La choza de la bruja está a la vista!

Con eso lanzó su grito de guerra:

—¡Matar al aparecido! ¡Matar, quemar a la bruja!

Galvanizó a la docena de mujeres que quedaban y una vez más avanzaron hacia la choza de la Caripiedra. En la confusión la banda de pueblo iba ahora adelante.

Ortiz de Huigra evaluaba la situación.

Me he jugado la última carta con Altagracia y, tal vez, solo tal vez, puede ser que gane la partida. Echó un vistazo para el lado del castillo pirotécnico y descubrió que Altagracia había desaparecido. No se hizo ilusiones, las mujeres, apoyadas en la personalidad y fuerza de la Miguela, se habían sobrepuesto al espanto. Sus dedos atenazaron la escopeta. No se le escapaba el absurdo de su situación defendiendo precisamente a la bruja a la que había jurado correr del pueblo. Se consoló pensando en Dolores y rescatando una pizca de nobleza al verse caballero salvador de la muchacha, *¿Perfectamente bueno?* Corrió casi desesperado y se puso al frente del grupo que ya llegaba a la choza. Al alcanzar a los primeros músicos que parecían zombis capaces de caer a un abismo y seguir tocando, puso dos cartuchos de pura pólvora en su escopeta. Los trombones y el tambor entraron al patiecito frente a la choza. Como el teniente vaciló en tomar acción se encontró en mitad de la banda sintiéndose desesperado e impotente con una escopeta cargada que él sabía que no era capaz sino de producir ruido y humo. Para su asombro, la banda se dividió por la mitad y dio paso a don José Onésimo Terciado, maestro de capilla, pelo blanco, panza grande, brazos delgados, mandíbula trabada por la determinación, quien con la mano en alto cruzó el callejón de músicos, se plantó frente a la Miguela y la ordenó retirarse. La Miguela pareció confundida por unos instantes, pero, como si matara un zancudo, dio un manotazo feroz al valiente quien terminó aturdido contra la tapia.

La banda no había dejado de tocar.

Los ojos de la Miguela y sus *Recelosas de Satán* estaban clavados en la portezuela de cuero.

Al levantarse el cuero, la luz vacilante de un pabilo iluminó el vado. De las profundidades de la choza un sonido de caverna, más potente que todos los trombones, emergió y la banda se calló en el acto. En la puerta misma de la pequeña choza, cubierta de pies a cabeza por sus velos, con un cuerno pulido de toro en sus manos, la bruja, la Caripiedra, la que robaba niños, la consorte de Satán, la ladrona de maridos, apareció. Con la luz detrás de ella parecía más alta que de costumbre. Se llevó el cuerno a los labios y produjo otro sonido aún más profundo que el primero, una sola nota que se moduló para subir vertiginosa y absorber el instinto rítmico de los músicos y la voluntad de las mujeres que no alcanzaron a taparse las orejas.

Ortiz de Huigra notó que la bulla de las placeras se había esfumado y los músicos se encogían y que allí, en ese momento, solo estaba la Caripiedra mirándolo con esos ojos de capulí que los sintió como los suyos propios. Nada más. Desesperado sacudió la cabeza para espantar el hechizo que lo envolvía. Sorpresivamente, los tambores comenzaron a producir el compás de fondo sobre el cual el cuerno cabalgaba.

Todos parecían no ver sino el cuerno sostenido por una sombra y en su fascinación lo empezaron a seguir camino del río. Llegaron al primer barranco y probablemente se habrían lanzado si la Caripiedra así lo hubiera ordenado. Allí se disolvió la marcha con las mujeres atónitas y hasta los músicos callaron. El grupo había perdido su cohesión por lo que las placeras se dispersaron sin decir nada, mientras en la plaza del pueblo triunfaba la fiesta del chivo.

Una hora más tarde, la Miguela se sentó al filo de la plaza. Dos placeras lo hicieron junto a ella. *Es una bruja, pero es una bruja del bien*, pensó la Miguela sin todavía poder digerir lo ocurrido. Se levantó, con su enorme fuerza abofeteó a las dos acompañantes y, saltándole las lágrimas, arrancó de su cuello una pequeña estatuilla del Jesús del Gran Poder, se metió a su casa y la colgó de cabeza en su salita-comedor.

Ortiz de Huigra se había quedado atrás al darse cuenta de que la ausencia de la curandera le ofrecía la oportunidad de rescatar a Dolores. Sin embargo, por primera vez la duda entró en su cuerpo y el recelo de no poder con la bruja le congeló el seso.

Contra la tapia, medio cubierto por un matorral, con los ojos ansiosos, don José Onésimo, dispuesto a dar la vida por su bruja, suspiraba con alivio. No había ido al río con su bruja porque el manotazo de la Miguela lo había dejado casi inerte.. Detuvo sus pensamientos al descubrir al otro lado del camino, también detrás de las chilcas, la figura famélica de Béliz Franco Romero. «Este sí es un aparecido», se dijo.

Ortiz de Huigra miró la entrada de la choza.

La portezuela de cuero se abrió otra vez.

—Dolores, Dolores... —murmuró—. No pudo continuar porque se tragó su facultad de hablar.

Dolores tenía la mano en alto indicándole que se detuviera.

45

—¡No tan rápido!, *patrún* de Huigra.

Amaluisa, como un gorila blanco con pecas irlandesas, con los brazos cuyos tríceps habían reventado la camisa, los ojos, carbúnculos perdidos en las órbitas huesudas, llevaba el hacha.

—Le dije, don de Huigra, no joder a la *longa* esposa, esa era su tarea. No joder mujer de Amaluisa.

—A mí no me jodas pendejo, ¡no! —dijo Ortiz de Huigra y se arrepintió en el acto por la torpeza de sus palabras.

—Teniente Ortiz de Huigra no me hizo caso. Ahora yo voy a hablar más claro, *ca*, que tengo honra y soy honrado. Ni buey ni toro ni yunta. Que soy hombre, *caraju*. No más desprecio en su ojo ni sonrisa-de-nada en la boca, teniente.

Ortiz de Huigra, con sus últimas reservas de adrenalina, se lanzó contra Amaluiza y estrelló su hombro contra su pecho. El hacha cayó al suelo. Amaluisa dio un medio paso para atrás. Ortiz de Huigra rodó por el piso aunque no pudo evitar que

Amaluisa, al paso, le estrellara su puño enorme en el plexo solar. Se quedó sin aire. Había sido una de sus mejores movidas, hubiera dejado fuera de comisión a cualquiera de los hampones que encontró en su pasado. Estaba claro: esta noche, con el hombre de adobe, con el extraño y rudo Amaluisa, era diferente. Totalmente diferente.

Amaluisa apenas si se había cimbrado. Se agachó y recogió el hacha. Dolores se tragó el aliento, cerró los ojos con fuerza y escuchó el estrépito causado por el hacha al clavarse en los troncos de eucalipto en la pira de leña. Amaluisa miró extrañado como diciendo «¿a dónde se fue el teniente?» Tuvo que hacer algún esfuerzo para desprender el hacha del tronco y en ese instante recibió en su costado dos patadas voladoras que hicieron contacto a la altura del hígado. Para Ortiz de Huigra era, quizás, su máximo y último esfuerzo. El golpe del plexo solar le impedía enderezarse del todo. Amaluisa lanzó un bufido, levantó otra vez el hacha. Esta vez el teniente se encontraba al otro lado de la entrada misma de la choza, arrimado a la pared, doblado y agarrándose el torso a la altura del diafragma. Podía alcanzar a Dolores si estiraba el brazo. Parecía esperar resignado el golpe de gracia. En el último momento, Amaluisa puso el hacha a un lado.

—*Patrún*, como hombres... el labrador contra el pícaro, mano a mano, el *runa* no despostar al teniente, solo romperle con mis manos que grandes son, ves. Arrancar brazos primero.

¡Puta, gracias, que consuelo, solo romperme, hijito! —pensó el teniente político.

Lo agarró por la cintura y comenzó a triturarle como lo hacen las anacondas. De un codazo al rostro, Ortiz de Huigra se liberó de los brazos que lo aprisionaban al mismo tiempo que esquivaba un derechazo que le pudo haber hundido la calavera. Sin embargo, al enderezarse, por su propia velocidad chocó contra el codo de Amaluisa y cayó. «¡Dolores!», se le oyó exclamar.

Dolores se dirigió a Amaluisa.

—Amaluisa, cálmate. ¡Para! ¡Para! ¡Yo te ordeno!

—*Longa* no mandas. Marido turno de ordenar. Mujer, *ca*, obedecer *nomás*.

Amaluisa retornó su atención a Ortiz de Huigra quien comenzaba a alejarse en sus cuatro. Le propinó una patada que le sacó del recinto y le hizo rodar sobre el quicuyo. Lo siguió para rematarlo.

—Amaluisa, ¡por los benditos carajos!, entendámonos. Eres un hombre inteligente ¡escúchame! Tienes un mal entendido.

—No malos entendidos, solo teniente pícaro —dijo Amaluisa mientras ajustaba su puño para el «máximo daño».

Se mordió los labios. Regresó a ver hacia Dolores. Ella abrió los ojos y otra vez puso la mano en alto. Amaluisa se detuvo sin poder mantener su cólera contra la joven.

—Me has salvado, nos has salvado hombre grande y fuerte.

Amaluisa, al escuchar esas palabras de su amada, perdió todo interés en la pelea y se acercó. La tomó del talle. Cerró los ojos y se fue venciendo como si esperara besar y recibir un beso, pero antes de que su boca hiciera contacto, ella había desviado su rostro y le había plantado uno en la mejilla.

—Muchísimas gracias —le dijo la joven al oído—, de veras, gracias, eres un buen hombre.

«¿Muchísimas gracias?»

Amaluisa se puso gris. Dejó caer sus brazos, se dio la vuelta y todavía agachado desapareció en la noche.

Dolores retornó donde Ortiz de Huigra quien, todavía postrado, la miraba curioso lleno de anticipación.

—Y a vos, Clímaco, *ignoranto*, ni te quiero ver nunca más. Nunca más, lárgate o mando a Amaluisa a que de una vez te rompa. ¿Me oyes? No vuelvas más. Nunca más. ¡Nunca más!

A Ortiz de Huigra, que lo hubiera rechazado con tantas palabras y protestas, sorpresivamente le despertó la esperanza. Se dio la vuelta, se tocó el pecho: su corazón resonaba como los tambores.

Arrastrándose, a ratos casi caminando y de momentos rodando llegó a su casa y se dejó lamer por sus perros.

46

El despecho le entró al pensar lo cerca que estuvo de perderlo todo, inclusive la vida en su pelea con Amaluisa, el rechazo de Dolores, la ridiculez del atentado contra la Caripiedra, el horror que experimentó al ver arder al chivo vivo. Retornó al presente con la urgencia de hacer algo, de cauterizar con acción tanta frustración y emociones encontradas. Como terapia, para comenzar, liquidaría al cura. «Me han dicho que ronda por las ruinas».

Después de las experiencias con el chivo y la aparición de Altagracia, Lucho Ninahuilca comenzó a perder la razón. Como era tan religioso se le hizo patente que había cometido un pecado gravísimo, una y otra vez miraba al cielo mientras corría hacia las ruinas de la iglesia, cierto de que en cualquier momento un rayo le partiría. En la ruinas chocó contra el macilento expárroco, cayó de rodillas y pidió confesión a gritos.

Entre Lucho y el expárroco floreció una conversación fácil. En una de sus visitas, Lucho laboraba por convencer al cura:

—No se tomará toda la bodega que se va a quedar sin vino para la misa.

—No canto misa —decía Béliz Franco—, canto los encantos de la encantadora amante de rubí. ¡Salud!

Lo invitaba a tomar a pico y Lucho procedía a vaciarse el vino —un comportamiento que ocurría solo en el refugio del cura—. Mientras ambos se reían de ver a Bonborfos suplicar por un poco de vino con pan, unos cuantos pedruscos cayeron del filo de la cueva. Con dificultad se levantaron a investigar. Entre los escombros, encima del socavón, apareció la figura negra, elegante con «su uniforme de gala», camisa de seda negra y su consabido sombrero cordobés. Lanzó un silbido intenso y luego una pequeña piedra que alcanzó a Lucho entre los hombros. Lucho aterrado ni siquiera se quejó. Béliz Franco se acercó para protegerle.

—Veo que el teniente ha encontrado arrepentimiento y viene finalmente a confesarse. El confesionario está clausurado. ¿Vino? —ofreció el expárroco levantando la redoma.

El teniente habló mirándose las uñas.

—No, gracias, ya sabe que no bebo ni fumo.

—Taita cura, tenga cuidado —dijo Lucho apuntando por encima del hombro de Béliz Franco.

Cuando el expárroco levantó la vista la figura había desaparecido. Inmediatamente sintió un golpe firme en el hombro. Allí, junto a él, estaba nada menos que su Némesis, el teniente político. Béliz Franco notó que Lucho había fugado.

—Señor doctor, teólogo y borracho emérito.

—Así es, señor teniente político, Clímaco Ortiz Lejía, alias Ortiz de Huigra, apaleado por una muchacha y derrotado por el marido ultrajado.

—Veo que nos conocemos, señor doctor. La verdad es que no le reconocí el otro día cuando se dio un salto para visitarme con tanta cortesía, metiéndose por la ventana y salvando tapias.

—Gracias por la limosna, supongo que esas dos monedas fueron las primeras que dabas a la Iglesia.

—Incidentalmente —Ortiz de Huigra cambió la conversación—, le quería informar que sí, perdí con la *guambra*, aunque nunca la quise dañar. Aparte de que ella acudió a la capa y yo, como un buen espada la recibí con un natural.

Fijó al cura con su mirada de búho.

—En cambio conozco a un párroco que abusó de su autoridad, que la chantajeó y con ello arruinó la vida de un buen hombre y la de la joven. En cuanto a lo de ladrón, yo no recuerdo haberme metido a la casa parroquial para robarme su correspondencia.

—Vienes entonces a saldar cuentas conmigo.

—Con usted, cura, porque es el más culpable.

—A ver ¿de qué *nomás* me acusas?

—De todo. Robo o latrocinio de los recursos de la parroquia. Uso ilícito del vino. Hay más: allanamiento y robo de mi casa. ¿Qué más quiere? Como teniente político de la parroquia conozco los cargos y le puedo arrestar. No me interesa hacerlo. Hay algo mucho más grave y sin perdón. Mi madre me ha dejado de escribir porque aquella madre que me escribía ha desaparecido con las cartas que hurtaste.

—No te queda bien tutear al que en el fondo temes. En lo de las cartas te comprendo, pero no las tengo —mintió Béliz Franco.

Ortiz de Huigra estudió al anciano aquel con barbas de cabuya, casi convertido en vida en los restos mortales del cura al que otrora no temió, pero de quien envidió su educación. Contra su mejor parecer, sintió una lástima infinita por aquel espantapájaros.

Agarró la damajuana de vino, volvió a informar que no bebía ni fumaba, tomó una gran bocanada y levantó el índice como impartiendo una lección.

—La bruja también es culpable. Su mirada interfirió con la voz de mi madre. No sé cómo lo hizo; estoy seguro que lo hizo. Es una verdadera hechicera. ¡Entrégueme las cartas!

—Ya te dije que no las tengo.

Ortiz de Huigra meneó la cabeza como animal herido.

—Cura, sufro de venganza difusa. A ratos no se contra quién pegarme.

—Tómate otro trago para que se te aclare el seso.

El teniente volvió a tomar. Se acabaron el resto de la botella y durmieron toda la noche junto al socavón.

Así que el asalto a mi persona queda pospuesto hasta nuevo aviso, pensó el cura a las dos de la mañana y se quedó otra vez dormido a pesar del frío y la dureza de las piedras.

47

Mientras Ortiz de Huigra y Béliz Franco Romero «departían» y aclaraban sus diferencias, Amaluisa, en su casa de piedra y ladrillo construida con sus manos, con sus *mismísimas manos*, la recorría tocando sin mirar cada ladrillo, cada poste, inclusive las duelas del entablado gris, rastreándolo todo en un esfuerzo final por encontrar *el* detalle, *el* recoveco que podía contener el secreto para recuperar a su *longa*. La había servido como un esclavo y abierto tanto *huacho*, hombro a hombro con sus bueyes, impulsado por el deseo de traerle lechugas frescas, acelga, apio, papas, remolachas, zanahorias, rábanos y maíz, leche recién ordeñada y mantequilla, con la ilusión de verla saborear lo que comía. Eso era todo. Tan fácil: él trabajaba con la yunta, con sus músculos. ¿Qué más podía ella pedir?, *longa* bella y afortunada, que un buen marido, una buena casa, hortalizas frescas, leche recién ordeñada y algún día, tal vez, Dios daría unos hijos. Todo tan simple. *Solo teníamos que rezar un poco hasta que nos llegara la señal*. Se pegaba en las sienes para espantar los vértigos. Luego del primer aturdimiento que le produjo la reacción de su esposa *a pesar de haberla salvado arriesgando mi propia vida*, la rabia le había invadido y se había pasado la tarde cortando leña y en el proceso pensando que cortaba en pedazos a Ortiz de Huigra. A Dolores no, por supuesto que no porque «uno ya tiene el corazón en la *guambra*, matarle, sería matarme a mí mismo». Una gallina desafortunada se acercó demasiado al despechado; este la alcanzó y la rompió entre sus manos como se rompe un libro mal pegado. «Que ni vale este sacrificio que ni esperanza da ni calma tormenta de adentro». Admiró el sol temprano con la esperanza de que le disolviera las lágrimas porque las llevaba congeladas. Se dobló sentado en el tronco caído, todavía vivo, de un eucalipto llorón. La fragancia de las flores de los eucaliptos le recordó que era posible notar los colores y los aromas en la mitad de las penas. Aquello lo indujo a refugiarse aún más en la naturaleza. Se le iluminó la cara al observar flores marchitas, hojas desperdigadas desprendidas de sus ramas y un gorrión, pico arriba en el suelo, con las alas abiertas. Amaluisa no había comido nada por muchos días, ¿cuántos? Había perdido la cuenta. Había tomado algo de agua.

Entonces escuchó al río que venía un tanto crecido.

En la orilla misma, Amaluisa observó cómo las hojas que caían de los árboles se deslizaban sobre la superficie del río y a veces se perdían en vórtices de espuma. *Se dejan llevar*, pensó. *Son naturales del lugar. Yo ni siquiera soy del todo natural de por aquí.* Sus memorias más tempranas lo llevaban a la escuela elemental donde lo llamaban *ashpa* gringo porque a pesar de su piel blanca y pecosa, sus facciones gritaban «indio» y negaban su lado irlandés. Se quitó el poncho. Se quitó el sombrero. Dobló el poncho cuidadosamente y puso el sombrero encima. No se arremangó los pantalones de lino que le llegaban hasta la media canilla. Se quitó las alpargatas. Las puso simétricamente junto al sombrero. Examinó por unos momentos sus uñas gruesas y garfiadas proyectándose de sus dedos que le parecieron demasiado cortos y demasiado anchos. Se fijó luego en sus pies. *Meto mis cascos al agua.* El frío le pareció reconfortante. Se acordó que tenía sed. Con las manazas juntas bebió el agua clara del deshielo. Se sintió parte del río y de sus alrededores. Una rama grande pasó cerca girando rápidamente. Ya le llegaba el agua hasta la cintura y le cortaba la respiración.

Se fijó en los berros y flores de la orilla. Casi ya no podía mantenerse de pie sobre las rocas del fondo. *Qué lindas flores, qué lindos berros, qué lindas hojas y qué claro el río.*

En ese momento tuvo un recuerdo lúcido del bisabuelo, brumoso, rojizo según su memoria, un ser distante que hablaba en una lengua extraña y que había trabajado por un par de años en la construcción del ferrocarril y luego desaparecido con los primeros que se regresaron a Irlanda o a Inglaterra. Con la imagen se acordó de un fragmento de esa lengua extraña. Lo había oído del abuelo, porque aunque no sabía lo que quería decir cada palabra irlandesa el viejo mismo le había traducido: «¿Cuál es el punto de quedarse aquí si ya nadie quiere jugar conmigo?»

La turbulencia relamía los muslos del indígena. Amaluisa, el buen marido, se habló para sus adentros en quichua que dominaba mejor que la mezcla local de lenguas: «Aquí no hay traiciones. Ni desilusiones. El lecho del río siempre recibe al agua. (*Kaypika mana umakuykunachu, mana wakaykunachu tiyan...).* La corriente en una dirección, todo en una dirección, sin incertidumbres —deseó solamente dejarse ir—, «ya no seré diferente del suelo que hizo crecer mis sembríos. Amigo río bueno ¿quieres jugar conmigo?».

***

Dolores acaba de despertarse de una pesadilla en que Amaluisa es como el peñón al borde del pueblo: sólido, inamovible, estoico, permanente, confiable; ve que las paredes de granito se desploman como hileras de ficha de dominó. Se frota los ojos, mira por el ventanuco de la choza y determina que son las cinco de la mañana. Algo no está bien con Amaluisa. Lo recuerda arrastrando su hacha y alejándose todo él descompuesto. Se pone el camisón de lino que le había regalado la curandera y sin decir nada a nadie, en el frío de la mañana, semidesnuda, corre como una cabra despavorida rumbo a su casa. Con el corazón y las sienes estallándole encuentra abierta la puerta de atrás y a la vista el *chaquiñán* que lleva al río. Corre por él. Encuentra el sombrero, las alpargatas y sin más se tira al río. No sabe casi nadar ni tiene idea de dónde está su marido. Justo detrás de ella, Onésimo se lanza al agua a pesar de que sentía que su corazón ya no estaba en condiciones de llevar a cabo estas hazañas. Dolores decide que *tiene* que saber nadar, que tiene que estar junto a su marido, que allí es su lugar de mujer honrada, salvándolo. Traga agua helada, se le mete un insecto muerto, algo se le traba en la nariz. Está mirando al cielo y ahora mira las piedras desdibujadas del fondo. Onésimo con dos brazadas más la alcanza. Ella está serena como si el ahogarse fuera su destino. Onésimo intenta guiarla a la orilla. No hay forma, el río es demasiado fuerte. El tronco del eucalipto llorón, todavía vivo, está cruzado en la mitad de las aguas. Chocan contra él, Onésimo resopla como si fuera a entregar su espíritu mientras sus piernas se deslizan por debajo. Sabe que está a punto de perder la batalla. En ese momento, caminando por el tronco mismo, se acerca una mujer con el rostro cubierto, con una soga que ha amarrado a la orilla.

***

Varias noches después el cura, con su cabeza sobre la panza de Bonborfos, se puso a pensar en el suicidio de Amaluisa. La reacción de la gente en el centro social *Sumidero de las Penas* había sido repetir algunas veces el lamento: «Pobre. Aquel hombre grande, bueno, transparente, desapareció como vivió: sin que nadie acabara de notarlo».

Bonborfos paró las orejas.

—¿Quién va? —preguntó el cura incorporándose.

Una figura femenina se acercó.

—¡Cielo santo! —exclamó Béliz Franco.

—Calle, taita cura, calle. ¡Chit! que las piedras oyen.

—¿Qué haces aquí muchacha?

—Vengo a confesarme otra vez.

—La última vez no fue una confesión, fue más una notificación de tus intenciones.

—Esta vez vengo a confesar mi crimen.

—Para qué quieres confesión, con la bruja esa te basta y sobra.

—Me ha dicho que para que me cure el alma tengo que hacer algo muy especial por alguien que me hizo un gran daño. ¿Desea que le cuente la historia de Amaluisa y su matrimonio conmigo?

El agotamiento emocional del que sufría Béliz Franco le impidió reaccionar. Su parálisis interna se había hecho crónica.

La chica serena se acomodó cerca de él.

Echados en la tierra junto al refugio de las ruinas con un cielo sin nubes ni luna, Dolores y el cura comenzaron la segunda confesión de la muchacha. Sus cabezas descansaban sobre el subir y bajar de la panza de Bonborfos.

—Como la primera vez no vengo a pedir permiso.

—Como la primera vez podría ser que acudes a alguien que no tiene ni licencias ni menos la virtud de ayudar o dar consejo.

—Yo consulté con la bruja y aunque ella me sugirió que viniera, nunca me ordenó. Yo misma, arrepentida por lo que ocurrió al marido, me he impuesto penitencia.

Pareció temblar. De pronto se incorporó y agarró al cura por el cuello de la camisa: «Cura párroco, usted y yo matamos a Amaluisa. Yo, *criminala* vengo a ser y usted, igual o peor».

Se hundió en la panza de Bonborfos.

Le contó la historia de su matrimonio con Amaluisa hasta su intento de salvarlo del río. Explicó que no sentía remordimiento:

–Solo una gran pena por haber sido engañada así y, por sentirme así, jamás pude notar la bondad de mi marido. ¡Imagínese, por eso se tiró al río!

La joven tomó un respiro.

Béliz Franco tornó la cabeza un poco, se encontró con los ojos de Dolores. *Qué linda es esta joven*, se dijo para sí, aunque sin sentir nada en realidad.

—Tome —le dijo Dolores y vació una botella en un pilche y el cura se tomó el agua aromática que le ofrecía. Cuando terminó ella le dijo:

—La curandera dice que a pesar de todo la senda está desbrozada, el camino a la choza abierto. Todo está en sus manos.

Le explicó que ella misma no entendía esas palabras, pero que el cura era educado y no tendría problemas en entenderlas.

—Vaya con la curandera, deje de lado sus remilgos. Haga de eso su penitencia por tanto desastre ocurrido y el pago por todo lo que me hizo a mí.

Béliz Franco comenzó a luchar con la modorra que le abrumaba.

—Además —añadió la joven—, por si le interesara, el teniente político también recibirá mi reto y con su cumplimiento lo que me debe será saldado. Entonces, y solo entonces, le volveré a hablar, pero no para nada de lo que se imagina el taita cura, solo quiero preguntarle por qué, hace ya tanto tiempo, me mordió en el cuello. Nada más. Eso nunca me quedó claro.

Béliz Franco asintió y se dejó llevar por el cansancio y la modorra. Cuando abrió los ojos descubrió que estaba solo.

48

Béliz Franco sostenía entre sus manos el bulto de cartas del teniente político. Volvió a leer un par. Y algunas más. La soledad de un niño abandonado convertida en cartas. Recordó las palabras crípticas del teniente: *La bruja también es culpable. Su mirada interfirió con la voz de mi madre. No sé cómo lo hizo. Estoy seguro de que lo hizo*. Las volvió a doblar con alguna dificultad y decidió que, tal vez, si la bruja las leyera, «tal vez...no sé».

Concluyó. Sin estar del todo seguro del por qué lo hacía, enderezó sus pasos hacia la choza de la curandera.

La niña con cara de luna y lodo estaba afuera como si ya supiera que vendría.

—Dice la niña curandera que espere allá junto al *pedrón* del arroyo. Que no se mueva hasta que lo llame.

Béliz Franco caminó hasta la gran piedra junto al arroyo.

Se hizo de noche y no había sido llamado. A esa hora podía escuchar al río. Decidió que no valía la pena, que se iba. Al levantarse se encontró con la niña de luna y lodo.

—Qué, ¿tú vives aquí, niña?

—A veces, la niña curandera me detiene y para mis papás qué mejor de mejores. Mi mamá compra todas sus hierbas.

—Ya veo —comentó para sí Béliz Franco sorprendido por el extraño efecto apaciguador que esta niña tenía sobre él. Esa pizca de figurita era capaz de cancelar con solo un gesto y su presencia sus ansias de volver al vino, a su «amante de rubí».

—Y ¿juega contigo la curandera?

—Me enseña el rondador. Y cuando se cansa nos sentamos a ver el valle y a veces me aprieta hasta que ya duele. Otras le toco en la cara para que ya no caigan gotas de sus ojos.

A las seis de la mañana descubrió que alguien había dejado un pedazo de pan y agua caliente con pasiflora. Esperó todo el día otra vez. Caminó por horas por el lado del farallón. Pensó que un buen escultor podía usar esa pared para hacer algo espectacular. A las nueve de la noche, cuando otra vez sentía el impulso de partir, se abrió la portezuela de cuero y pudo ver el interior iluminado con luces parpadeantes. Al fin, sin atreverse a huir de aquel lugar por la idea irracional de que recibiría la desaprobación de la niña de luna y lodo, cruzó el umbral.

La voz clara de la curandera resonó en su espalda.

—A qué vino, taita cura, ¿a ver mujer *ignoranta*?, *longa carishina* aquí hecha la curandera sin ni siquiera pedir permiso a los mayores, sin estudiar sus medicinas, *usté* instruido y llenito de teologías, ¿qué petición trae, *vea?*

—No, no vine para nada —se rió nerviosamente.

—No vino para nada. Salga *nomás*. Si tiene tanto susto de esta *longa* curandera ni ha de poder ayudarle, *ca*.

—Espera, espera mujer, ¿cuál es tu nombre? Tengo algo para ti. Esto no es mío, fue escrito por un alma llena de enredos y tú, según entiendo, desenredas esos enredos.

Le extendió el bulto de cartas.

La curandera las aceptó sin decir nada.

La niña de luna y lodo abrió la portezuela de cuero e invitó al cura a salir. Béliz Franco se levantó, se dirigió a la entrada y regresó a ver en el último momento.

—Bruja, tengo pesadillas. Horribles pesadillas. Sueño que mi director espiritual en el seminario mayor me persigue para arrancarme el corazón, para despojarme de mi aparato sexual y, sanguinolento y todo, dárselo al perro.

Con su manito, la niña de luna y lodo lo sacó de la choza. Se desvencijó a cien pasos y prácticamente se arrastró hasta la cañada del río. La niña le puso su manita en su manaza y lo contempló como si quisiera saber de qué color eran sus ojos.

La niña de luna y lodo apareció en la madrugada, tenía los labios un poco azulados a pesar del poncho que llevaba.

—La niña curandera dice que vaya, pero que no le haga perder el tiempo. ¿Me cuenta un cuento?

—Te contaré..., te contaré...

A la noche, la Caripiedra lo hizo entrar, y en lugar de detenerse en la choza como en las otras ocasiones, pasaron por el pasaje oscuro y entraron en una caverna natural que debía tener ventilación pues en las paredes las candelas de los cirios se mecían. La bruja lo hizo recostar en el piso sobre baldosas de barro cocido. Le indicó con un gesto que se quitara lo que le quedaba de la ropa. Poco a poco, notó detalles de la bóveda. Siguiendo las sinuosidades del techo descubrió en el centro mismo un rostro, mitad pintado en azul cobalto y mitad en caramelo. Había muchos otros detalles que no los alcanzaba a distinguir en la penumbra. El recinto era casi sofocante por el vapor y el olor sulfuroso de las aguas. La curandera salió y envió a la joven Dolores, enteramente desnuda, para que bañe al cura.

***

Béliz Franco Romero abrió los ojos, estaba a la orilla del río vestido con la indumentaria de indígenas de la región incluyendo una reata para amarrar el pantalón y las alpargatas de rigor.

Apareció la niña de luna y lodo.

—La niña curandera pregunta que cómo se siente.

—Dile que me siento extraño, como si no tuviera huesos.

Béliz Franco reflexionó: *Mírala nomás ¡en esas trazas! Y qué presencia y qué hermosura de personita. ¿Diez años, once tal vez? ¿La curandera manda a preguntarme que cómo me siento? Como me voy a sentir: su asistente, Dolores, seguro que me dio un brebaje que me obnubiló. Siento que me separó órgano por órgano y los lavó en la piedra de fregar y me armó de nuevo. Vi entonces los fantasmas de tantos desengaños huyendo despavoridos de mi cuerpo desmembrado.*

Y en ese mismo instante tuvo la visión y la mordedura lacerante de su traición: vio al joven seminarista, el artista, mirándolo directamente, pidiendo que le hablara, que lo apoyara. ¿No habían coincidido en su manera de pensar sobre la creatividad, la libertad, la divinidad? Se calló, sí, se calló y no dijo nada porque tenía miedo de que defender al artista, quien caminaba al filo mismo de la herejía, podría constituir un demérito serio en su hoja de vida. Con los ojos de su amigo en el centro de su conciencia, se vio escabullirse y encerrarse en su celda. Y desde entonces tuvo las visiones de su amigo con su Crista hecha trizas en un charco de sangre sobre las piedras sillares. *Lo traicioné, lo maté. No tengo perdón. Sin embargo, el horror de mi pasado, lo que he vivido en tantas pesadillas y visiones nocturnas, ahora todo lo siento como una pena difusa por todo mi ser.*

Se examinó las manos y los incipientes cordeles venosos, las uñas que comenzaban a torcerse, la herida que se causó mientras labraba la mesa de la cocina y el dedo que nunca acabó de curarse bien. Exhaló como si quisiera dejar salir de su cuerpo todos sus recuerdos.

—La niña curandera pregunta que cómo se siente –repitió la muchachita y añadió con fingida impaciencia—, no me has contado el cuento.

Béliz Franco salió de su ensimismamiento con un sacudón de cabeza y se percató de la vocecita de la niña. Ella se le acercó más y le entregó un atado de fierros. Le mostró un pedazo de pan caliente que llevaba en las manos. Lo rompió en dos, se sentó arrimándose a él y le dio la mitad. Comieron juntos. La niña levantó los ojos inquisitivamente.

—Ya, ya, niña, había una vez un huevo grande mezclado entre una docena de otros no tan grandes. La mamá pato observaba con recelo al extraño huevo.

Béliz Franco se interrumpió:

—Y ¿cuándo veré otra vez a la bruja? Puedes decirle que me he acordado de lo que ocurrió en el seminario.

—Niña curandera dice que no tiene tiempo para hablar, que solamente quiere ver el trabajo de sus manos.

—Tú, como la bruja hablas en acertijos.

Como respuesta la niña de luna y lodo lo agarró de la mano, lo acompañó al río y le mostró las piedras.

La curandera no lo volvió a llamar por dos meses y medio.

Mientras seleccionaba piedras, escogía vetas, acariciaba texturas, calculaba tamaños, las palabras de la niña de luna y lodo lo atormentaban: *La niña curandera quiere ver la obra de tus manos.* Tal vez, intuyó el expárroco, tal vez, se repitió: *tengo que reconstruir la Crista rota de mi amigo, ella que me ha atormentado tanto en mis sueños. Reconstruirla, armarla, darle otra vez existencia a pesar de sus roturas.*

Así picó, rompió y esculpió docenas de piedras sin atinar el camino para encontrar la exquisita belleza de la Crista hecha trizas en el patio de piedras sillares del seminario.

***

Amaneció garuando. Béliz Franco Romero dormía a la intemperie no muy lejos de la choza de la bruja. Su comida estaba junto al «nido» hecho de ramas y hojas donde dormía. Se desperezó. Descubrió asombrado un enorme y brillantísimo arco iris que aparentemente comenzaba atrás de la choza de la Caripiedra y cubría el valle entero hasta las montañas del otro lado. Caminó hacia la choza y, por impulso, decidió entrar con la esperanza absurda de encontrar la base del arco iris en la cueva de la curandera.

Al entrar en la choza, a mano derecha, sobre un banco de eucalipto notó el atado de cartas entre Ortiz de Huigra y su «madre». Se acercó. No estaban en realidad organizadas como él las había entregado. Por el contrario, parecían haber sido apiladas al apuro, casi apachurrándolas. Tomó una cualquiera y creyó notar sobre el papel los círculos tenues de gotas de agua. Tocó uno con la punta de su lengua. Decidió que era salado. Devolvió la carta a su lugar tratando de dejar todas tal como las encontró. En ese momento se percató del retrato que estaba en la misma mesa: dos jovencitas frente al pretil del convento de San Francisco. Examinó el retrato mientras se fregaba el mentón con la mano rota.

Continuó hacia la cueva que tenía un solo cirio encendido, se paró en su centro, recorrió con mayor cuidado la decoración. Exploró la mitología de esta mujer mestiza, puente entre culturas e intérprete entre lo intuitivo y lo lógico. Encendió todos los cirios que quedaban en el recinto.

Fue cuando notó que en el techo, alrededor de los rostros, se enroscaba una iguana de colores iridiscentes, terminada con escamas de cuarzo y otros cristales y, cerca de la boca del reptil, estaba prendido un papel. Movió una mesa hacia el centro, se encaramó y tuvo que ponerse en puntillas para alcanzar la cuartilla. En el esfuerzo perdió el equilibrio y cayó al piso con un sonido de costal de legumbres. «¡Qué golpe me he dado! Tiene que ser un mensaje de la curandera». Se acercó al primer cirio que tenía a su derecha:

Zoraida:

He puesto una docena de velas votivas junto a tu recuerdo. Los reflejos titilantes de los cirios crean y recrean las texturas de la bóveda, lo cual da a mi recinto, sin que yo del todo entienda cómo, la sensación de estar contigo con las lisuras de tu piel amada. Así voy materializando tu figura cada vez más cercana. Y como lo hicieran los antiguos, pongo el ocre en mis labios y los presiono contra la piedra para añadir el color real al contorno entreabierto de tu boca.

Temblando de vergüenza por haber leído esas palabras, concluyó que eran parte del misterio de esta bruja encerrada viva detrás de su velo.

Decidió apagar todos los cirios y se tumbó en el piso de ladrillo. Un enjambre de luciérnagas parpadeantes, verde azulinas, aparecían y desparecían. Se sentó, cruzó las piernas y se quedó hipnotizado por las luces fatuas. Creyó ver entre ellas una luz verdosa como la Crista de sus pesadillas. Mucho más tarde se fueron apagando una a una y desparecieron.

No estaba seguro de cuánto tiempo había pasado cuando el tacto de la manito conocida apretó su frente. Salió de la choza guiado por la niña de luna y lodo y se dirigió a su pequeña colección de estatuas todavía mal formadas.

Se acomodó en el suelo y continuó trabajando en una pieza verdosa con pocas vetas y sin quebraduras. *No puedo resucitar a mi compañero, aunque a lo mejor pueda resucitar a la Crista.* Examinó la piedra que había esculpido. Desobligado, iba a tirarla como a otras tantas cuando algo en el fulgor verde o en alguna veta blanca lo detuvo. «De la gran bestia, ¡la tengo aquí, atrapada! ¡Demonios!». Sufrió un espasmo. «¡Teófilo, ese es tu nombre!, Teófilo, tengo a tu Crista en mis manos. Te tengo a ti entre mis manos». Con sus pulgares afanosos recorría las formas de la piedra, la apretó contra su boca y con sus labios confirmó que lo que tenía entre sus manos era la Crista, su Crista. Corrió hacia el río, sobrecogido de emociones contradictorias se paró en lo alto del barranco y con una náusea tan violenta que sentía crujir sus costillas —consciente de su delirio pero incapaz de controlarlo— sintió que vomitaba el cuerpo entero de un payaso de nariz roja que, en un enredo repugnante, cayó por la quebrada y se hizo pedazos. Unos segundos después la correntada se llevó todo.

Se acurrucó alrededor de la figurilla y se quedó sin atreverse a abrir los ojos. Cuando amaneció estaba empapado y aterido de frío, casi no podía moverse, pero su escultura anidada entre sus manos seguía intacta.

La niña de luna y lodo apareció y le extendió una jarra con un insumo de hierbas desconocidas. Le indicó que se la bebiera toda. En seguida le dio la mano. Al apretar la manito morena, Béliz Franco sufrió un acceso de emociones que no pudo esconder de la niña. Ella miró para adelante para no avergonzarlo y apretó con sus deditos esos dedos demasiado gruesos para entrelazarlos con los suyos.

Cuando entró a la choza, la Caripiedra estaba en el suelo con las piernas cruzadas y con un tiesto y dos hogazas recién horneadas. Le indicó el pan. Béliz Franco se sentó y rompió un pedazo. La curandera le ofreció una taza de arcilla que por su redondez se acomodó en sus manos. El cura miró a la curandera interrogándola. Ella llenó la taza con un zumo de *ishpingo*.

Béliz Branco parecía confundido.

Gabriela Farinango se inclinó:

—Mi maestra me enseñó que los muertos enseñan a los vivos. Ya escuchó el canto del amigo muerto, ahora escuche, haga silencio para que pueda escuchar el canto de tantas piedras recogidas. Entonces haga con sus manos lo que ellas le dicten: así construirá su camino.

La curandera se inclinó aún más y a través del velo le dio un beso en la frente.

—Acaricie su Crista, ya no me necesita a mí, ha encontrado su propia guía. Mire dentro de la taza, si se abandona a sus imágenes y apariciones encontrará un lago atrapado entre sus manos. Asómese a su orilla. Contemple el vacío, descubra su color, haga silencio hasta que pueda escuchar el fondo del lago, el rumor de las aguas y las explicaciones que la naturaleza le dará si tan solo se calla.

El expárroco se pegó a su taza y, con el borde presionando ligeramente debajo de la nariz, comenzó a recitar como si cada palabra tuviera vida propia:

Agua para pensar cristal cerrado[1]
como el cuenco de una mano oscura

1 Carlos Suárez Veintimilla.

sin pinturas de prados sonrientes
sin risas importunas.

Acarició su estatuilla de piedra. Y como lo había hecho la bruja con él, besó a su mujer de piedra en la frente. Acabó de beber de su taza. Parpadeó un par de veces y levantó la vista. La bruja ya no estaba. La bella niña que de verdad parecía hecha de luna y lodo lo esperaba allí como siempre.

Pasaronunossegundosmásylaniñaseinclinócompletamente desprovista de su extraña rigidez de mensajera:

—Venga, le doy la mano —le dijo— que tengo algo para usted.

Le abrió la puerta de cuero y el expárroco, apretando su escultura, salió guiado por la niña. Afuera, bajo un chilco, la niña recogió un pedazo de cuero curtido. En él, usando los fragmentos de las piedras que usó el cura para hacer su estatua, había hecho un girasol de colores azulados, anaranjados y negros.

—Un girasol raro, ¿ve? —dijo la niña riéndose—, mire cómo refleja la luz del sol.

—Gracias, niña bella —balbuceó el cura con una ternura que no había sentido hasta entonces—. Gracias, bella niña, no sabes cuánto bien haces con tus manitas.

—Calle taita —contestó la niña y le hizo un guiño—, tengo una sorpresa más.

La niña dio un silbido intenso y de cerca de los matorrales de chilca saltó un perrito pardo, de bigotes conocidos, de ojos diferentes y una oreja gacha. Béliz Franco no se pudo contener: ¡Bonborfos!, amigo mío, ¿de dónde has salido?

—La Dolores le recogió —informó la niña.

El perro había saltado a los brazos de Béliz Franco y le daba lametones en la cara. Cuando se calmó un poco el perro, la niña de luna y lodo pidió a Béliz Franco que se agachara y le dijo al oído:

—La niña curandera dijo que ya no tendrá más pesadillas —se detuvo unos segundos y con un tono de voz como si contara un secreto añadió: Vuelva curita que tendrá que terminar mi cuento.

49

El recado que José Onésimo llevó al teniente era sencillo: «Dolores pide de usted algo realmente enorme como penitencia por todos sus desmanes y que, aun así, la *longa* retobada no ofrece garantías de perdón; y alégrese, señor, que de no ser porque la Caripiedra aconseja a la Dolores y sabe de las audacias del teniente, ella ni siquiera le hubiera ofrecido esto».

Ortiz de Huigra se toma mucho tiempo para, al fin, decidirse a hacer algo asombroso para recuperar a Dolores. No se resigna, no duerme, no come, no desempeña las funciones de su cargo. Tiene que hacer algo tan espectacular que la joven, embargada de asombro y admiración, no pueda sino rendirse a sus pies. Por ejemplo *devolver* al convento de San Miguel Arcángel las joyas que Lucho sacó de los escombros de la iglesia parroquial, «precisamente para demostrarle a la *longa* la nobleza de mi espíritu, mi idealismo aun más refinado que el de Cyrano, y para probarle a la anciana superiora, a su sucesora y aun a la curandera que, 'aunque fui engañado y me dieron latas', mi espíritu es demasiado inmenso para guardar rencor. Con ese acto *sería realmente bueno*. Con ello podré, legítimamente, tener mi opción de ser realmente malo. Habré entonces obedecido a mi madre y también aprendido una gran lección de vida. ¡Solo mi nobleza superará mi maldad!, porque seré y pareceré auténticamente malo y noble, y además auténticamente bueno. Claro, habrá que ser prudente en el uso de tanta destreza».

No te confundas hijo, ten cuidado, tus apasionamientos comienzan a enredar tu razonamiento.

«Madre, calla, te suplico. Estoy en un momento filosófico de tal altura que me causa vértigo».

Sorpresivamente, sus alturas filosóficas parecen llevarle a un abismo lleno de confusiones. Maldice, pero concluye: «Tengo algo claro, volver a entrar en el convento de mi niñez y completar la hazaña que demanda la dama. Ya veremos el resto...»

Entonces, la tarea sería devolver las joyas, pero no como cualquier arrepentido asomándose por la puerta principal, «no, absolutamente no». Se imagina que esta vez será muy similar a su robo del convento San Miguel Arcángel pero en reversa.

Envía un mensaje secreto a Dolores con la asistencia de José Onésimo, quien una vez más, a pesar de todo lo vivido, cree que el teniente tiene algo de bueno.

Dolores le notifica que estará allí en persona para asegurarse del cumplimiento de la promesa. De todas maneras, está inquieta conociendo la necesidad del joven de estilo y drama. A pesar de ello sonríe de satisfacción al sentirse la hembra victoriosa. «Eres mío machito teniente».

Luego de una noche entera discutiendo los pros y los contras con su perrito Braulio Labrador y su compadre el perro callejero, el teniente político decide que no devolverá las joyas de oro y plata que en justicia le pertenecen. Consulta con su madre, pero ella le contesta: *No sé hijo, tú eres el que alcanza momentos filosóficos altísimos. No desvirtúes aquello que vas a lograr: ser perfectamente bueno y malo.* Ortiz de Huigra decidió ignorar a su madre. De todas maneras «ella habla en acertijos». Así que con el hojalatero hace unas réplicas de las joyas de la parroquia, las coloca en un fardo de cáñamo y se prepara para ingresar al convento por la misma ventana por donde entró la primera vez. «¿No es esto precisamente lo que la superiora quería? Que le devuelva las joyas de hojalata, la muy pícara, la retardada que leyó las cartas de mi madre», masculla con el fardo sobre el hombro.

***

Bajo la luz titilante del farol de la calle, con la luna llena y la llovizna persistente, Ortiz de Huigra se preparaba a trepar el muro tal como lo hiciera la primera vez. Subiría por él y se encaramaría en el guabo, cruzaría por la rama hasta el balcón y entraría al cuarto vacío y por allí al corredor y a la sacristía. *Hijo, en toda gesta tienes que estar al tanto de las posibles consecuencias. Tienes que tener tu plan de escape.* El joven se agarró la cabeza con las dos manos y se le cayó el sombrero en un charco de agua. «¡Cállate, madre!».

José Onésimo y Dolores, con ráfagas de frío y miedo, lo observaban desde las sombras. Temían que el burro los delatara.

Los primeros ladridos sonaron en la distancia.

Sin dificultad alcanzó la rama frente a la ventana. No habían colocado la reja todavía. «¡Qué raro! O después de tantos años, ¿la anciana superiora todavía esperaba su retorno?» Tenía que intentar agarrarse del alféizar y ver si la abría en un solo acto. Arriesgando la caída de cinco metros hasta el empedrado, contuvo el aliento y se lanzó al vacío. El talego hizo un escándalo de latas. Clímaco abrió la ventana sin esfuerzo y cayó dentro del cuarto. Esta vez reconoció de inmediato que las condiciones eran demasiado raras. «¡Esto es una trampa! Me estaban esperando. ¿Cómo sabían que volvería? Ah, la monja superiora. Maldito sea su sexto, séptimo, octavo sentido... ¿o noveno?». Se dio la vuelta dispuesto a saltar al guabo y escapar, pero se detuvo: no podía dejar de hacer las cosas con gracia o estilo. Colocó el talego con las «joyas», cerca de la puerta que daba al corredor; sacó una nota que llevaba escondida en el pecho y la prendió encima: «Madre superiora, aquí tiene sus joyas y aquí tiene también su cariño. Son hechos del mismo material. Gracias. Clímaco». Se incorporó, no tenía sino que dar cinco trancos, alcanzar la ventana, el árbol, el muro y la seguridad, pero la voz de la antigua superiora lo detuvo en su huida:

—¡Clímaco, Clímaco!, hijo pródigo, has regresado.

¡Mierda de las mierdas! En la brisa que se creaba entre el patio interior y la ventana abierta, a contraluz, Ortiz de Huigra descubrió los detalles del deterioro en el rostro y el cuerpo de la anciana. *¡Qué asco!*, pensó.

Ortiz de Huigra la esquivó. «Concéntrate, nada de memorias». Creyó escuchar ladridos en la distancia.

—Hijo, detente, ya no soy la superiora, solo una vieja achacosa que te quiere. Dame un momento de tu tiempo, nada más, por favor.

Repitió esa frase varias veces. Él la empujó y la mujer se deslizó al suelo mordiendo al mismo tiempo un pañuelito de encaje. El ladrón había perdido unos segundos preciosos, pero por fin, desapareció por la ventana. Cuando Ortiz de Huigra comenzó su asalto y entró por el balcón, el perro faldero del celador se había levantado con las orejas paradas y dado un ladrido gritón. El celador supo inmediatamente que era la noche en que el ladrón regresaba a la escena del crimen. Los años no habían caído en saco roto, por lo que tuvo dificultad en levantarse y agarrar su escopeta de chimenea. Había pasado mucho tiempo desde que dejó de ser aquel celador enterado de todo y de todos, y desde que ayudó a la salvación de las jóvencitas que la antigua maestra de música recogía. Ahora solo iba alimentado de una obsesión senil: defender al convento y a sus monjas. Afuera, en la oscuridad, Dolores, José Onésimo y su burrito, aguardaban. Estaban al filo de la quebrada para poder escapar sin ser vistos. La Caripiedra, siguiendo sus premoniciones y conocimiento de su Dolores y del teniente, los siguió sin que ellos lo notaran. Los tres pudieron ver la figura de naipe del teniente político asomarse en el *cumbrero* y deslizare por el poste de luz. No llevaba su sombrero cordobés. Por la calle, a menos de treinta pasos, venía el celador. A pesar de los años sus piernas obedecían a la adrenalina. No traía los perros. Solo su escopeta de chimenea. La levantó y gritó:

—Te das la vuelta, maricón, porque no he tenido oportunidad de matar a nadie y ahora no lo voy a hacer por la espalda, y además quién sabe si esta escopeta sea capaz de por lo menos matar un pájaro. Pero igual, te puedo dar un garrotazo con ella

Ortiz de Huigra, con los brazos en alto, encaró al celador, quien amartilló el disparador:

—¡De rodillas!, di un padrenuestro. ¡Yo te entierro esta misma noche!

José Onésimo y Dolores corrían: «¡No mates al joven!» De improviso, apareció una mujer toda cubierta y con una voz redonda gritó, al mismo tiempo que se interponía entre el celador y el ladrón: «No dispares al bulto. ¡Celador, celador! ¡No dispares! ¡Que es un error! ¡Todo es un error! ¡No dispares a *mi bulto*!» En ese mismo momento el celador apretó el gatillo. Parecía como si el disparo hubiera ocurrido frente al muro y el trueno se hubiera ido por otro lado. Una densa nube azul con picadillo de papel emborronó la vista del celador. Dolores y José Onésimo vieron trastabillar a su bruja, a su Caripiedra. «¡Jesús del Gran Poder! ¡He herido a una monja!», aulló el celador y se dobló fulminado.

El teniente político reconoció a la curandera que se había interpuesto. Con sus movimientos de pantera impidió que Gabriela cayera al suelo. La alcanzó por la espalda y la retuvo contra sí. A la luz mortecina del farol la mujer le dijo:

—Bulto amado, quítame los velos de la cara, quítame el velo que ahora ya me puedes ver sin parpadear y te puedo besar sin obstáculos.

Ortiz de Huigra retiró con cuidado el velo que cubría el rostro. Su temblor se acentuó y comenzó a balbucear incoherencias. Al ver los ojos grandes de capulí reconoció sus propios ojos. La nariz ligeramente aguileña se parecía tanto a la suya propia. La curandera hablaba en pequeños sorbos.

—Ven acá. Huevo negro, mi huevo negro, mi bulto, mi duende, mírame en los ojos, yo quiero mirarme en los tuyos, no hay más calaveras solo el reflejo mío en tus ojos que son mis ojos, mi bulto, mi duende amado. Aquí te entrego la última carta de tu madre, te dice que te quiere, que no es necesario ni perdones ni recuerdos..., que solo nos miremos una vez más a los ojos para poder encontrarnos siempre aquí, allá, en los páramos y, cuando se ponga el sol, porque... porque dice tu madre en la carta que tú eres mi hijo. Tenías razón, he regresado. Con las cosechas... he reunido el dinero de *nuestro* rescate.

De entre sus ropas con dificultad sacó una carta y la extendió a Clímaco. Jadeaba. Los ojos comenzaban a vidriar y Clímaco palpó en la mano izquierda, con la que sostenía a la curandera, la viscosidad de un líquido que fluía de entre la ropa. Se inclinó aún más, retiró una mecha de pelo que había caído sobre la frente de Gabriela. Pudo ver la hermosura mestiza de una mujer de unos cuarenta y cinco años. Gabriela movió los labios y Clímaco creyó oír: «Esta sangre transforma al duende en música y cancela el epifenómeno del que hablaba Zoraida. Zoraida, en el olor del cedrón y la yerbaluisa has estado conmigo todos estos años». Instantes después añadió: «y por vos amiga mía, navegaré *nomás* hasta que mismo, mismo te encuentre, que has de esperar nomás hasta que yo llegue». Clímaco frunció el ceño porque no comprendía. Gabriela abrió los ojos cobrando un nuevo aliento y le contó en pocas imágenes su historia. Le dijo que guardara todo aquello en su corazón. Que la perdonara «aunque sea condicionalmente». «Prométeme que no te olvidarás de hacer mi encargo: anda para la laguna de Rumipungo, allí te mostrarán donde está la choza del Víctor que es su tumba. Es un pequeño templo que guarda las memorias del gran curandero. Acá abajo, parecía señalar el subsuelo, sospecho que tú sabes dónde está mi diario. Allí conversaremos largo y podrás aprender a tocar el rondador».

Clímaco se venció hacia delante y sus piernas se quebraron. En ese mismo momento, varias manos levantaron a Gabriela Farinango y la metieron al convento, bajo la dirección eficiente de la madre superiora María del Carmelo y de una asistente. José Onésimo y Dolores se quedaron atrás al ver al teniente político exánime en el suelo.

El celador se despabiló, notó un olor de hierba luisa y cedrón en el aire que venía del jardín, vio al ladrón como muerto, corrió a la entrada, cerró el portón y con una llave de tubo dio dos vueltas al cerrojo colonial.

***

Ortiz de Huigra, tirado encima del burro de José Onésimo, se recupera de su síncope. Van camino de Naulacucho. Salta del asno y sin preocuparse de sus manos y ropa ensangrentadas comienza a caminar, parece aturdido, está agitado como si un torrente de sentimientos lo arrastrara. Dolores y José Onésimo le gritan y llaman. Él no hace caso. Marcha más que camina, cada vez con más apuro, cada instante con más ansias, bufando como un animal herido. No come ni duerme por cuarenta y seis horas. Busca la laguna de Rumipungo. Se dirige al sur. Se tira en la cuneta del camino. Se levanta a cualquier hora y sigue caminando hasta que cerca de un caserío de cinco o seis casuchas encuentra el letrero: *Camino del lago*. La lluvia de la noche anterior ha dejado los llanos inundados y, en algunos lugares, incluso un par de garzas y patillos se han detenido a comer gusanos. Se lanza en el charco, se cubre de lodo, se levanta otra vez y continúa su marcha. Divisa el volcán azulado y entreverado de nubes, no se detiene. Allí probablemente se encontró su madre con el *supay* y el *supay* venció.

***

Retoma el camino, mientras la acidez y resentimiento queman sus entrañas al pensar en su madre. Va a encontrarse con sus propios *supays,* los que dejaron las imágenes de pesadillas bailoteando en su cabeza. Entre ellas está la que lo hacía despertar lanzando gritos, la del chivo agonizando hecho una tea viva. Pero la más terrible es aquella en la que se ve sosteniendo a su madre moribunda.

***

En alguna parte de los cerros encontraría una razón para seguir viviendo y un espacio de paz para templar la voracidad de su amargura. Pasaría por la choza-templete que albergaba las memorias de Víctor y caminaría sin tregua hasta que este torrente de resentimientos contra la madre que lo abandonó, contra la madre que lo reconoció y no le dijo nada, contra la madre que también le salvó la vida, llegue a algún remanso. Algunas notas en los documentos del gran doctor-curandero aclaran algunas experiencias con Gabriela y también con otra muchacha de nombre Zoraida.

Comienza su caminar desde la laguna, tomaría años en recorrer el camino de su madre y lo haría hasta que su correspondencia con ella calme sus tormentas interiores y exorcice al *supay*.

***

Allí, otra vez junto a la laguna de Rumipungo, luego de haber recorrido lo que creyó fue el largo peregrinar de su madre y tres años después de su muerte, Clímaco lee y relee un párrafo de la carta que le diera Gabriela: *Mi hijo, Clímaco, mi bulto adorado, he tenido que morir para recién enterarme de que no estaba viva cuando vivía. ¿Cuántas veces hay que morir para encontrar cómo vivir? Tú has vivido muchas muertes pequeñas, primero al ser abandonado por mí, luego al arriesgar tu vida en la búsqueda de lo que querías: un poco de cariño. Ahora me ves morir y creo que esta muerte alcanza para que ambos nos enteremos cómo de veras hay que vivir.*

Aquella carta se ha convertido en una de muchas páginas y ahora no está completamente cierto qué partes son de la mujer herida y qué partes de aquella otra madre que le escribía desde que él era niño. A pesar de esa posible confusión, para él no hay conflicto, porque todo había salido de la misma pluma, del mismo espíritu.

Escribe, escribe hijo, crea, inventa y reinventa personajes y situaciones. Al hacerlo tendrás dónde volcar tus experiencias y ubicar tus sentimientos y conflictos. Al reinventar caracteres y situaciones te reinventarás tú mismo. Y todo lo que has vivido estará bien y pleno porque será vitalmente integrado en el acto creativo. Y cuando tu narrativa cobre sentido y fluya, tu propia vida cobrará sentido.

Nota muchas veces que su madre raramente le habla con modismos indígenas. «He transmutado a mi madre en mi propia esencia. Yo hablaré como ella y ella hablará como lo hago yo».

Se incorpora y examina los farallones de piedra y el pico nevado a miles de metros de altura. Él no lo sabe, pero en esa laguna se inspiró no solo su madre, sino también Víctor y la monja de Las Siete Espinas. Aquel cuenco cerrado, conteniendo el líquido meditabundo, ofrecía la oportunidad para disolverse en la naturaleza y al término deshacer tanto enredo que lo atrapaba en sus desquites, resentimientos y miedos. Con ropa y todo se lanza al agua que de tan fría siente que lo quema.

Duerme al filo del agua despertándose muchas veces, hasta que decide prender una fogata fregando palos como lo instruía Víctor. Al amanecer, mientras orina, decide retornar a Naulacucho. Esparce las cenizas entre los hierbajos. Sobre la superficie del lago cree ver desdibujarse el rostro de Dolores. Con las manos crea un altavoz y proclama a las aguas: «Realicé mi hazaña. Cierto que retorné joyas de lata, pero por ti arriesgué mi vida». Se detiene. Algo no le acaba de cuadrar en sus razonamientos. «Tal vez esperaré a que reparemos la parroquia para meterme por el campanario y retornar las joyas». Sonríe.

***

Lleva al hombro una bolsa de cáñamo llena de papeles con las reflexiones e intuiciones experimentadas en compañía de su madre. Desde el año en que la Caripiedra desapareció herida tras el portón del convento hasta el presente, ha caminado lo que él calcula fue el recorrido de su madre como curandera ambulante. Al poner sus pasos donde se figuraba que ella había puesto los suyos, tiene la intuición de que ahora puede caminar por su propio camino.

FIN

GLOSARIO DE EXPRESIONES LOCALES

Apalabrear: persuadir, persuadirme.
Ashpa gringo: un nacional que es medio gringo, o gringo falso.
Ca: expresión en sentido afirmativo. Es un resto del español colonial que ha sobrevivido entre los indígenas. Equivalente a «ves» .Te he enseñado la misma cosa varias veces, ¿ves?. Ca aparece en el Cid Campeador y en muchas cartas coloniales de los conquistadores.
Capishcas: bailes típicos de la serranía ecuatoriana.
Cari mal parido: macho mal nacido.
Carishina mujer poco apta para las faenas domésticas, dedicada más al «mundo».
Caserita: expresión popular, utilizada en los mercados, para referirse tanto a las mujeres que compran como a las que venden. Ocasionalmente, un término cariñoso.
Chagra: campesino de los Andes ecuatorianos, dedicado a la ganadería.
Chicha: bebida fermentada de yuca o maíz.
Chichirimico: Hacer chichirimico: desmenuzar.
Chiclores: piezas automotrices, derivado del inglés.
Choclotandas: comida criolla hecha con pasta de maíz o granos de choclo triturados, que se cocina en la hoja que envuelve la mazorca.
Chuchaqui: malestar que sufre una persona al despertarse después de beber licor.
Chucuri: comadreja.
Chugchi: espigar, recoger granos, papas, etc., que quedaron en la era después de la cosecha.
Churretero: expresión despectiva; que hace churretas: excrementos.
Chuya: aguado, demasiado líquido.

Conchabados: ponerse de acuerdo para algo ilícito.
Con los naturales: se refiere a los pobladores indígenas de un lugar.
Cuchi: cerdo, puerco, marrano y por extensión sucio.
Curaca: jefe político y administrativo de la administración incaica.
Curiquingue: ave rapaz, de color negro y blanco. Alguna creencia popular cree que esta ave trae suerte. Variedad de águila.
Cushqui: dinero.
Deganita: sin motivo aparente.
Descorita: término cariñoso, sin traducción.
Dije: se dice de las persona muy agradables: Jorge y María son un dije. También: joyas. Objetos artísticos pequeños.
Gallina culeca: gallina clueca.
¡Ele, ca!: interjección: ¡Ya ves!
Guambra: muchacho o muchacha.
Güen guambra: buen muchacho.
Hacer acuerdo, hacerme acuerdo: recordar a alguien de algo
Hacerme de endrogar: drogarme.
Huaca: en la novela, hacer referencia a las tumbas indígenas.
Huachimán: del inglés *watchman,* cuidador.
Huacho: surco en la tierra para poner la semilla.
Huagra o guagra: toro.
Huairapamushca: hijo del viento, sin antepasados conocidos. Advenedizo.
Huanguda: Que lleva el cabello largo peinado en un huango (en una trenza).
Huarmi: mujer, hembra. Ecce huarmi: he aquí la mujer.
Huiracchuros: pájaro de color amarillo y negro, también conocido como Picogrueso.

Huasicama: sirvientes indígenas que se iban turnando semanalmente para el servicio en la casa de los patrones.
Invitado al particular: invitar a una persona extraña a la familia. .
Juete: látigo.
Llucshi: ¡Ándate! ¡Fuera!
Longa: muchacha indígena, puede tener una connotación negativa o positiva.
Me hace de doler: me duele. .
Melodio: pequeño órgano musical de pedal.
Mote: maíz desgranado y cocido, sea tierno o maduro, con cáscara o pelado.
Mullos: Cuentas. De un collar. Cada una de las piezas ensartadas o taladradas para bisutería.
Ña de sangrar: no ha de sangrar.
Ñana, ñanita hermana, hermanita.
Nues que jerjers: qué me van a decir a mí. Así son las cosas, no me arguyas.
Papacara: cáscara de la papa. En la época en que se desarrolla la novela a los puercos se alimentaba con maíz, cáscara de papa, y algo más, humedecidos con mucha agua.
Pensabs, usá el coco: piensa, utiliza la cabeza.
Pilches: recipientes de coco, para recoger o beber líquidos.
Poguio: ojo de agua. Vertiente.
Pondo: vasija de barro cocido de panza ancha y boca chica en que se pone la chicha.
Que le dé ayudando: que le ayude. Incorpora la idea de *por favor:* Dame ayudando en la cocina, se traduciría: Por favor, ayúdame en la cocina.
Que tan serán: Qué cosas serán, no sé.
Quia diacer: (que ha de hacer) expresión popular en tono de súplica para que alguien haga un favor.

Quilico: halcón pequeño.
Quimbolitos: masa parecida a la del bizcochuelo, cocinada en hoja de achira.
Quindes: colibríes.
Quisbs: expresión que puede equipararse a ¡qué te pasa!, ¡qué tontería!
Rompé la uma: rompe la cabeza.
Rumipungo: laguna en cuenco de piedra.
Saltashpas: música típica de los indígenas de la serranía ecuatoriana.
Shungo deveritas: en sentido figurado un corazón verdadero.
Shunshos: tontos.
So mismo: eso mismo.
Sonsas: tontas.
Sube «naturaleza»: sube la naturaleza. En el contexto del libro: excitarse sexualmente. También es una referencia a la creencia de que el no tener actividad sexual lleva a la locura.
Supay: duende.
Trai: trae.

CPSIA information can be obtained at www.ICGtesting.com
Printed in the USA
BVOW08s1150030314

346505BV00001B/10/P